最美是诗经

尔雅 文道 著

北京联合出版公司
Beijing United Publishing Co.,Ltd.

图书在版编目（CIP）数据

最美是诗经 / 尔雅，文道著 . —北京：北京联合出版公司， 2016.3
（2022.12 重印）
ISBN 978-7-5502-6545-5

Ⅰ . ①最⋯ Ⅱ . ①尔⋯ ②文⋯ Ⅲ . ①《诗经》—诗歌欣赏 Ⅳ . ① I207.222

中国版本图书馆 CIP 数据核字（2015）第 270981 号

最美是诗经

著　　者：尔　雅　文　道
出 品 人：赵红仕
责任编辑：李　征
封面设计：韩　立
内文排版：刘欣梅
图片提供：www.quanjing.com

北京联合出版公司出版
（北京市西城区德外大街83 号楼9 层 100088）
鑫海达（天津）印务有限公司印刷　新华书店经销
字数400千字　　720毫米×1020毫米　1/16　21印张
2016年3月第1版　2022年12月第6次印刷
ISBN 978-7-5502-6545-5
定价：58.00元

现存先秦古籍，真赝杂糅，几乎无一书无问题，其真金美玉，字字可信者，《诗经》其首也。

——梁启超

初夏的清晨，阳光明柔而亮丽地从树枝树叶间轻盈落下来，碎碎地铺满在正在读的《诗经》书页里，异常美好。这种美好于心底滋长蔓延，缠绕到窗外耸立的梧桐树。在这个夏天，梧桐树这种《诗经》中就有的远古植物，在和风中落下清凉的树荫。

年少时候，觉得《诗经》就是一部爱情的诗歌，汉、溱、洧、淇之水，透彻清凉，我欲淌之；蕙、兰、芷、若、蘅之花，招展美丽，我欲采之。在优美繁密的诗句中穿梭，遥望先古河流河两岸的男女们，他们简单的欢笑与泪水，幸福与怨恨的爱情故事，最容易感动。

《诗经》中那么多的爱情真挚而生活化，没有呼喊着伟大与高远，但那些朴实无华的句子，让人回味无穷。《关雎》中君子对窈窕淑女的热切追求；《汉广》中男子对游女的盼望与留恋；《击鼓》里流传千载的"执子之手，与子偕老"的誓言；还有《木瓜》里不分贵贱真爱的馈赠等都是平凡人真实的恋情，字里行间，朴素之美尽现。

当然爱情之外，还有那个时代的劳作与智慧，伴随坠落的星辰，先民们耕种，狩猎，祭祀，园艺，婚嫁等，这是人类一代又一代遗传的生活方式。还有那个时代的徭役与战争，在遥远漫长的岁月里，周王朝自他崛起的那一刻便不断与周边的国家进行着大大小小的战争，我们就读到先民们生活的哀怨和悲凉的一面，《诗经》就是那个时代先民日常生活的真实写照——与大体上同时代的，古希腊的《荷马史诗》是截然不同，《荷马史诗》几乎就是凭借着幻想而虚构出的超越于人间世界之上的诸神和英雄的世界，很难读出其时代特性。

应该感谢《诗经》这部诗歌总集，尽管现在是高楼大厦灯火通明的都市社会，但读一下它，似乎就可以回到星罗棋布的村落社会，纯真爱情，采摘植物，祭祀礼仪……意蕴尽生。穿越过三千年的漫长时光，我们依然可以感触到先秦的诸民生活，如果没有战争，阡陌尽头的那个古朴小村，有鸡鸣狗吠，也有男女谈情说爱的身影，那在水一方的"伊人"，那逾墙的"仲子"，那贻我彤管的"静女"……战事来了，便有了建功立业的希冀与驰骋沙场的雄姿，不过也便有了思妇望穿秋水的悲凉，那一个个翘首盼望征人归来的故事在遥远的年代不停地演绎。

生活在快节奏中的我们难免会羡慕我们的先民，会觉得《诗经》中的男女是幸运的，因为他们生活在最最朴素的地方。门前是一片舒心的原野、山川与河流，顿觉心旷神怡。在这片最朴素的天地中，空气中弥漫着清香，和风习习，人们采摘着植物，采摘着属于自己的快乐、忧伤与希望。生活的每一个片段，都能够唱出歌来，成为歌谣，也许，这就是最高境界的诗歌，不加修饰，却吟出了最纯粹的乐章。于是那些手摇木铎的采诗官奔走在田野之间，聆听着大自然的美妙与人类纯粹的歌声，立刻飞速记下来……

《诗经》这部记载着中国周代到春秋时期长达五百多年的岁月诗歌，在历史的长河中流淌而至，满载着当时的意蕴与时代风格，袅袅娜娜地走来。让远古的和风自我们的心灵中过往，感受这穿越千年依然最美的风景。在纷繁的现代社会里，但愿读到的人都能听到一种清澈的乐感。

目录

情为何物

如花美眷，似水流年，从河畔之洲到关关雎鸠，有多少人在这江南润湿的空气中缓缓走出，躲不过的是反复无常的情感纠结。悠悠的千年中，花开又花落，到底惹人心尘的情为何物，只怕是最叫人摇曳心思，很轻易地便能嗅到爱情的滋味。

爱情不经意的流露

关关雎鸠，在河之洲。窈窕淑女，君子好逑。

参差荇菜，左右流之。窈窕淑女，寤寐求之。

求之不得，寤寐思服。悠哉悠哉，辗转反侧。

参差荇菜，左右采之。窈窕淑女，琴瑟友之。

参差荇菜，左右芼之。窈窕淑女，钟鼓乐之。

——《周南·关雎》

翻看《诗经》的时候窗外落着小雨，沥沥渐渐，那关关雎鸠、苍苍蒹葭就在江南这湿润的空气中徐徐打开，充盈丰沛的原初之气扑面而来，似乎一切都鲜活如初。

关关和鸣的水鸟，相伴栖居在河中沙洲。那善良美丽的姑娘，是君子的好配偶。长短不齐的荇菜，在船左右两边捞它。那善良美丽的姑娘，醒来睡去都想追求她。思念追求却没法得到，深深长长的思念啊，教人翻来覆去难以睡下……

一部中国诗歌史就在这淳朴而清丽的民歌中悄然盛开，雎鸠悦耳鸣叫，荇菜茂盛生长，古朴醇厚渐渐显露，盎然的曲调像一首天籁之音娓娓而来。

《诗经》以这首以爱情为名的《周南·关雎》作为开篇，不得不让我们承认爱情在生命中处于重要地位。细读下来，这首诗歌无疑是讲一个男子对一个女子的浓烈追求。

爱情本就无比美好且无可回避，而一些卫道士解读《关雎》时非要说它是歌颂"后妃之德"的，这不禁让人联想到《牡丹亭》中的一幕：杜丽娘在私塾中受学，迂腐的塾师陈最良讲到《关雎》之时内心慌乱至极。那当然，对着一个美丽的深闺少女谈论爱情，不由他不窘迫！于是他试图让杜丽娘相信，《关雎》只是歌颂之篇，而聪明的小姐早在诗句中嗅到了爱情的味道，粲然一笑。爱情就在此时悄悄埋下了种子，等待着发芽，茁壮成荫。

回到《关雎》，在清脆盈耳的鸟鸣声中，来到这片长满荇菜的沙洲，观望到两千多年前的淑女与君子的绵绵爱情。"关关雎鸠，在河之洲。"田野之中，空气清新，雎鸠和鸣，河水微澜，古朴单纯的情愫就以这样的暖色调渐渐氤氲开来。风中曳荡着翠绿如墨的柳条，地上盛开灼灼欲燃的花朵，一派生动的景致中，君子却孤身一人，这怎么让他受得了？

所以，河岸之上，徘徊着的小伙子，他一会儿张望，一会儿低头，转来转去，时间不断流逝，河心绿地上停留的雎鸠飞走一只又来了一只，他还没有离去的意思。雎鸠在斑驳光影之中不停欢唱，男子对着河心开始发呆。密密麻麻的荇菜如翠玉凝成，青青成茵，它们的茎须在流水的冲刷下参差不齐，涟漪缠绵，它们的叶片如指甲大小，阳光落在上面闪烁着动人的光泽。

姑娘穿着和荇菜一样色泽的罗布裙子，阳光照在她身上，游曳着微甜的气息，她脸露笑容，提起自己的裙摆，轻轻蹚过他们家乡的这条小小河流，采摘青青的荇菜，她束起来的头发里有着扑鼻的花香，仿佛有一只只蝴蝶从里面飞出来。引得所看到的人不禁心旌动摇，恨不得立刻上前追求。远处的桃林如云似锦，灼灼其华，绽放着一年的繁华，也开满小伙子一树的思念与忧愁，美丽清纯的姑娘已经闯进他的心怀，夜深的时候，辗转反侧都不能入眠——满脑子里都是女子笑语翩跹的模样、婀娜多姿的风姿，却是"求之不得"，没有办法接近。

　　现代著名作家沈从文说美都是散发着淡淡的哀愁的。他认为美是理想化的东西，是高于现实的，我们追求它却永远得不到它，就有种愁绪在里边。有人也说人生最痛苦的事就是求之不得，一个人那么挚爱的东西却无法得到，这怎能不痛苦呢。美天生就带了一份哀愁。

　　如此说来，《关雎》爱情的美妙，不仅美在窈窕，美在寤寐思服、辗转反侧的相思，美在琴瑟友之、钟鼓乐之的希望，更美在最初时候的那份在河之洲、左右流之的不可得。"文似看山不喜平"，《关雎》有这段"不得"，整诗一下子鲜活丰富起来。小伙子煎熬难挨，从床头直起身来，徘徊在院子里面。最后终于明白要靠自己去争取属于自己的幸福生活，采取措施对心仪的姑娘表白。

　　于是，第二天，在水草丛生的河岸，薄雾之中，小伙子就对着来到河边的姑娘拨动起了琴弦。美妙的琴声，在清晨的薄薄白雾和细微水波里，婉转动听，和着关雎的清脆鸣叫，夹在微醺的风中，流向女孩采荇菜的地方。

　　让我采一朵亭亭玉立的荷花送给你吧，却又害怕它比不过你的粉嫩与美丽！让我捧一缕柔软似水的晨曦送给你吧，却又害怕它比不上你的清澈与灿烂！让我剪一片缥缈洁白的白云送给你吧，却又害怕它比不上你的曼妙与洁净！

　　小伙子鼓足勇气，用独特的表白与浪漫情怀打动了姑娘，打开了姑娘的心田。二人美好的生活自此开始。

　　"窈窕淑女，琴瑟友之。"这也成为历代相互倾慕的青年男女表达内心感情的一种方式，众所周知的就有司马相如与卓文君的千古佳话，司马相如在卓府的一曲《凤求凰》换来了与卓文君的当夜私奔。

　　依此来说，古人的性格并非温和如茶、含蓄十分，从《关雎》可以看出，先秦之时，情窦初开的青年男女相思之情坦率，都毫不掩饰自己的愿望。现代人面对真爱相对古人来说有时反而少了那份勇敢，"有花堪折直须折，莫待无花空折枝"，我们倒是要向《关睢》中的小伙子学习了。

五代时期文人韦庄的《思帝乡》一词也表达出同样的勇敢，轻易流露出爱情的执着：

> 春日游，杏花吹满头。陌上谁家少年？足风流！妾拟将身嫁与，一生
> 休。纵被无情弃，不能羞。

郊游的少女遇到一个英俊的小伙子，迸发了对爱情的炙热向往，令人感动，即使不能白头到老，也没有什么后悔的，内心昭示着爱情的无上美丽。这与《关雎》里面男子"明目张胆"唱出来的勇敢不谋而合。

"关关雎鸠，在河之洲。窈窕淑女，君子好逑……"几岁的小孩都会轻轻吟唱，诗中那个窈窕的姑娘，带着古朴与浪漫，和着水鸟的鸣叫与水草的鲜绿，走过秦时明月汉时关，走过唐诗宋词，穿越长河落日、小桥雨巷，历经每一个清晨的细雨与黄昏的飞雪，仍不失淡淡的美和浓浓的香。

一提及那条河流、那座沙洲，还有那参差的荇菜、那对雎鸠，就仿佛嗅到了爱情的滋味，如水如诗。

站回相遇的原点，等待你

江有汜，之子归，不我以。不我以，其后也悔！

江有渚，之子归，不我与。不我与，其后也处！

江有沱，之子归，不我过。不我过，其啸也歌！

——《召南·江有汜》

伸出手去，抓住的却是一片虚无，到底是爱情走得太快，还是我们走得太慢，离幸福越来越远。

在江水的一端心事惴惴，等待着你的到来，明知道你去意已决，却依然还是忍不住想要期待。期待着你突然出现，让我心中欣喜。

这大概是《江有汜》中，女子的心事。她被丈夫抛弃，却不肯接受这个事实，痴痴地等在江边，在天与地的一端凝望、等待。她不愿意接受这个宿命，她执着地相信，只要付出，总是会有回报的。

不难看出，这是一首弃妇诗。自古男儿皆薄幸，女子的身心付出，多是换来薄情男子的无情抛弃。而从诗歌中所言的"江""沱"可以看出，这位女子所在的地方应当是召（在岐山，周初召公的采邑）的南部、古梁州境内长江上游的沱江一带。依据当时的文化和情形来分析，这位女子极有可能是一位商人妇。商人前来此地做生意，结识了妇人，妇人本以为找到了一生的依靠，岂能料到，商人结束生意之时，便是遗弃她之日。

原来得到只是短暂的，而失去才是永恒的。

女子徒留江边，哀怨地唱出了这首悲歌："江有汜，之子归，不我以。"狠心的人儿要回故乡，却不肯带我一同离去。江水就好像一道人生的分割线，就此将两人分离在了人生的此岸与彼岸。

早知如此，那当初何必结合呢。原以为迈入了幸福的光晕，哪知却是踏进了更为残酷的深渊。

古时女子的命运多是由男子决定的，所谓"嫁鸡随鸡，嫁狗随狗"便是这个道理。女子从夫，一旦踏入婚姻，便是另一段生命的开始。可是现在，这段生命便这样生生地被割断了，让女子对这个薄情郎生出诅咒。在三章诗中，女子分别用了"不我以""不我与""不我过"来诉说丈夫对她的薄情。

层层递进，可以读出女子的心情，在日复一日的期盼和等待中，逐渐走向灰暗和绝望。"不我以"，不与我一同回去；"不我与"，不再和我在一起；"不我过"，不再与我见面，刻意地回避。

事态已经发展至此，女子就算是再傻，也能够明白男子弃她之心多么坚决了。数年的恩爱在男子心中丝毫翻不起涟漪，他的感情是如此吝啬，做出的事情如此狠绝，既然恩情已随时光的流失付之一炬了，那么自己又何必心存仁慈呢。

结尾，"其后也悔""其后也处""其啸也歌"便是女子对负心汉做出的诅咒，她一厢情愿地认为男子日后定会后悔今日的这个决定，从而痛心疾首，孤苦度日。事实上，男子很可能丝毫不会愧疚，甚至早已忘记自己还曾在江水一岸与这样一个女子共同相守过。

　　女子在江边，独自设想着丈夫日后种种后悔背弃自己的举动，她内心的诅咒，还有在江边的留守，其实潜台词不过是想丈夫能够回心转意，与她和好。

　　又爱又恨是女子此刻复杂的心情，也无怪她还心系那个无情之人。被人抛弃，成为弃妇，在周朝时期，礼教森严，女人地位卑微之际，一个被抛弃的女子，日子应当是很不好过的。或遭人冷眼，或被人唾弃，都是在所难免的。

　　所以，她希望男子能够归来，除爱之外，恐也有缓解自身处境之意。

　　江水滚滚，一去无踪。当年温柔的誓约也早已斑驳点点，想当日，在江水河边，男子是如何对自己信誓旦旦的。可现如今，江水奔腾，人却不再。

　　一面思念，一面诅咒，女子的坚强与软弱，在这首诗歌中体现得淋漓尽致。一唱三叹，极尽缠绵，又柔中见刚，沉着痛快。

初遇男子，她曾天真地以为感情会牢靠，生活会安逸稳定，自己不会成为望夫台上的悲妇。谁知道生活还是和她开了一个玩笑，当初认为绝不可能发生之事，现今就真实地发生在她的身上。

许多往事，一幕一幕重现，而今看来，却依然模糊不清。但是，纵使如此，女人依然执着地坚信：就算什么都失去了，什么都消失了，当初邂逅的那一瞬间，依然亘古存在。

在爱情中，有些人纵使重复经历着一些伤害，就算刀光剑影无处躲藏，也依然在傻傻地等待。从失望，到期待，再到失望，周而复始，没有穷尽。

在无奈苦守中忆起邂逅种种，那时的温暖，而今频频减少，只能听着江水声，用着残存的记忆，来温暖心灵，汲取活下去的力量。

在无奈苦守中忆起年少，依赖回忆取暖，汲取力量。他对她的点滴好处都渗透进记忆深处。情事不存，旧事温润。女子一心想在相遇的地点，等待轮回的开始，好让她再度步入幸福之中。但现实总是冷淡，无论她在原点如何翘首以盼，希望总悄然沉没。

读着诗句，沿着女子的回忆触摸到思念的棱角，平淡、低缓。无论是爱还是恨，都清新平缓，只不过是想有个温暖的依靠而已，天公为何如此不作美呢。

是否可以这样想，这首《江有汜》对邂逅有着另外一层解读。原本美好的邂逅、让人向往的情感，一旦与现实生活相接，就会变得模糊而碎裂。婚姻生活的细节，将会让幸福和希望都渺然不可信，真个叫人绝望。

调情是不是一种爱情

终风且暴，顾我则笑。谑浪笑敖，中心是悼。

终风且霾，惠然肯来。莫往莫来，悠悠我思。

终风且曀，不日有曀。寤言不寐，愿言则嚏。

曀曀其阴，虺虺其雷。寤言不寐，愿言则怀。

——《邶风·终风》

《红楼梦》中有这样的一个情节，贾宝玉与林黛玉在花丛中读《西厢记》，天气晴朗，微风和煦，风景美好，《西厢记》中的文辞又生香而出，宝玉一下子就来了灵感，笑着对黛玉说："我就是那'多愁多病的身'，你就是那'倾城倾国的貌'。"等他说完这句话，黛玉就气了，柳眉倒竖，杏眼圆睁。

书中用来形容张生和崔莺莺恩爱表白的话语被宝玉说出口，差不多就是等于求爱了。林妹妹作为一个贵族小姐，有着必需的矜持，应该不是随时随地就能面对心中神圣的爱情的，几乎下意识地就发怒了，说宝玉欺负她，声称要告诉舅舅去。在那种场景下，宝玉脱口而出的话，也不全然是示爱，似乎有调情的嫌疑。

大多时候，调情跟示爱差不多，不过黛玉应该知道，二者实质上正好相反，示爱是真爱，而调情的这条路上发生的爱情要是走得越远，也许就会离爱情越远了。熟读诗书的黛玉应该知道这些。《终风》里说的就是一个严肃面对爱情的女子，却不幸碰上一个调情爱好者的苦闷事情。

男子初见女子就对她笑容满面，还能说会道，开开玩笑，潇洒浪漫，而女子对此却忧伤得无法言说。她觉得爱情是一件应该严肃的事，就算一个人原本性格活泼，一旦遭遇爱情，也不由得变得庄重起来——严肃对待爱情这样生命中重要的事情。且看这个男子的做法：

　　既刮风又下大暴雨，见我他就嘻嘻笑。戏言放肆真胡闹，心中惊惧好烦恼。

　　既刮风又尘土飞扬，他是否肯顺心来。别后不来难相聚，思绪悠悠令我哀。

　　既刮风又天色阴沉，不见太阳黑漆漆。长夜醒着难入眠，想他不住打喷嚏。

　　天色阴沉暗淡无光，雷声轰轰又开始响。长夜醒着难入眠，但愿他也把我想。

　　《终风》里的这个男子，戏谑轻薄，尽管见识广博，谈笑风生，但她望着他，只是默默地倾听，爱情在他那里，还没有卸下面具，他还没有以最真挚的心灵来面对。从他飞扬的神采之上，似乎就能看出她日后的命运，她想要的是一份真诚的爱情，而他肯拿出来的，只是一时的感情。爱情与调情的区别之处就在于，爱情需要全身心的付出，而调情则是一时，或者抱有其他的目的。

　　张爱玲的名作《倾城之恋》中的范柳原和白流苏都是调情的高手，他俩各自抱着目的开始着爱情交手，范想赚取白的芳心，而白也想赚一个冤大头结束自己下半生的漂泊。结果呢，彼此调情，彼此精于算计，都不想真心以对，爱情变成一场没有休止的拉锯战。倒是最后的一场战争成全了他们的爱情。

　　调情只能让感情陷入困境，而爱情则可以把平凡变伟大，把瞬间变永恒。在《倾城之恋》中那生死攸关的瞬间，他们没有了挑逗与算计，彼此唯一的心思，就是希望对方平安，为此甚至想要付出自己的生命。如此才终于断定两个人的相爱。

　　贾宝玉对林黛玉说"我就是那'多愁多病的身',你就是那'倾城倾国的貌'"之时,也正是他心情暴躁不安的时期,整天无事可做,穿梭于众多姐姐妹妹之间,讨好献殷勤,他对黛玉的这句话怕也不是出于真心,在敏感的黛玉看来,确实是调情之语。黛玉也只好一边恼怒一边掉下眼泪,怕也是《终风》里那个女孩子一样的悲凉。

　　爱情的伟大之处在于击败调情,把调情转化为爱情的养分。那时候,在爱情里,没有轻浮,没有亵渎,只有天长地久。

　　《终风》里的女子,不知道是不是历来争执而又没有明确的庄姜,不管是不是,这位女子都没有白流苏与黛玉幸运,到最后她也没有把调情化成爱情,他抛弃了她,并且不再回来,尽管他曾经给她带来那么多的美好。她对于这一切也心知肚明,然而现实让她无能为力,只能一个人承受着伤害。

　　耿耿不寐的长夜,当暴风刮得猛烈之时,就想起他对着自己嘻嘻地笑,想起曾经戏谑的欢乐。一个人独处睡不着觉,但愿自己的思念能让他打个喷嚏,好让他知道自己在想念他,据说,一个人要是被惦记着,就会打喷嚏。真的希望他能回来,给自己真正的爱情。即使这些都做不到,那至少他能够把自己怀念。

　　关于《终风》男女主人公最后有没有结果,诗人没有继续说下去,但觉得应该没有了下文,生命应该就此擦肩而过。不过,也有可能在某一天,男子懊悔了会回来,但怕也是因为浪子的心已经疲惫,而不是因为真懂得了爱情。

　　"曀曀其阴,虺虺其雷,寤言不寐,愿言则怀。"在这样刮风打雷的夜里,会想起谁?还希望谁想起自己?李清照说:"风住尘香花已尽,日晚倦梳头。物是人非事事休,欲语泪先流。"若是如此,物是人非,调情也好,爱情也好,都只能是一个梦——一个无比悲凉的梦。

斯人憔悴，独为一人

有狐绥绥，在彼淇梁。心之忧矣，之子无裳。

有狐绥绥，在彼淇厉。心之忧矣，之子无带。

有狐绥绥，在彼淇侧。心之忧矣，之子无服。

——《卫风·有狐》

男思女爱、撩人心意的诗歌，在《诗经》中不占少数，多半也就是那些你情我愿或你不情我不愿之类的文字。时时刻刻的缱绻眷恋是最让人心疼的爱恋，特别是在那个淳朴简洁的时代。

天空浩渺，虫儿和鸣，你追我赶得让人心生艳羡。到底爱情的本初，是怎样的一种颜色？是否单纯得清澈见底，毫无杂质？从这首《有狐》中，可以窥得一二。

在许多的文字底下，爱情总是戴着优美的面具，被装扮成了世界上最令人向往的圣物，所有人都为其沉醉。但在这里，爱情褪去了一切熠熠的光辉，朴素得就像手头的一双竹筷，无华无彩。

　　有只狐狸在独行求偶，在那淇水边的桥上。内心充满忧愁，生怕那人没有下裙穿。

　　有只狐狸在独行求偶，在那淇水所能够波及的地方。内心充满忧愁，只怕那人没有宽腰带。

　　有只狐狸在独行求偶，在那淇水的岸边。内心充满忧虑，只怕那人的衣衫不够。

斯人独憔悴，却只为他一人。

女子在那时，只需在家做女红，无须走出家门去赚取工资以供养家，她也就有了年年岁岁尽心思念的时间，时时刻刻惦念着她心中所想的那个人。都快等到了岁月的尽头，

13

也不见君从远方归。

究竟是思念太短，无法触及你所在之地？还是思念太浅，不能让你觉察到我内心的忧虑？

自古以来，这首诗歌的主旨始终是有些争议的，如"悯伤孤贫说""齐桓公思恤卫说""忧念征夫无衣说""伤逃散之卫遗民说"，以及其他的说法，但抛去夫子们的一本正经，看下来，终究还是思妇情怀的说法。而这一说法也更为贴近这首诗歌的意境。

这首诗看来，不过就是一个在战乱之中失去丈夫的女子，偶遇到一位情投意合的鳏夫，由此对他展开了爱慕之情，简短数语，不过是想表达出自己的爱意罢了。

遇见他的转眼交会间，她心神惊动。这样的男人，是可以依托终身而不悔的吧？女人，总归是要找一个遮风避雨之所。见到眼前的这个男子，妇人已经知道，自己是甘心情愿地与他携手。

故诗人托为此妇之言，以有狐在踽踽独行，寻觅配偶，来表达妇人对男子的情思。之所以选择以狐来言，诗人之意恐是觉得狐为妖媚之兽，将妇人称为狐，也说明了这妇人是颇有风姿的。

而狐多是情种，因此，以有狐求偶，既能揭露出这多情妇人羞涩的心事，又饶有风致。妇人并未对鳏夫有过多的甜言蜜语，她在这首诗的三章中，反复提到鳏夫是否有衣裳穿，简简单单的一声担忧，却是道出了最真的爱意。

传说有一种花，专为那些苦情的人而开。此花，开在秋分前后三天，名曰彼岸花，分白色和红色两种，白色的彼岸花叫曼陀罗华，红色的彼岸花又称曼珠沙华。彼岸花，

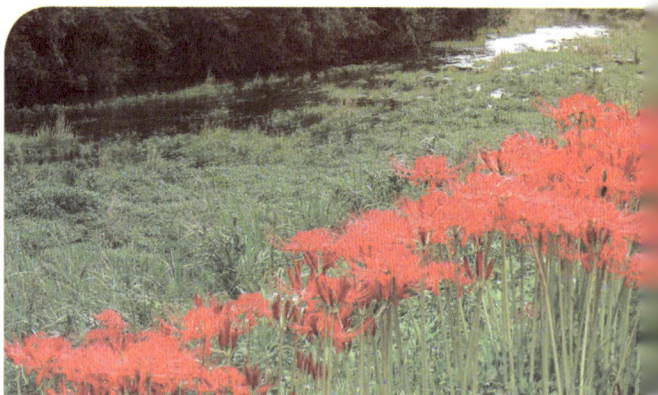

花开彼岸，有叶无花，有花无叶，花叶生生两不见，彼此牵肠挂肚，温柔也是带离殇，却无处可诉。

之于凡人，这种天堂之花，却不分时节，时时处处开在一别两处的有情人心里。不是我恨君生早，就是君恨我生迟，迟迟早早，总是错过。偏偏又在有生之年遇到你。可是，你我却早已是各有配偶。

礼教的束缚让我们难以启齿对彼此的爱意，偷拭眼泪，上天是不是真的这么无情，偏偏要让有情人在错误的时间相遇，然后，为一份无法与共的情感，各诉离别。

这位妇人一定是不愿与鳏夫天各一方的，她希望能够和他重新组建家庭，重新享受到室家之爱，这本是人生起码的要求，无可非议。可是，放置在那个礼教森严的时代，却显得困难重重。

这首诗充分而细致地表露了这位早年丧夫女子的真挚情绪，她不做丝毫的掩饰，大胆地倾诉内心的情怀。在她的脑海中，与鳏夫邂逅的那一幕，至今似乎还在脑海中如风回荡，每一处回声都是她爱的见证。

相见时的那份惊喜无限，怎么能想得到，日后想要走下去竟是如此刺骨锥心。这首诗写的不是相思纠缠的浓醴，而是女子遭逢生活变故之后，渴望拥有一份安宁生活的期盼。有时，缘分来得就是这样巧。

本来，两个心如死灰的人，在纷乱狼藉的时代，就想寥寥过完此生罢了。可是上天的魔法，偏偏让他们相遇，燃起希望。这迟来的邂逅，偏在烽火连天的时刻，绽放得如此绚烂，上天，待人到底是太好，还是太坏？

这次的邂逅，就好像一颗早熟的种子，被突兀地种进了女子寂寞的情感之中，从她干涸的身体里，不管不顾地强行长出了果实，落进这跌宕的现实中，成为坚硬无声的情感。诗歌到最后，也未能交代，对于女子的情感诉求，这位鳏夫作何态度。

不过，就算结果不尽如人意，这份情感也会成为一段人生经历，丰富女子的心灵。当这段记忆在她的余生中静静蔓延开来，她的内心也一定会溢满幸福。

著名的女诗人辛波斯卡曾在她的名作《一见钟情》中写过：

他们两人都相信，

是一股突发的热情让他俩交会。

这样的笃定是美丽的，

但变化无常更是美丽的。

既然从未见过面，所以他们确定，

彼此并无任何瓜葛。

但是听听自街道、楼梯、走廊传出的话语，

他俩或许擦肩而过一百万次了吧？

······

　　但愿《有狐》中的女子，也能在命运的驱使下，找到这样的美丽缘分，完成她出嫁的心愿。

真爱本无价

投我以木瓜，报之以琼琚。匪报也，永以为好也。

投我以木桃，报之以琼瑶。匪报也，永以为好也。

投我以木李，报之以琼玖。匪报也，永以为好也。

——《卫风·木瓜》

《卫风·木瓜》中的女孩与《召南·野有死麕》中的男子一样有着好运气，《野有死麕》中的男子扛着猎物回家时，路遇一位怀春的女子，而《木瓜》中的女子看见一位心仪已久的帅哥走过，随手将一个木瓜投给了他。女孩笑嫣不语，而男孩早已心领神会，忙把自己随身携带的玉佩赠送给了姑娘。因为他知道女孩的木瓜可不是平常的瓜，这"投"也不是普通的投，而是将一颗滚烫的少女的心掷到了自己怀里。两千多年前，先民都是以赠东西来确定婚姻的，这是一种习俗。

男子回赠玉佩的热烈反应，表示他也爱慕姑娘好久了。尽管自己的玉佩比起姑娘的木瓜贵重了不知多少倍，但是还会觉得它不能表示清楚自己的情谊，他是想永远与姑娘相好下去。这位少女收到男子回馈过来的礼物当然是甜蜜无比，顿时心花怒放，她也知道这不是普通的回赠，而是一份爱的承诺。自己的可爱、质朴与直接表示，换来了自己的爱情，这也应验了古来的俗话"男追女，隔座山；女追男，隔层纱"。两相情愿的感情，终于以一个木瓜连接到一起，并其乐融融地持续下去了。

在古代中国，甚至到现在，恋人之间的情谊都是以小物品为纽带的，古代时经常以瓜果、佩饰连接感情，在他们看来，一滴水、一朵花、一把扇子等都表达出深深爱意，如《郑风·溱洧》中的"维士与女，伊其相谑，赠之以勺药"，是互赠芍药作为定情之物。

唐代女词人晁采的《子夜歌》："轻巾手自制，颜色烂含桃，先怀侬袖里，然后约郎腰。"意思是说我亲手为你缝制的这条轻盈的丝腰巾，颜色灿烂得像鲜红的桃花，我先把它放进我的衣袖中，然后再送给你来束扎你的腰身。送给恋人之前先让东西带上自己的体温，让恋人感到"你中有我，我中有你"的血肉相连般的浓情蜜意，耐人寻味。

《诗经》中还有相似的女追求男的诗歌，比如《召南·摽有梅》，与《木瓜》中幸运的少女相比，这个女孩的命运就不那么好了。

> 摽有梅，其实七兮。求我庶士，迨其吉兮。
> 摽有梅，其实三兮。求我庶士，迨其今兮。
> 摽有梅，顷筐塈之。求我庶士，迨其谓之。

这里的男孩不但没有礼物相送，而且几乎没有搭理女孩。尽管女孩一直渴望自己心仪的那位男孩能够揣测到自己的心思，但她仍保持着应有的矜持与含蓄，以诗歌示意他那么多次，以眸暗示，可是等来等去，还是没有等到他的任何回复，只好自己一个人坐下叹气，感叹自己的容颜如梅般凋落，女孩真想用东西去捣男孩的榆木疙瘩脑袋。不过要是女孩投一个木瓜给男孩，就像《木瓜》这里面的女子再大胆一些，面对自己心爱的男子时，不害羞，不躲闪，从容、大胆地把自己手中的木瓜投向他，问题也许就解决了，而不是只有喟叹了。

在《木瓜》中，古代男女之间交往把问题简单化处理，不像我们现代人这样拐弯抹角。也许现代人也有自己的理由，看到过太多的付出没有回报，现在已经不是那个"投我以木瓜，报之以琼琚"的年代，大家都在追求利益的最大化，想着以付出极少换回极多，对待感情也是这样，都在算着自己付出多少，准备收回多少。

正如有人感叹的那样："现在的男人，就想着用一杯咖啡，去换取一个女人的身体。"这是站在女人立场上的一句话，而男人则反唇相讥："现在的女人，就想着用一根别针，去换回一栋别墅。"这样一来还会有真感情吗？

要是现代人能够像《诗经》年代的男女那样简单、执着，不以一副玩玩了事的态度来对待情感，相信"有情人终成眷属"的概率将大大增加。其实，我们的内心都是渴望有这样一份真感情的。当心仪的人爱着自己的时候，任谁都会将自己所有的美玉拿出来，厚报那个将"木瓜"送给自己、终生托付给自己的人。

美国作家欧·亨利的小说《麦琪的礼物》其实也是说了一个"投我以木瓜，报之以琼琚"的故事。圣诞节马上就要到了，在一个贫困的家庭中，妻子为了送丈夫一条白金表链佩上他的那块金表，心疼地卖掉了自己那一头引以为豪的秀发。而丈夫为了给心爱的妻子买一把漂亮的梳子，卖掉了祖传的金表。结果，两个人的珍贵的礼物都变成了起不了作用的东西。不过，他们却得到了比任何礼物都宝贵的东西——无价的真爱。

夫妻两人买礼物的时候，根本没有考虑自己，都是为了对方着想，就如《木瓜》一样简单而真挚：你给我一个木瓜，我给你一块美玉，不是为了报答，只是为了两情相悦，只为了我们能够相爱。古代的男女，一相见便觉亲切，有爱慕就表现出来，干净爽朗地男女相悦。刚刚采摘下来的木瓜，随身佩戴的玉佩，信手拈来都是信物，随时相遇可定终身。欢快而活泼，怎能不让后世羡慕。

春游踏青，爱如雁归来

　　溱与洧，方涣涣兮。士与女，方秉蕑兮。女曰观乎？
士曰既且，且往观乎？洧之外，洵讦且乐。维士与女，伊
其相谑，赠之以勺药。

　　溱与洧，浏其清矣。士与女，殷其盈矣。女曰观乎？
士曰既且，且往观乎？洧之外，洵讦且乐。维士与女，伊
其将谑，赠之以勺药。

——《郑风·溱洧》

　　西方的情人节在青年人中广为流行，过情人节，送玫瑰花，已经成为恋人们表达情感的一种重要方式。而在中国的民间文化里，"七夕"这个牛郎织女相会的日子也可以看作是情人节，但七夕的起源并不是十分古老，最古老的情人节应是上巳节，《诗经》中曾提到过不止一次，其中还有表达爱意的花朵——"勺药"。

　　溱水与洧水，正涨满春水。男士和女子，手捧兰花满怀香。女子说："去看看吧？"男的说："已经看过了。""再去看看也无妨！"洧水岸，场面实在盛大而热闹。男士和女子，相互调笑心花放，临别相赠美芍药。

　　溱水与洧水，流水清澈见底。男士和女子，熙熙攘攘多又挤。女子说："去看看吧？"男的说："已经看过了。""再去看看也无妨！"洧水岸，场面实在盛大而热闹。男士和女子，相互调笑心花放，相赠芍药表情长。

　　在《郑风·溱洧》这幅欢乐无比的游春图中，传递出来那么多欣喜、兴奋的情感！人们仿佛回到了先秦时那个充满欢乐与美好的上巳节，听到鲜艳的芍药花瓣盛开时发出的爱之声："维士与女，伊其将谑，赠之以勺药。"

古时的爱情之花为什么是芍药？《本草纲目》中记载道："犹婥约也。婥约，美好貌。此草花容婥约，故以为名。"而读起来是"着约"的谐音，也就是守约、赴约的意思了，符合人们的美好理想。美国诗人庞德在对汉语做出大量研究后也翻译了这首诗：

溱与洧

从此流过

互相抚触

男男女女

采摘兰草

女女男男

采服这种彼此的药剂

把芍药当作爱情的一服药剂，有一番味道。少女们面色红润，手持鲜花，尽情将自己火热的目光和情感抛向自己的偶像，少年们衣着光鲜，青春的脸上洋溢着喜悦与任性，坚定而自然地牵起心上人的手。

先秦时候法令允许男女相会，即仲春之会。《周礼》上记载说："于是时也，奔者不禁。"根据当时郑国的风俗，每年的仲春上巳之日是大规模的民俗节日，男男女女纷纷来到溱、洧水边，以新解冻的春水洗涤污垢，认为这样可以除去整个冬天所积存的病害，在新的一年里健康吉祥。

《后汉书·礼仪上》中记载道："是月上巳，官民皆絜（洁）于东流水上，曰洗濯祓除，去宿垢疢（病），为大絜。"而对年轻男女来说，这更是自由快活的春游，趁着这个好机会在野外踏青，泼水相戏，撞见心仪的人，择偶成家。这一天，就是政府组织、默认的"鹊桥会"。

春游踏青的源头就来自于这一时期，正如《溱洧》诗中，草长莺飞二月天，溱河、洧水两岸鲜花满地，无数手拿芍药花欢笑的少男少女在尽情嬉戏。这种嬉戏被称为"春嬉"。不知道什么时候，春嬉的初始目的渐渐淡化，连名字都改为踏青，最终演绎成为一种风靡城乡的盛大群体性活动。在春天来临时候，来一次苏醒。

李后主就有诗云"还似旧时游上苑，车如流水马如龙，花月正春风"，尤其到唐朝时，踏青更是盛极一时，人们往往结伴而行，杜甫《丽人行》诗中"三月三日天气新，长安水边多丽人"就是对上巳节唐代长安曲江风景区内节日里贵族女子结伴春游情形的描绘。

在湖边，在郊野，在青葱夹岸的春溪，在丛树碧草的江畔，人们带着一种青春与快乐的气息，摩肩接踵地游玩。这样的日子，这样的环境，正是爱情生长的温床。爱情当然就如同这个不可阻挡的季节一样，总是如期而至。踏青的过程中自然少不了眉目传情，少不了言语默契，少不了欲说还羞，少不了惜别依依——爱情就这样悄然诞生。

上巳节这个风情摇曳的踏青日，在以前的传说中说制定者是女娲，最初她分阴阳，定姻缘，就明确了这是恋爱的节日。魏晋之时更多地演化成为文人雅士的娱乐活动，著名书法家、文学家王羲之的《兰亭序》就如实记叙了当时聚会的情形："永和九年，岁在癸丑，暮春之初，会于会稽山阴之兰亭，修禊事也，群贤毕至，少长咸集……"

然而更接近于上巳本色的还是《诗经》中的《溱洧》。《溱洧》的开篇比《兰亭序》过犹不及，"溱与洧，方涣涣兮"。春天到来，万物复苏，郊外的溱河和洧河解冻了，河水哗啦啦地流淌，人们如何来表达内心的喜悦和激动？只能陶醉在这一片春光里，爱情和喜悦之情一起在心底疯长。众多的男男女女之中诗人抓住了一对男女细腻的瞬间对白：

女子说："去看看吧？"

男子说："已经看过了。"

女子又说："再去看看也无妨！"

或许女孩子很早就喜欢这位帅哥，聚会之中正好找个理由一起玩儿。或许他们并不认识，只是一见钟情，在女孩子大胆地邀请之后，爱情就有了火花。然后是无数的"士与女"互赠芍药，定情欢乐。

这是一幅美好的游春图画，就像发生在我们身边，浓郁的生活气息，也许是《诗经·国风》作品的具体特征。孔子的《论语》中也有"暮春者，春服既成。童子五六人，冠者六七人，浴乎沂，风乎舞雩，咏而归"的记述，但相比之下，多了些文人雅士的学院味，少了些平常男女的真切感。

从溱、洧之滨踏青归来的男女，他们手捧芍药花，洒下一路芬芳。尽管当时郑国是个小国，还总是遭受到周边大国的侵扰，本国的统治者也并不清明，但对于普普通通的人民来说，春天的日子让人感到喜悦，他们有节日，他们有芍药，他们有美好生活的信心与勇气。

情至深处，患得患失

　　鴥彼晨风，郁彼北林。未见君子，忧心钦钦。如何如
何，忘我实多！
　　山有苞栎，隰有六驳。未见君子，忧心靡乐。如何如
何，忘我实多！
　　山有苞棣，隰有树檖。未见君子，忧心如醉。如何如
何，忘我实多！

——《秦风·晨风》

　　鹯鸟快速、匆忙地飞行，飞入了北边的茂密树林中。想念的人儿却
未能见到，内心忧虑的情思无法平复。这可如何是好呢？难道你真的将
我彻底忘记干净了！
　　山上有着茂密的栎树，洼地上的树木也丛杂而生。意中人至今未能看
到，内心的担忧无法消除。这可如何是好？难道你将我忘记得这么彻底。
　　山坡上长满了树木，洼地上挺立着山梨树。心仪的人儿还未能见到，
内心的忧虑尽情地泛滥。这可如何是好？你已经将我全部遗忘了！

　　这首诗歌以"山有……隰有……"起兴，这是《诗经》常出现的起兴成句，用以比
况物各得其宜。女子看到飞鸟都归入了山林，而自己却总是等不到心爱的男子前来，自
己爱的人难道抛弃了自己，不会再来了吗？
　　在女子的心中，充满了隐忧。恋爱中的女人喜欢胡思乱想，这是她们表达自己爱意
的一种方式。她们时刻都在担心自己爱的男人能否遵循着最初的誓约，和自己一生一世，
牵手偕老。
　　当然，这种心理是无可厚非的。两个处在热恋之中的情人无不希望朝夕厮守，耳鬓

厮磨，形影不离。分离
对他们来说真是要忍受极大
的痛苦。正如《诗经》中的另
一首诗歌中所阐述的那样，"一
日不见，如三秋兮"，即使是短暂的
离别，在彼此看来都好像是经历了一生
一世般漫长的等待。

从这首《晨风》中来看，洋溢的主要是想会见心
上人的焦急情绪，女子见不到心爱的男子前来，心中积
满了愁绪。

男女之间，因为相爱而思念，由心相系而相吸，恋恋不舍，频
频相会，也是无可厚非的事。诗中的女子，记着她爱的男人的点点滴滴，化
之为歌，一段连绵不绝的想念跃然入目。纵使，诗中之人在焦急的等待中反复用起兴的
手法，不断提及山鸟和树木，但无不流露出品喷缱绻温柔的余味，带着浅浅的忧伤和淡
淡的哀怨。

连倦鸟都知道归返山林，为什么我爱的男人还不回来呢？他是不是将我遗忘在这角
落里，不再想起了？

都说女人是缺乏安全感的动物，这不是没有道理的。在女人的内心深处，她们对于
爱情的理解，和男人是有些不同的。

男人认为这世上，爱情并非是唯一重要的事情，他们有远大的理想要追求，有重要
的目标要达成。在男人的世界观中，这个世界是多姿多彩、精彩绝伦的。可是在女人的
眼中，爱情却是她们人生的支撑，尤其是在上古时期，那时的女子，除了期盼嫁给一个

能够安心托付终身的男人，还能对自己的人生作何要求呢？

这首《晨风》正是抓住了那时女子的这种最普通也最能折磨人的心理。整首诗在浅浅的吟唱中，将想念情人的心绪层层跌宕展开，犹如湖中水纹，一层一层在思念的微风中荡漾开去。映入眼帘的，全是心痛。

直露地表白自己的思念情绪，没有任何的事件和其他情怀。但尽管如此，也依然是让人感动的。

"我不求天长地久的约定，只希望，生生世世的轮回里有你"，让人低眉无语。

"只是因为在人群中多看了你一眼，再也没能忘掉你容颜"，只有切切地期盼，默默地祈祷。天边的你，总在眼前；明明感觉在眼前，可是，你却身处天边。

等待，让人在光天化日之下无处可藏，睁眼闭眼都躲不开。你在云朵里，你亦在路上。

可是，勇敢的人却迎头直上。撞到头破血流时，还怕对方一个人无法呼吸。于是，每一天，每一天都在描绘着爱，生生死死，穿越古今。

等待的过程，也就是猜测万般可能的过程。真等见到他了，依着他的时候，心里的怨气也就瞬间遁去。

这就是诗中女子那一丁点儿的要求。她卑微地只是希望能够抬眼间，就能在眼眸中印下男人的影子。只要片刻见不到男子，她就会觉得情无所托。

情至深处，这种患得患失的情绪便会愈演愈烈。

或许，我们可以这样理解，正是因为爱之太深，所以忧心太切。

都说用情太深的人，前一个轮回里，至死都舍不得忘掉心心念念的那个人，会拒绝喝下孟婆汤，以便来世再众里寻他。可如果想拒绝遗忘，便要受那千年水淹火炙的折磨和痛楚。但是，总还会有那么几个人，宁愿选择忍受千年，以换取来世有他。

这便是女子对男子的爱情：无欲无求，只要能够看到他就足够。看着一个人在自己的面前，喜怒哀乐自然施展，不问他是否也是念念不忘，能为他递盅把盏就是莫大的享受。

只是，如今不见君，怎堪又忆起曾几何时，你面带微笑款款而来的情景，那时的一切都是那么美好。现在，眼看着太阳从山边升起，希望一点一点地点燃，又看着光线一点一点地撒出山边，然后竭力告诉自己，总有一日，还会重逢的。

可是，点点思绪还是不争气地一涌而出，不知道究竟要过几时几日，才能够见到你，才能够让我的心情守得云开见月明，将积攒了的情绪全部释放。

那些望眼欲穿的伤痛，自己一个人承受，担心也好，忧愁也罢，都会一股脑儿淹没在你给的幸福里，心情骤然愉悦，情绪骤然舒缓。一份情，从秋盼到春，也无心怨怼。

若是，情意缱绻，倒也甜蜜。

但自古，听苦情者多，闻蜜情者少。

只因为人海中多看了你一眼

裳裳者华，其叶湑兮。我觏之子，我心写兮。我心写兮，是以有誉处兮。

裳裳者华，芸其黄矣。我觏之子，维其有章矣。维其有章矣，是以有庆矣。

裳裳者华，或黄或白。我觏之子，乘其四骆。乘其四骆，六辔沃若。

左之左之，君子宜之。右之右之，君子有之。维其有之，是以似之。

——《小雅·裳裳者华》

"正尔在群形之中，便知非常之器。"有的人的特别，不在于他的身份或者地位，更不在于他的服饰或者座驾，而就只在于一眼看到他时，心中难以忽视的欢快——我觏之子，我心写兮。

几千年前就有人吟唱着这样的诗句，翘首等待着心目中君子的路过。这种浪漫完全可以媲美席慕蓉笔下那棵痴情的、开着花的树，一树的娇羞与温柔，想着要去换一眼对视时候的回眸。

其实这个人的特别究竟是什么，可以让那轻轻一瞥承载着前世回眸时所期待着的满满的情意，这个问题同样也辗转在痴坐于野外田埂之上的痴情人的脑子里：是因为他穿着有纹章的衣服？还是他坐着四匹马拉着的车？或者是他游刃有余的驾车之术？这样的问题他还可以无休止地自问下去。

可是都换不来真正的结果，为什么那么期待见到他？其实仅仅是因为"我觏之子，我心写兮"而已。这就是《小雅·裳裳者华》告诉我们的这个看似平常却情意深长的一个故事。

《诗经》歌颂爱情的诗句有很多，"窈窕淑女，君子好逑""汉有游女，不可求思""所谓伊人，在水一方"。

　　但是，《小雅·裳裳者华》给我们带来的欢快感是更加轻松、美丽的，我们无法考究诗人是什么样的身份，甚至连是男是女都不可知，通过描述，我们只是随着诗人期盼的人的出现而同样欢喜。就像阴云密布的时候立刻被太阳温暖，寒风彻骨的时候仿佛沐浴在五月的阳光下，我们此时都站在阴沟里，但仍然仰望着天空。

　　这种美好就像鲍勃·迪伦用他那特别的嗓音唱着：you make me happy when skies are grey！你的种种美好是因为你给我带来的特殊感觉。

　　这种感觉叫作一见钟情。荷西第一次看到三毛时便是这样的欢欣。这样的美好是纯

悠悠的千年中，花开又花落，到底惹人心尘的情为何物，只怕是最叫人摇曳心思，很轻易地便能嗅到爱情的滋味。

洁无瑕的，如果只是走马观花式的美丽，会让人应接不暇。

　　一见钟情在爱情故事的长河里往往被冠以不切实际的典范，这样的爱情是令每一个人憧憬的，但是每一个置身事外的人都不愿意去祝福这种美好。多么奇怪的现象！是因为一见钟情真的只是看上去很美而已，还是每个人都悄悄地隐藏着自己邪恶的妒忌之心？

　　但是回到诗歌、电影、文字中，这样的情节是每个人都爱的，看到这首干净、纯粹的《裳裳者华》的时候，我能想象到的是合卷的下一秒这位翩翩君子就驾马而过，并且无意地向痴情人所在的方向扫了一眼，但是绝对没有注意到此人。或许他们之后会有交集，会有邂逅，但是这个时候两不相干地擦肩而过才是真正的美好。

　　人人都说《诗经》是"乐而不淫，哀而不伤"的，重点不是乐或者哀，而是一个度的把握。童话的美好是因为它们都恰巧在幸福刚开始的时候戛然而止。只有留有想象的空间，故事才能令人遐想。

　　她可能上次只是在这里见了他一面，仅仅无意的一眼，就在有意者的心里留下了深深的烙印，这种打动是一瞬间的征服。而后在这里再继续的故事虽然满眼都是鲜花，但是脑子里却无时无刻不在想着那个令她憧憬的君子。君子的气场十足，已经完全凌越于此刻的满眼荡漾着的花丛。

　　无论是其叶湑兮或是芸其黄矣，结果都思前想后转到了"我觏之子"的种种神气。最后干脆不再将眼神落在花朵的身上，而是魂已经飞到了很远的地方，痴痴地想着这位君子御车前来的风光。

　　方玉润读到最后一句时也极是觉得有趣，他在《诗经原始》里就说道："末章似歌非歌，似谣非谣，理莹笔妙，自是名言，足垂不朽。"

　　也恰是最后一句跟随着诗人的想象所见或者是脑中印象把诗歌推向了高潮，结束了之前稚气、轻快的痴心人魂不守舍的吟唱，诗歌到这里的突然断弦而止，让这首美妙的小雅余音绕梁三日。

　　诗歌虽然结束了，但是故事肯定还会继续下去。这样的钟情此时是最美好的，不管是爱情还是只是憧憬之情。

　　再回到这句"正尔在群形之中，便知非常之器"，其实说的是嵇康。他的气宇非凡即使是在一群人之中也可以一眼便看得出来。这样的名士风度自古就有之，眼下这位君子也是如此。

中国的审美意识就是从人物的评鉴开始的，越是古时，美貌与气质越被器重。古文里说到邹忌，没有介绍他的任何来历，只是说"修八尺有余，而形貌昳丽"。

这样的传统并不是只注重外表的肤浅，在那个时代姣好的形象充分说明了"礼"。尤其在西周那个"礼未坏乐未崩"的年代，无论是"维其有章矣"还是"乘其四骆"，都是当时"礼"的典范。也正因为如此，车上的君子才符合当时人的审美观念，受到了路人的钟情。

钟情或是一见钟情都是美好的，他们彼此是陌生的，其中的一方或者双方都符合了对方的种种审美条框，这是多么难得的一件事。这样美好的事情发生的频率很是寥寥，流传下来的都是千古风流。

眼前的这首《裳裳者华》将这动人的一幕真实地跳动在文字上，肯定也于几千年前在我们此时满目春光的土地上演绎过。这种浪漫与情调亘古不衰，至今让我们跟随着文字而欢悦，跟随着诗人而憧憬。

思念如潮

尘世间最遥远的距离，并非是相爱不能爱，而是爱而不见。任凭那美好记忆被时光蹂躏，那些细节依然在内心深处疯长。这就是思念的力量，像苔藓一样在身体里猝然涌现，无法根除。

心有灵犀一点通

采采卷耳，不盈顷筐。嗟我怀人，寘彼周行。

陟彼崔嵬，我马虺隤。我姑酌彼金罍，维以不永怀。

陟彼高冈，我马玄黄。我姑酌彼兕觥，维以不永伤。

陟彼砠矣，我马瘏矣，我仆痡矣，云何吁矣。

——《周南·卷耳》

唐朝诗人王维在春天里写下"红豆生南国，春来发几枝。愿君多采撷，此物最相思"的诗句，也许是因为春天最适合思念。珠圆玉滑的红豆，是情人的牵挂与思念，希望我心爱的你多多采撷，随身携带，仿佛我就在你身旁。明知从此以后山高水长，归来无期；明知相思于事无补，等待徒劳，却依然殷殷不舍，频频告白。

其实，红豆的采摘是在秋季。写诗的那个人已经走远，远在关山之外，这边的红豆依然将思念的人连在一起，双方依然全情投入。古人的相思，着实让人感佩。苦苦的思念中见证一种感情，这种感情表达着忠贞。心有灵犀一点通，当你思念我的时候，请相信，我也在思念着你。《周南·卷耳》中的男女主人公就是怀着这样的心境吧。

《卷耳》采用《先秦诗鉴赏辞典》中翻译成白话的意思是：

采呀采呀采卷耳，半天不满一小筐。我啊想念心上人，菜筐弃在大路旁。

攀那高高土石山，马儿足疲神颓丧。且先斟满金壶酒，慰我离思与忧伤。

登上高高山脊梁，马儿腿软已迷茫。且先斟满大杯酒，免我心中长悲伤。

艰难攀登乱石冈，马儿累坏倒一旁，仆人精疲力又竭，无奈愁思聚心上！

卷耳是常见植物苍耳的古名，这种果实上布满小刺叶子也并不出众的植物一向令人敬而远之，甚至连牛羊都很少碰它。可是，三千年前的某个春日，一个神情忧伤的美丽女子正在采摘卷耳，她把采到的卷耳放进自己身后的筐中，她已经采了很久，尽管山野之间卷耳茂盛，可她那筐中，卷耳就那么稀稀落落刚铺满筐底，如同她零落的心事。她索性把浅筐丢到了草色青青之中，自己坐于刺人的卷耳丛中，懒得去管这一切。

丈夫被一纸征役书调到离家很远的地方戍守，刚刚离去，更不知道什么时候会回来。士为知己者死，女为悦己者容。李清照的《浣溪沙》一词中就有表达："髻子伤春慵更梳，晚风庭院落梅初，淡云来往月疏疏。"

女子被某种感情折磨得无情无绪，只随意地挽起发髻懒得精心去梳理。采卷耳的女子心爱的丈夫走了，她神情恍惚、心不在焉，终究未采满浅筐。

卷耳也如同《诗经》中提到的其他千千万万种植物一样，本来普通到在山间田头随处可见，只是因为诗人的含情脉脉表述成为有情之物——卷耳漫山遍野，相思也蔓延无边。眼下还有什么重要的？剩下的只有思念了。

思念一个人，是一种幸福还是忧愁？也许二者都有，相爱的人给予对方幸福，却又因不得不分开，无法厮守，于是忧愁倍生。"明月楼高休独倚，酒入愁肠，化作相思泪""不耐相思酒消愁"，这类的诗词多之又多，可现实又得让双方现实起来，心有所属，人生淡定，尽管相隔千里，相思却能翻越千山万水到达对方身边，执手相看，幸福不曾离开。在古时候，这种思念甚至可以让人为之赴汤蹈火，付出生命。

　　秦淮名妓董小宛送别冒辟疆，从苏州吴县北上相送，她一直随船送到镇江北固山。辛弃疾曾在此登高而怀古，发出"千古兴亡多少事？悠悠，不尽长江滚滚流"的感慨，而董小宛在这里为冒公子流尽了眼泪，冒辟疆在这里为小宛穿上用西洋布制作的衣服，病弱的她穿上后坚决不换衣不添衣，即使到了深冬时分，寒风瑟瑟之中，她说，如果心爱之人负心，她宁愿被冻死。事实也让她欣慰，冒辟疆也同样在思念着董小宛。

　　当你在思念我时，请相信，我也在思念你。

　　《卷耳》中的女子在思念如潮水般把她淹没的同时，那个她日思夜想的人，也在想着她。他艰难地走在征途古道上，那场景可以说得上"悲怆"二字。山间，疲乏，仆夫病倒，马儿也将要倒下，男子姑且喝尽杯中之酒，来消解难耐的思念，我的家，越走越远，长路漫漫，该怎么办？要是这杯中之酒不能够浇灭灼人的思念，那么真的想换上更大的犀角巨觥，因为这悲怆铺天盖地而来，这永怀之伤，无以释怀！

　　采着卷耳的女子，走在途中的男子，他们虽然相隔千里，但心有灵犀一点通。在我思念你之际，你的心头也会隐约有所触动。爱让彼此的心变得很近，很近。

曾有一句很流行的话是这样说的：世界上最遥远的距离不是生与死，而是我站在你面前你却不知道我爱你。爱情近在咫尺又远在天涯，只因为隔着一层薄膜。要是两人真是相亲相爱，纵然相隔万里，只要伸手依然可以触摸到对方的脸，能感觉到对方的存在，生与死的界限在这对痴情男女的执着面前消失无踪。

历史向前推进，留下那么多《卷耳》一样感人至深的故事。与董小宛几乎同一时期，才高八斗的钱谦益与才貌双全的柳如是的一次对话更是留下无限韵味。二人相拥，柳撒娇问："夫君，你爱我什么？"钱不愧才高八斗，望着妻子脱口而出："我爱你黑的发，白的脸。"然后，他也问了柳如是同样的问题："你爱我什么呢？"这位聪慧的女子望着比自己大整整三十六岁的丈夫，于是说："我爱你白的发，黑的脸。"是的，此时的钱已经鬓角斑白。二人相对笑起来，然后拥抱在一起。一句朴实无华的话，在这里让无数人感动，在感动之余又滋生出对爱情的向往与不舍之情，相思之感顿生。

张爱玲在为自己写的那首闻名于世的散文诗《爱》里说："于千万人之中遇见你所要遇见的人，于千万年之中，时间的无涯的荒野里，没有早一步，也没有晚一步，刚巧赶上了，那也没有别的话可说，唯有轻轻地问一声：'噢，你也在这里吗？'"心有感应或者心有灵犀又遇见，这不正说明真爱没有距离么？

这首《卷耳》在历史上也已成为不朽的怀人佳作，后来有很多文人墨客都根据它作怀人诗，当我们吟咏徐陵的《关山月》、张仲素的《春归思》、杜甫的《月夜》、王维的《九月九日忆山东兄弟》、元好问的《客意》等离愁别绪、怀人思乡的诗歌名篇之时，都隐约体味到《卷耳》的意境，只是那种隐约的心心相印感觉已经淡去许多。

一个人的单恋

南有乔木，不可休思。汉有游女，不可求思。汉之广
矣，不可泳思。江之永矣，不可方思。

翘翘错薪，言刈其楚。之子于归，言秣其马。汉之广
矣，不可泳思。江之永矣，不可方思。

翘翘错薪，言刈其蒌。之子于归。言秣其驹。汉之广
矣，不可泳思。江之永矣，不可方思。

——《周南·汉广》

泰戈尔的诗歌中说：世界上最遥远的距离，不是生与死的距离，而是我就站在你面前，你却不知道我爱你。

相爱却不能够在一起，无奈悲伤的心结，被人们用各种语言，一遍遍吟唱，其中的哀婉，不知感动了多少红尘中的男男女女。而在中国古人的心里，也同样有这种让人几乎无法呼吸的伤痛，盈盈一水间，脉脉不得语，它们化作一首诗，融进了《诗经》里面。

它就是《周南·汉广》。

"南有乔木，不可休思。汉有游女，不可求思。"《汉广》开头四句，就将故事尘埃落定一般，南方有高大的乔木，却不能够在它下面歇息，汉水边有心仪的女子，却不能够追求。高大的树木，郁郁葱葱，树荫满地，应该是很好的倚靠，为何不可以去乘凉？只因它不是自己的。同理，对面那美丽的女子，樵夫与她有着不可逾越的鸿沟与距离。尽管他有一颗柔软细腻的心，尽管他热恋着这位美丽的姑娘，但他清晰地知道他不可能得到她。眼前这条看似有边的汉水，其实就是世界上最远的距离……

樵夫隔着世界上最远的距离，隔着一条并不浩荡的江水，心甘情愿地思念着心仪的女子，而她，也许并未注意到他，也许并不知道他的心思，樵夫内心从幻想到失望，伤

心梦碎，一个痴情人的形象跃然纸上。

诗经中有很多写那种可遇而不可求的，比较出色的比如《关雎》《汉广》《蒹葭》等。区别开来就是《关雎》热烈直白，《蒹葭》缥缈迷离，而《汉广》平和写实。

年轻的樵夫，徘徊在高大的乔木树旁，想着江水对面的美丽女子：这条江，我游不过去，对她，我只是痴心妄想，要是她能够嫁给我多好啊，我现在就去喂肥马儿，赶着大马车去迎接她，给她幸福。可是，她懂我的心声吗？我多想此刻能够长出一双翅膀，飞过江水，对她表白自己的心声！

一个人的思念是夏天青色藤蔓上开出的淡雅花朵，虽然模糊单薄，却像雨后屋窗里点亮的一盏烛火，忧伤而动人。

这就是典型的单相思，可能也是诗书里边记载的最早的单相思了。单相思者往往最痴情，对自己钟爱的对象，痴心不已，海枯石烂心也不变。

唐代诗人崔仲容的一首诗《赠所思》："所居幸接邻，相见不相亲。一似云间月，何殊镜里人。丹诚空有梦，肠断不禁春。愿作梁间燕，无由变此身。"

即使是每天都能够见到的邻家女子，也终是镜花水月，有越不过去的"汉水"，但还是希望能够化为一只春燕，围绕在对方的屋梁上下飞舞，可是这一点也还是无法做到。无边无际的单相思之苦，也只有他自己才能够体会，真是"衣带渐宽终不悔，为伊消得人憔悴"了。

从《汉广》中可以看见，樵夫情意满腔，却无力自拔，只能对水兴叹。他一边挥着斧子砍断荆棘，一边痴想着对岸的美丽女子，不时叹息数声。这一份淡淡的忧伤，这一份深沉的痴情，和着空中的长风与岸边的水草，让人毫无防备地跌落进先民丰富的情感世界，为他叹息，为他忧伤。

也许是这个樵夫内向自卑，只能一边念叨着"不可求思""不可方思"，一边流淌眼泪，自己上无片瓦下无寸土，而对方是高贵家族的公主，自己拿什么给她幸福？在这样的情况下，自己要主动出击，不顾一切追求她吗？

这位樵夫走上一条寂无人迹的路，他没有愤怒，也没有觉得委屈，他只是内心平静，继续自己的平淡生活，但依然深刻地爱着心仪的女子："翘翘错薪，言刈其楚，之子于归，言秣其马。"劈柴、喂马，进行着日常的事务，只不过，这一次，他喂的马，是用来送这个女子出嫁的，但他还是如往常一样平静，有条不紊。他选择了将爱藏于心底。

单相思，这种爱情只与自己有关，既然相思太苦，相爱太难，那么何不将爱藏于心底，让这种没有说出口的相思维持最初的那种纯真情愫，在虚幻中保持那一份难言的美丽和幸福，这一切也不会随着世事变迁、斗转星移而变化，只想把对方放在自己心中，如此一来，还有什么可以夺走呢？

无所谓获得，这种感情融化了失落，成为记忆，被藏在内心的角落，留出来一方天地，在某些时刻，比如独处之时，比如伤感之时，呼啸而出，悄然盛放，带着微笑与安详。

暗恋，是无奈，又是甜蜜的痛楚，也是铭心的记忆。汉水边的樵夫，没想到几千年后会有这么多与他同病相怜的人。近代哲学家金岳霖教授，用一生来痴恋林徽因，为她终身未娶。用最高的理智驾驭自己的感情，与梁思成林徽因夫妇毗邻而居，是他们终生真诚信任的挚友，成就一段佳话。

当得知林徽因去世，年迈的金岳霖像孩童一样恸哭不已，并撰联："一身诗意千寻瀑，万古人间四月天。"金岳霖的暗恋之情，让人动容。

这种执着的过程，为梦想而坚持的忠贞信念，把纯洁的爱升华到了最高点。

失去的另一种说法就是得到，因为放弃，也得到了某种永恒。同《汉广》中水边的樵夫一样，一种情愫，便是永恒的希望，这种爱慕，也化作一种美丽的心念，流传千年。

尘世间最遥远的距离，并非是相爱不能爱，而是爱而不见。

爱真的需要勇气

　　喓喓草虫，趯趯阜螽。未见君子，忧心忡忡。亦既见止，亦既觏止，我心则降。

　　陟彼南山，言采其蕨。未见君子，忧心惙惙。亦既见止，亦既觏止，我心则说。

　　陟彼南山，言采其薇。未见君子，我心伤悲。亦既见止，亦既觏止，我心则夷。

——《召南·草虫》

　　旧说坚持认为这首《召南·草虫》是"托男女情以写君臣念说"，也许在儒家大圣看来，女子惦念老公，这种思念之情写得再漂亮再深入人心，也上不了台面，他们心中的情怀只有一种——臣子对君王的忠诚与怀念。

　　不知道古代有多少人认同这样的看法，但时代向前，现代人已经很少再相信这一套，很多注释的版本，都说这是一首描述女人思念在外丈夫的诗。

　　草丛里的蝈蝈不停鸣叫，不时还会有几只蚱蜢蹦过，没有见到那个我想见的人，我怎么不忧心忡忡呢？要是我真的能够见到他，我的心才会平静下来。

　　登上高高的南山，来采摘蕨菜，见不到那个我想见的人，心里很不是滋味，又愁又烦无处宣泄。要是我真的能够见到他，我的思念才会停留片刻，我才会高兴异常。

　　登上高高的南山，来采摘薇菜，见不到那个我想见的人，心里如此地悲伤。要是我真的能够见到他，我灼伤一般的心才能舒畅，我才能得以放心。

我心则降，我心则说，我心则夷，这几个"我心……"让人有一种窒息感，世界辽阔而多彩，诗中的女子却只有一个选择，等待丈夫，思念夫君，生活中，她也就紧紧地抓住一个想法——就是要见到他。也许，在男人的世界里，还有更多更重要的事情，不用来思念与自己共同历经磨难共同生活的女子。她们只是生活中的一小部分，大多时候还有利用的意味，比如西施，比如貂蝉，比如大乔和小乔，她们被利用过后，便再也没有关注的价值，她们的悲喜，也就退出了人们的视野。还有谁管她们有多少的零落心事，寂寞残生？还有谁发出自己的呼声？

《诗经》中还有一首《王风·君子于役》：

君子于役，不知其期，曷至哉？鸡栖于埘，日之夕矣，羊牛下来。君子于役，如之何勿思？

君子于役，不日不月，曷其有佸？鸡栖于桀，日之夕矣，羊牛下括。君子于役，苟无饥渴！

夫君去边疆服役了，何时才能回来？此刻太阳已经落山，鸡、羊和牛都回到自己的圈里去了。妻子只剩下心神不宁，望眼欲穿，不住深情地呼唤。

应该称赞那些首先关注自己所需、发出呼声的女子，我思念你，我要见到你，这是我一贯的坚持。如诗中描写的场景化东西，如蝈蝈的叫声、蚂蚱蹦跳，这些所引发的烦忧，在几千年的光阴里不过是昙花一现，甚至微不足道，但对自己内心的审视与由此引发的行为却流传不止，因为世世代代的女子都对离家的夫君思念不休。

思念一旦被明白地表示出来，便是一根看不见的导火线，引发一系列的后续情绪。在岁月的轮回里，那么多不经意动作、手势、片段，都是因为思念才成为这个样子，许多时候，人们的烦躁、不安、恐惧、担心等，竟然都是因为思念！

秋天，本来就是一个伤感的季节，当虫子消匿、草木枯萎，寒冬将至，最容易引起思家和思归的情绪，《草虫》里的女子能不进一步加重想念的情结吗？远行的人啊，你在远方是否能将我想起？帘卷秋风，人比黄花瘦。你身边凋零的花朵，你看见了吗？那是我憔悴的容颜。

《草虫》里，本该是一个和煦宁静的春日，草长莺飞，卉木蓁蓁，蝈蝈在暗处弹琴，蚱蜢不时跳出来撒个野，在生机勃勃的四季里，周围的热闹与她无关。她的心里是哀伤的，她的眼里是灰暗的，只有她思念的那个君子，才是她全部的风景，只有见到他，她才能是四季的热闹中笑靥如花的另一种风情。

"见到你"成为《草虫》女子唯一的救赎之路。对这个女子来说，人生没有其他的追求，命运就交付在了夫君的手中，但他何时才能回到自己身边，这还是个未知数。生活本来就隐藏着众多的未知、无数的风险，自己唯一的想法也不让自己安生，世界就会变成一个巨大的黑洞，那种不可知与不可能让人恐惧。

也许生活中都会有这样的体验，恋爱中的人通信，都会怕收不到对方的来信，会想到是不是哪个顽劣的小男孩向信箱里投进一根划着的火柴？百万分之一的可能，都会被当成现实，因此还会充满忧伤并深深绝望。

《草虫》的故事里，自分别之后，她就莫名恐惧，会不会是哪里出了问题，会不会他已经负伤死去？会不会……因为她感到绝不可以失去。所以，她的登高，不一定真的是要去采蕨，在高高的山冈之上，最容易增强思念。伫望之中，她希望看见夫君的身影。

诗中的男女主人公最后见到了没，诗里没有说，也许他来了，也许他没来，他来与不来并不那么重要。重要的是女子在忙忙碌碌之中，无不是"眉间心上，无计相回避"的思念；她低首蹙眉之间也是"此情无计可消除，才下眉头，却上心头"的风情。她对夫君的关注和柔情令人动容。

一个人，走过风雨的思念

雄雉于飞，泄泄其羽。我之怀矣，自诒伊阻。

雄雉于飞，下上其音。展矣君子，实劳我心。

瞻彼日月，悠悠我思。道之云远，曷云能来。

百尔君子，不知德行。不忮不求，何用不臧。

——《邶风·雄雉》

最深的爱，莫过于无求、无怨，只想他好。读此诗，让人感到温暖如春，连笑容都露出明媚来。

不生于彼时，无法体会"君子于役"的难处，离多聚少，无奈只能归于天命。对于这样的女子，想象着她们在家照顾老小，眼波荡漾因思念，怎不肃然起敬。有时候，上战场的人，本来就视死如归了，便不觉紧张，但后方的家人总是提心吊胆，度日如年。

而她就是这样一个女子。望见雄雉拍打着翅膀飞翔，在天幕上画下美丽的弧线，就会想起自己的丈夫。倘若自己也能飞翔多好，就飞去看看他，哪怕一眼就行，确认他好好的，就知足了。可是，这思念着实让人难安，却也得不到他丁点儿的消息。雄雉扑棱着翅膀，飞上飞下，咯咯地叫着，让人心神不宁，盼夫君盼得我心伤。

当你把心思都系于一人时，就会出现掏空自己的感觉，能给多少就给多少，对他的心可与日月比照，绵绵长长，不知所终。

但是，隔山隔水的，他却无法归来。

于是，日日夜夜，思绪不止。太久远了，就会不知他身在何处，也不知他心在何方。

他不会是在前线遇到了什么困难，受了什么伤吧，倘若这样该如何是好呢？我一个小女子，出门三里不识人，怎救夫君于危难？于是，心就疼了起来。转念一想，不对，他那么强壮，那么勇敢，怎会不出师大捷？难道是战场立功博得名利缠身无法归来，还是被卷入了烟花柳巷，迷恋在别处的温柔里？想到此心里就更纠结了，人道是"一日夫妻百日恩"，纵使有什么情况他也该捎个信来吧。她漫无边际地想着，每天如此循环往复，猜测他的处境。

等到心疼过后，纠结后，日子总得继续，她便开始自我安慰起来，告诉自己：我丈夫是百八十里品德最好的，这一点自己也非常清楚，我怎能把他想坏呢，其实，只要他在外边吃得饱穿得暖，自己也别无所求了。

这就是那个时代最美的爱恋了吧。时时念，处处想，纵使自己千愁百绪，到头来，只盼他好。

想想现在人们的爱情观，真是别样天地。大多数爱情都是排遣一时的寂寥，发泄情绪而已。匆匆相聚，匆匆分离，各奔前程，了无牵挂。

在爱情发生的时候，大把大把地挥霍浪费，毫不珍惜。当爱情不再的时候，才忽然意识到，那纯粹的心动早已离自己十万八千里，再也够不到了。当觉得爱情遥不可及时，心中便会涌起无法填补的空虚感。

可是，人毕竟是要结伴而行的。不然，人生路上，独自一人，岂不是太过孤单了吗？所以，那些自觉无缘爱情的人，便开始通过相亲，解决自己的孤独感。

相亲，自然是奔着婚姻去的。两个人，经人牵线，坐下来谈谈各自的要求，感觉一下对方是否合意。甚至，有的是两个家族围着条形桌坐下，集体述说自己家孩子的优势，然后拍板成姻。这是一种可笑又可悲的演出，年轻男女被排挤出场，由他人言说，只要货银两讫即可。

曾经，从十几岁青春萌动开始，那对爱的幻想，到头来，变得触手可及也让人不寒而栗。因为年龄的问题，也不想再考虑是否情投意合，婚姻真成了将错就错，还不知能否将错误进行到底。

仔细想来，倒不如诗中的恋情，一次选择就是一辈子，生活起起伏伏，心总是安稳的。那相思的苦，也显得不那么难挨了。

诗中的妇人，虽然是苦等远行的丈夫而不得，内心备感忧伤，但她却未曾想过放弃。"瞻彼日月，悠悠我思"，在妇人的唇边绽开，继而零落，不消片刻，继续绽放。这种连绵不绝的思念，正是《雄雉》中要为人们讲述的爱情。

我们总是在过多地考虑爱情中，自己能够得到多少，却很少想过，自己付出过多少。在这首《雄雉》中，看不到妇人对丈夫的丝毫埋怨，她不会去责怪丈夫没有尽到作为一家之主的责任，她也没有抱怨丈夫扔给自己的是一个残缺贫困、无法温饱的家。

在妇人的殷殷切切中，除了思念，还是思念，别无其他。

在现如今的人们心中，物质的丰富才是最重要的。可却有人在不断努力丰富自己物质条件的时候，迷失了自己。物质富足不是错，错就错在，人们离开了大地，心里没有了归属感，轻飘飘地不知所以了。

当你遇上一份值得守候的思恋时，一定要做好坚持的准备。因为，错过的美丽，从不给你找寻的机会。再回首，已不是当初。

纵使这思念漫长无期，纵使这思念要历经风雨，纵使这思念令你坐卧难安，你也要一个人缓缓走过。

世间真情意，不经历风雨，如何见得到？

男人的痴，女人的怨

青青子衿，悠悠我心。纵我不往，子宁不嗣音？

青青子佩，悠悠我思。纵我不往，子宁不来？

挑兮达兮，在城阙兮。一日不见，如三月兮。

——《郑风·子衿》

　　古人穿衣打扮的规定十分严格，须按着社会等级从穿着上区别身份。特别是汉代以前更有明文规定冠帽只有官员才能佩戴，商人不得穿丝绸料子的衣服，只能穿葛麻料子的成衣。比如战国时期的吕不韦作为一个商人，因为商人的地位，穿戴、食用都有限制备受歧视，所以投机政界，改变所处的社会地位。

　　而读书人的地位很高，准许穿着当时很优雅高贵的青颜色的衣服。所以，"青衿"指代书生，后成为文人贤士的雅称。"青青子衿"，这四个字就组合成了一个名词，历代每一次念起，似乎有一种淡淡的悠然书生味道。

《子衿》的作者应该是一个女孩子。可能有些日子没见到心仪的人了，于是开始着急，开始埋怨。她走上城头，登高望远，看看是否可以看到他的身影。一如《西洲曲》里的那个女子，"忆郎郎不至，仰首望飞鸿"，然而眼前千帆过尽，总不见心中的青青子衿。为什么还没有来？她在心里一遍遍嘀咕，一次次踮脚张望起来，一点焦急，一点固执，要是这位"青衿"赶到之时，在新月的清辉之下看到此情此景，该是多么幸福。这幅场景让人心旷神怡，浮想联翩。

宋代有一首词和《子衿》这种意境几乎重合，就是李清照早期的一首《浣溪沙》。词中这样写道："秀面芙蓉一笑开，斜飞宝鸭衬香腮，眼波才动被人猜。一面风情深有韵，半笺娇恨寄幽怀，月移花影约重来。"精妙地绘出了一个处在热恋中的女孩子等待情人的娇憨之景，北京大学文学院康教授在《百家讲坛》解读时说李清照最突出的特点就是善于捕捉一刹那间的感受和一瞬间的动作，并且能用通俗的语言表达出来。

同时他大赞"娇恨"一词，这是一种一边恨着一边撒娇，因爱生恨的心情，几丝可爱跃然纸上。与《子衿》放在一起，同样是少女情怀，眼波流动，又同样是焦急等待，急不可耐，双手叉着腰，噘着嘴唇，准确地拿捏了少女的心理活动，思慕、娇怨"青青子衿"的情怀可见。

如此一来，如果说思念是有颜色的话，那一定就是青色的了。"青"在古代就是蓝色，《毛传》中说："青衿，青领也，学子之所服。"也许在女人的内心深处都有一位书生知己的梦幻。也难怪，从古至今流传的爱情故事中，男主角几乎都是书生。《牡丹亭》中的柳梦梅、《西厢记》中的张生、《桃花扇》中的侯方域等等，也许是书生使得女性心灵有所寄托吧，能够在自己的心湖漾起一圈又一圈相思的涟漪。

多年以后，一代枭雄曹操也用了同样的话来表达自己的情感，但是境界却完全不同。他在《短歌行》中说："青青子衿，悠悠我心。但为君故，沉吟至今。"这就成了一个男人的政治抱负，对贤才的渴求和对雄伟霸业的忧思。

紧接着他还引用了《诗经》中的另外两句，就是《小雅·鹿鸣》中："呦呦鹿鸣，食野之苹。我有嘉宾，鼓瑟吹笙。"意思是说只要贤才来到我这里，我是一定会盛情款待、加倍欣赏人才的。

这就是男人的感情，男人和女人终究不同。女人的感情就是爱情，一旦爱了，自己的一切也就只围绕着对方行事，要是对方不理睬自己了，就发脾气，就由爱生怨。《子衿》中的这位郑国女孩子就这样说道："纵然我不曾去找你，难道你从此断音信？纵然我不曾去找你，难道你不能自己来？"这真该怪这位"青衿"，即使再忙，即使再不能相见，至少得说句话吧，即使是只言片语，女孩听到也不至于着急得团团转，发出"一天见不到你，就像过了三个月那么久"的怨言。

李清照在写完《浣溪沙》后盼得了书生情郎，她与丈夫赵明诚志趣相投，恩爱有加，成就了一段美满姻缘。尽管后半生飘零，在相思与完成丈夫遗愿的动力下过得还算不枉此生，若没有了爱，怕是更加贫乏不堪。也许女人的一生都为了爱而活，如果心中有爱，即使"一日三秋"，又算得了什么呢？

诗人余光中在《在雨中》说：

你来不来都一样
竟感觉每朵莲都像你
尤其隔着黄昏
隔着这样的细雨
永恒，刹那
刹那，永恒
在时间之内
等你在刹那，在永恒

《子衿》中的女子也是这样思慕、等待、张望着"青衿"的："你来不来都一样，尽管我着急，我生怨，但心始终向着你。抬头看见清月是你，低头看见树影是你。"

一往情深深几许，自古以来女子就是深秋寂寞人。常言道痴男怨女，为何女子要怨，想来也是因为那痴情的男子迟迟不肯交付真情，君不见，残阳西下，落下地平线的除了阳光，还有女子的翘首以盼。

可望而不可得的伊人

　　蒹葭苍苍，白露为霜。所谓伊人，在水一方。溯洄从之，道阻且长。溯游从之，宛在水中央。

　　蒹葭萋萋，白露未晞。所谓伊人，在水之湄。溯洄从之，道阻且跻。溯游从之，宛在水中坻。

　　蒹葭采采，白露未已。所谓伊人，在水之涘。溯洄从之，道阻且右。溯游从之，宛在水中沚。

——《秦风·蒹葭》

　　何足道，长脸深目，瘦骨嶙峋，在金庸小说中的男子里，他不算是最为出彩的一个。比起白衣飘飘的杨逍，他少了几分俊逸；比起遗世独立的黄药师，他缺了几分冷傲邪气。这位昆仑派的掌门人以琴、棋、剑三圣著名，故而号称"昆仑三圣"。

　　虽为圣人，多才自负，曲高和寡，但也不乏内心寂寞，在《神雕侠侣》中，郭襄在少室山下遇到了何足道，十六七岁的小郭襄对何足道的琴棋之艺随口点评了一番，想来只是小女孩的随性而为，却没想到被何足道惊为天人。

　　郭襄拿何足道的古琴弹了一首《诗经·卫风》中的《考槃》：

　　考槃在涧，硕人之宽。独寐寤言，永矢弗谖。
　　考槃在阿，硕人之薖。独寐寤歌，永矢弗过。
　　考槃在陆，硕人之轴。独寐寤宿，永矢弗告。

　　这首描写山涧结庐独居、自得其乐隐士的意趣和郭襄当时的心绪很相合。郭襄爱恋杨过，明知不得结果，但依然难以控制自己的心性，这对一个情窦初开的女子来说是值得悲伤的事情。所以她情愿远离喧嚣，到山涧隐居，令杨过永存她心间。即便日后孤单度日，也不会忘记这段美好的感情；即便日后站于山冈之后，也能借着回忆来令孤独的日子变得舒畅快乐。郭襄意欲守候着杨过的形象，终身不改变今日衷肠。

而何足道却为郭襄这一曲感到极为惊喜，尽管郭襄表示出在山间希望独来独往的意思，何足道还是痴痴站着，陶醉其中。郭襄被何足道一厢情愿地认为是知己，他一见难忘，为郭襄谱写了新的曲子，等到两人第二次相遇，何足道也露了一手，别出心裁地弹了《诗经》中的另一首名篇，也就是本篇要介绍的《秦风·蒹葭》。

郭襄听着不禁心想：他琴中的"伊人"难道是我？应该说何足道是个优秀的男人，他的琴艺也很好，但是落花有意流水无情，郭襄心中早已被杨过占满，不论与杨过有没有结果，也不会让何足道靠近自己。

但郭襄这种拒人千里之外的态度对何足道来说，更具有吸引力，而最后的结局也是郭襄"宛在水中央"，可望而不可即。正好与他弹奏的《蒹葭》一篇吻合。

《蒹葭》诗中的青年在一个早晨，白露茫茫、秋苇苍苍的意境下，痴迷地在水边徘徊，寻找他的"伊人"。"伊人"在哪里？她似乎就在眼前，但却隔着一条无法渡过的河水，他只能看到佳人在水一方的倩影，美丽的笑容在雾中若隐若现，伊人也就可望而不可即。青年怅然若失。

伊人之美，也就在于"宛在水中央"。隔着一条无法逾越的河流，青年从未真正清晰地看到过自己的心仪对象，但心中怕是早已有了她的模样，那么惹人喜爱。但无法得到，追寻的路途充满艰险，想要把那女子的模样忘掉，但怎么忘也忘不了。

爱情尤其是单相思之爱带给人的常常就是悲苦与感伤，现在，男子无法克制地思念那个人，迷离，恍惚，所以，他只好常常来这一片水边，只好傻傻地朝对岸望望。女子也不能从"水中央"走出来，她只能属于水边，临水而居，与秋霜、芦苇为伴，才显得那么不染尘俗。盈盈一水间，脉脉不得语，《蒹葭》若即若离的美感、氤氲的效果，让一代又一代人遐想万分。

的确，就是这样不可得的距离才产生了美感。人世间越是追求不到的东西，越是觉得它可贵，爱情尤其如此。英国戏剧家萧伯纳曾说过：人生有两大悲剧，一是得不到想得到的东西，一是得到了想得到的东西。得不到回报的爱情，带给人多少肝肠寸断，剪不断，理还乱。但无论如何，伊人在男子的心中，愈发高洁、可爱、可敬，更令他神往。

古希腊神话中有一则传说：宙斯的儿子坦塔罗斯王因侮辱众神被打入地狱，承受着永远的痛苦折磨。他每天一站在深水中，波浪就在他的下巴旁边汹涌，可是他却要忍受着沙漠般的干渴，他只要一想去喝水，周边的池水立马就会消失。

不但如此，他还要忍耐饥饿的痛苦。水池岸边有一排的果树，上边结着的各种果实，把树枝都压弯了。果实就垂在自己的额前，但是，只要他想伸手去摘取，一阵大风就会把果实通通刮走。目标很近，使得失败更让人痛苦。

因此来说，有时候想要达到目标还需保持一定的距离。男子为了保持心目中"伊人"若隐若现之美，不去接近，享受着水中望月的朦胧缥缈之美，也是一种不错的选择吧。

"所谓伊人，在水一方"，一幅古典的绝美图画，就在眼眸之下，如此景致，意犹未尽，望一眼，便已心醉。伊人之美，也就穿越千年，依然鲜活如初。就连蒹葭这个在水边常见肆意疯长着的芦苇，也染上了几千年的美丽，成为一种美好的爱情象征永远流传。

思念可以是一生，也可以是一瞬间的事情，转眼间，便已花事荼蘼。"所谓伊人，在水一方"，那方距离虽然咫尺可见，却是远在天涯。

月光美人相思情

月出皎兮，佼人僚兮。舒窈纠兮，劳心悄兮。

月出皓兮，佼人懰兮。舒忧受兮，劳心慅兮。

月出照兮，佼人燎兮。舒夭绍兮，劳心惨兮。

——《陈风·月出》

一日不见，如隔三秋。相思之情在《诗经》中的表达有很多，其中对美人的思念之情，更是屡见不鲜。比如，男子爱慕一位女子，就唱出了这首《陈风·月出》。

《诗经》中的"风"的意思就是各地的民歌，当时有专门的采集者被派到各地去收集歌曲，《汉书·食货志》中就有明确的记载：农忙时，周朝廷就派出专门的王官（就是采诗官）到全国各地去采集民谣，目的也是了解民情。所以，就形成了厚厚的诗三百。

诗歌言志，意思就是说诗歌，本来是抒发内心的感受的，《月出》也是如此。看到自己喜欢的女子，在皎洁的月光下，男子就唱出了这一首歌。

天上月儿多么皎洁，照见你那娇美的脸庞，你那优雅苗条的倩影，只能使我心生烦恼！

天上月儿多么素净，照见你那妩媚的脸庞，你那舒缓安详的模样，只能使我心神不安！

天上月儿多么明朗，照见你那靓丽的脸庞，你那婀娜多姿的身影，只能使我黯然神伤！

月亮出来了，洒下多么皎洁明亮的光亮，照着她娇羞妩媚的脸庞，让他怀想。

长久的相思啊，牵动他的愁肠，痴恋的心情，是多么焦躁，多么烦忧。"明月当空引人愁，万家欢乐唯我忧。"皓月当空，清辉皎洁，千里的明月光中，却让歌者忧伤起来。歌声仿若天籁，飘散在纤尘不染的天空之中。诗中的美人，若真若幻，似梦非梦，恍惚迷离，究竟是作者心中的幻觉还是现实中真实的场景呢？似乎没有人能说得清楚。

这应该是月光美人的最初印象。"月出皎兮，佼人僚兮。"一个"皎"字，传达出后人对月光的永久记忆——"皓洁"。相对于月光轻柔、温婉，阳光似火的朝气，和男人很相近，而月光娴静优雅，适合了美人的窈窕感觉，妩媚靓丽。所以，拿月光来比美人，确实"劳心悄兮"，惹阳刚之气的男人无尽的思怀。

于是，月光几乎等于美人，成为一种意象，一种世间最动人的意象。而《月出》的作者，第一个用含情脉脉的审美眼光关照月亮，在冰冷的自然之物中发现了温情的诗意。

张九龄的《望月怀远》中说："海上生明月，天涯共此时。情人怨遥夜，竟夕起相思。"杜甫的《月夜》："香雾云鬟湿，清辉玉臂寒。何时倚虚幌，双照泪痕干？"这些诗词，诞生更多关于美人的想象，诱人，可人。

张可久在《凭栏人》中的"江水澄澄江月明，江人何人掬玉筝"诞生出来的无限感慨，在人月之间漂浮，惹人遐想。张若虚在《春江花月夜》中吟诵"江畔何人初见月？江月何年初照人？"更是带着哲理的审美意味。

而最有名的恐怕是苏轼的《水调歌头》中的"明月几时有，把酒问青天"，早已是千古绝唱，永留人间。月上柳梢，诗人的情愫演绎着人间的喜怒哀乐，月下吹箫，诗人的风姿美丽着古老的经典。月洒银辉，素影迷离，在历史的长河中荡着璀璨的波光。

古人笔下的月亮，都是如此宁静、皎洁、清冷、神秘。李白就说过"人攀明月不可得"，因此，也为那只辛苦捣药的白兔和形单影只的嫦娥叹息。臆想和幻想是美丽的，许多诗人或者普通人，把所有时间装不下的情感都寄存到了那座冰清玉洁的天上宫阙，使之成为人类文化永久的收藏。到今日，尽管我们都知道月球只是一颗行星，是个没有氧气、没有水分的荒凉星球，却依然顽固地相信着关于月亮的梦境。

在月光之夜，想着远方的一位佳人，且听一下贝多芬的《月光曲》，感受高悬明月的温情洁白，其中相思，会有一番感受吧。

爱而不得

　　彼泽之陂，有蒲与荷。有美一人，伤如之何？寤寐无为，涕泗滂沱。

　　彼泽之陂，有蒲与蕑。有美一人，硕大且卷。寤寐无为，中心悁悁。

　　彼泽之陂，有蒲菡萏。有美一人，硕大且俨。寤寐无为，辗转伏枕。

——《陈风·泽陂》

　　以"彼泽之陂"起兴，三章皆是如此，这个池塘的堤岸旁，想必就是这个女子与男子常常约会的地方。呢呢喃喃，翻来覆去的总是在叙述相同的意思，无非便是看到这个池塘边的香蒲、兰草、莲花，便想到自己爱慕已久的情郎。久未能见到男子，备感心烦意乱，夜不能寐，自觉是满腔的愁绪。

　　诗歌的意思简单明了，读来读去，都不过是一个思春女子的情迷神伤，遂唱出此篇，诗意显豁。反复吟诵，诗意竟与古诗十九首中的《迢迢牵牛星》有些相似。

　　迢迢牵牛星，皎皎河汉女。纤纤擢素手，札札弄机杼。终日不成章，泣涕零如雨。河汉清且浅，相去复几许。盈盈一水间，脉脉不得语。

　　同为相思之作，《泽陂》更显得清新自然一些，而《迢迢牵牛星》中的思恋之感则婉转千回。女子在水一方，隔江相对，想着自己所爱之人无法相见，真是无可奈何。在《泽陂》之中，这位女子丝毫不隐晦自己的思恋之情，大胆直白地倾诉，因为思念，而夜不能寐。

　　所有的爱情，都有一个从甜蜜甚欢到愁肠百结的过程，来得越是热烈，纠结得也越激烈。但是，宿命决定了开始，也暗示了结局。还记得那首《明明知道相思苦》，终究是无法避开这一段情缘，越逃越被困其中，越挣扎越是难熬。

等到把红豆熬成了缠绵的伤口，便再无复原之日，一边是"而今才道当时错，心虚凄迷"，一边却是"愿君多采撷，此物最相思"，又道是"才下眉头却上心头"，甘心沉沦，此生别世。

之于女子，情场是一片无法逃脱的汪洋，身处其中只能左摇右摆。在那个大丈夫志在四方，而女子大门不出二门不迈的年代，他是无法固定的温柔。她心中的爱情，再炽热也等不到天长地久。

波光潋滟的池水，呼唤着生命的旺盛发展。女子目睹此景，感由心生，自然而然地便想起了思恋的男子。在女子心中，男子的一切都是高大而完美的。"硕大且卷""硕大且俨"，这便是女子日思夜想的男子。

这样的男子，具备一切值得爱的条件。女子甘愿在这份思念中，睡不安稳，坐不安稳，流泪伤心，希冀等待。在她看来，不管饕餮的时间怎样吞噬着一切，她都要在这一息尚存的时候，努力地把握住属于自己的幸福，不让其溜走。

不绝的思念，悠悠绵绵，像春天的柳树枝头的雾纱，弥漫整个季节。只是，碍于女子的羞涩，不便前往，君子怎能不捎来信息，以慰这难挨的相思。情深深，雨蒙蒙，山山水水，心底难免抱怨：你就这样一去杳无音讯，是何等狠心。

想来，女子心底也难免会生出怨气。她的哀怨，因为爱而不得，由是而生，真想见面了把男子使劲地数落一番。但一见面，所有的怨气会瞬间化去，即使梨花带雨也是喜极而泣，让人倍生怜惜。

女人，生就离不开爱情，她生就离不开他。移步换景，景不入眼睑，满眼泪光婆娑，看到的都是他的身影。就连他那环佩的声响，她也能在人来人往中听出来。思念至此，已让人不忍苛责。一生一世，只盼能和他成双入对。

实在是坐不下来时，她一遍一遍地跑到池塘之畔，踮起脚尖，望眼欲穿也没见他归来。多想能生出两翼来，哪怕只是飞去看看他，也足以安心很久。

太多的心事，想说给男子听，见不到男子，女子会把一秒当成一天的印记。她思念分分秒秒，日子难挨，唯君不知。

情已至此，记挂的人和被记挂的人都是幸福的，只是她情深难堪，他不知自己有如此福分。不像当今的痴男怨女，太便捷的方式，让彼此少了许多牵挂，分别是不伤筋动骨的。即使一日不见思念蔓延，也只需挥动大拇指，彼岸此岸便连接了起来。

于是，相思之苦倍减，也减去了思念熬出的且深且久远的情。因此，她睡不安，行不安，细节的描述，把内心真挚的爱，衬托得十分强烈。

那时，见一面着实不易！所以见面时会倾心捕捉与对方有关的信息，一个眼神，一个俯仰，甚至衣角的蹁跹，甚至环佩独有的声响。

而如今，纵使千里寄相思，也会附上一张近照，让对方记着自己现在的样子。所以，也无须那么费力地去捕捉、去记忆。纵使两情相悦，总觉得来得过于轻巧，过于快捷。世之使然，又怎能怪，饮食男女的三分温度。

欣慰在于，一则我们的先人曾有过这般美好的经历，那迎面而来的馨香，让我们原谅那古老时代里任何居心叵测的言传；其次，已经混迹于钢筋水泥土的我们，总还有那么几个人不曾忘却故人故情，还能在古书中寻找到几分关于情感的慰藉，这样的人，无论何时也是有药可医的吧。

有一首名为《感恩的心》的曲子，阐述了来自偶然的我们，之所以不那么孤独，总和"感谢有你"联系在一起的。我们在躁乱的今天，还能为纯粹的东西感动，又何尝不是让人心存感恩的事呢。

人，生而向往美好的东西，我们从不拒绝有一个人对自己"寤寐无为，辗转伏枕"，也不会刻意逃避对他人绵长不断的思念。因为，人类从诞生之起，一个"情"字，早已刻骨铭心，再也剥夺不去。

只是，那个一心守在池塘边的女子，如弱花临水，为爱而娇小单薄得让人怜惜。"山有木兮树有枝，心恋君兮君不知。"何时，那熟悉的衣衿和伟岸的身影，能再次进入她的视听，从此举案齐眉，再不分离。

就像玄奘在女儿国的偶遇，满园春色惹人醉，她只关心自己在圣僧的眼里是否美到了极致。除此，清规戒律和荣华富贵，绝不会弃之可惜。可是，他不懂，历史的使命让他隔离了一些东西，而那些东西就是一个女子的命运。

为了那句"愿有情人终成眷属"，所有爱而不得的人，都甘心在佛前求上一千年。从此世间无怨艾，真心人对真心人。

期望所有遇上爱情的人，在遇到之时，便能怀而抱之。在遇到喜爱的人之初始，便结束在爱情之旅上的颠沛流离。

这是爱情最真的期盼。

情之初萌，情之所钟

菁菁者莪，在彼中阿。既见君子，乐且有仪。

菁菁者莪，在彼中沚。既见君子，我心则喜。

菁菁者莪，在彼中陵。既见君子，锡我百朋。

泛泛杨舟，载沉载浮。既见君子，我心则休。

——《小雅·菁菁者莪》

这首《菁菁者莪》和《小雅·隰桑》无论在行文上还是在内容上都非常接近，但又绝不是简单的重复。菁菁，是一种可以吃的野菜。该诗以此兴起全文，茂盛的萝蒿，无论是在山坳、小洲还是在丘陵，一丛丛、一簇簇、一蓬蓬的，都会催生爱情的枝丫。

也有人说此诗讲的是人才的培育，讲诗中的君子释为老师，人来到"菁菁者莪"处，就是感受师德的洗礼，而将"有仪"，即仪态大方解为教育的效果，将"泛泛杨舟，载沉载浮"解为培养的人才能经受沉浮，这样，求学者自然就心旷神怡了。

直到朱熹在《评诗传》中才言"全失其意"，将"乐育才"的观点彻底评审，开始为人们打开一个重新解读的路径——言情而非教化。

这首诗奇特的地方在于，它不是以"物"的变化而写时间或推进故事，它是根据地点的变化，将时间贯穿其中，每一次相遇都具体地交代了地点，地点的转换也即时空的转换。无论时空怎么转换，"我"见到君子的兴奋心情依旧，洋洋洒洒的山盟海誓，顶不上一句"既见君子，我心则休"。

菁菁的萝蒿见证了两个人的感情由无到有、由淡到浓的过程。犹记得，初次与君相见，在那山坳里，萝藻遍地，生命的萌动无处不在，只见他，面容淡然而从容，仪态大方而镇定。生命进入新的篇章是后来才知道的事，那最初的心的震颤，早已被青春的羞涩所遮掩。

第二次，不知是又一次的偶遇，还是内心深处的刻意，在小洲又一次见到他。萝藻疯长，如同内心的情绪，丝丝缕缕。受制于礼教的正统，不敢有非分的想法，但心里慢慢开出了高兴的花。无比的快乐，从未有的憧憬，都是来自有心无心的一瞥。

第三次，与你相遇，是来自你的召唤了。在那丘陵上，内心跟着你的步伐空旷起伏，没有太多的言辞，这面对面的快乐，远远超出了你所赠的贝壳本身带来的快乐。只因为，是心爱的人所赠。

但，按照诗的整体来解，应该不至于君子赠予了女子"朋"，即货币。这是实写和虚写的问题。作者在此引入"锡我百朋"，暴露了深层的心理需要。因为，当时水陆交通不畅通，产于南海的贝壳在中原地区就物以稀为贵。因此，贝壳被人们选为货币使用。在计量上，古代以五枚贝壳为一挂，两挂为一朋。"朋"字的甲骨文正像并列的两挂贝壳。

由此延伸，可以发现，这是"并肩"的含义，表达了"平等""类同""相当"等内涵，这是朋友间相处之道的基本要素。这里用"朋"字，有更深的韵味，即意味着两人关系已是非常融洽，类似于朋友间的志同道合。

所以，女子非常高兴，但喜悦的心情肯定不在货币本身，而是两个人之间关系的进展会如何。

可是，在感情最浓烈的时候，小别也是让人如坐针毡的。一别之后，两地相思。你可见那杨木的船儿，飘飘荡荡，沉沉浮浮。其实，杨木船和我何干，小舟于我又有何意？

不过是，别后的心情因了这思念再也无法平静。正想要"万般无奈把君怨"时，却不料，心中的他款步迎来，驱散了所有的怨气。

见到你，心情顿时欢快起来。

这首诗歌，故事非常简单，写出了两个人几次见面的心情。短短几句，一个爱情故事跃然纸上，没有"蒹葭苍苍"的缥缈而不可即，没有水汽弥漫的空灵旷远，没有过多的呢呢哝哝。感情基调上，整首诗歌基本是欢快的。有波荡，但波荡中又有着为了相守不可动摇的决心。

回观现在的快餐式爱情，让人忍不住怀念那个未开化的时代。现在，人们有了太多的自由，物质的丰富让人们用大拇指谈起了恋爱。短信，你来我往；人，也是进进出出，爱恋成群结队。

但，很少有人，再有那种"一日不见如隔三秋"的期待。即使见面，也在追赶灯红酒绿。花前月下被酒吧歌厅咖啡屋所取代。于是，爱情的味道越来越杂，扑朔迷离的，你侬我侬间丢失了自己。再也唱不出，让人听到就会脸红的和音，而人的心也变得坚硬起来。

今日，观其诗，忆故人，也关照自身。菁菁的萝藁，摇曳岁月，穿古走今，希望能勾起几人追忆，撩起几人情怀。那最初的美好啊，在诗经中浅吟慢唱。

吟爱恋也好，唱德馨也罢，朴实的情感，纯真到无以复加。机缘选定一些人，记下那些陈年旧事。没事时，怀古曲，唱一首"菁菁者莪"，荡涤霓虹闪烁的迷尘。

有没有一种情，爱而不伤

终朝采绿，不盈一匊。予发曲局，薄言归沐。

终朝采蓝，不盈一襜。五日为期，六日不詹。

之子于狩，言韔其弓。之子于钓，言纶之绳。

其钓维何？维鲂及鱮。维鲂及鱮，薄言观者。

——《小雅·采绿》

　　田野里，洒满阳光，细数点点滴滴，美不胜收。这样的景致总让人有种返璞归真的冲动。偶尔退回到那个被自然包围的年代，经历一场带有芳草气息的爱情，终胜过灯红酒绿的迷乱。我们走得慢一些，该有多好。

　　妙龄的女子，戴着出自自己之手的精致围裙，俯下身去，又时而仰起身来。俯仰之间流淌着淡淡的哀愁。黄昏将至，采的染草还没将围裙装满。

也许，她早已习惯了这样的采摘方式：身在田野，心在别处。思念就是这样一种东西，在你不觉间，已经深陷其中，醒来时暗自后悔怠了工。然而，下一次，依然如此。改不掉，也不想改。

时时念着他，是怎么也锁不住心的。不曾分别，已问归期；别来几日，荒废梳洗。蓦然想起，诧异自己的蓬头垢面，就开始计算他什么时间归来，一定要像朵洁白的花儿那样洁雅地出现在他的面前。

按时日计算，五天后他本该归来的，怎么到了第六天，还不见朝思暮想的身影。"问莲根、有丝多少，莲心知为谁苦？双花脉脉娇相向，只是旧家儿女。"朝夕相对，也是旧时往事，而如今，丝丝交接，恋着他的心忍受着相思之苦。

其实，怎是害怕忍受这相思之苦，只是想每天都能看到他，确保他过得幸福。女子对爱的付出，其心其情让最华丽的誓言也暗淡无色。这样痴情的一个女子如若被抽去了思念，也许再别无他物。

这样在工作时也不忘心上人的女子一直都有的。穿过时间的长河，我们看到皎皎河汉女也在那里"纤纤擢素手，札札弄机杼"，"终日不成章，泣涕零如雨"。牛郎和织女也许更幸福一些，虽然"脉脉不得语"，但至少也能四目相对，你知我知。

后来，这种似曾相识的情感体验从不间断，一个女子从出生就注定了为情驻足。在

《南朝乐府·西洲曲》里，采莲的少女也正勇敢地走进情场：

> 采莲南塘秋，莲花过人头。
>
> 低头弄莲子，莲子清如水。
>
> 置莲怀袖中，莲心彻底红。
>
> 忆郎郎不至，仰首望飞鸿。
>
> 飞鸿满西洲，望郎上青楼。
>
> 楼高望不见，尽日栏杆头。

同样是思念，然而，在《西洲曲》里，女子对男子的思念还处于朦胧阶段，其中的甜蜜自然多些，因为两人好像还没有牵手。只是，她看着他，他念着她，欲诉心事，却欲说还休。

这是甜涩的爱恋，不是"首如槁蓬"，而是为了留住他的注目，眼波流转，画眉点唇。采莲女的思念还不是痛彻的，虽有"忆郎郎不至"的淡淡哀伤，但在失望之后，她总有着温暖的想象。纵使你还不知我心，但这并不影响我对你的深情。

"海水梦悠悠，君愁我亦愁"，也是我自己心甘情愿地选择。至少，"南风知我意，吹梦到西洲"，我可以说给南风听，它如果明了我的心意，就会把真情蜜意在我们之间传达的。多么无畏的女子，怀着对爱的美好想象，义无反顾地踏上了征程。

而《采绿》里，女子已无心无力将思念灌注梦里，对她来说，是醒是梦，昼夜已无话语权。面对太浓烈的思念，她只有不厌其烦地幻想与他相见时的场面来聊以自慰。

郎啊，如若他日归来，我们再也不分开了，可否？你去打猎，我就跟着你，为你收弓；你若去钓鱼，我就跟着你理丝线。我们要如影随形，再不分开。

她仿佛看到了他们在一起钓鱼的情景，将想象再加一层。你钓上鱼来了，是白鲢和鳊鱼，我一辈子看都看不够。小夫妻恩爱的场景，让人感到温暖。她在看他钓的鱼，更是在看他，百看不厌。

　　"思君令人老"，霎时她又回到现实中来，他和她仍是天各一方。那挂在眼角的微笑，渐渐散去，又添一抹新愁。

　　多少年后，最具人气的词人，那个白衣卿相，留下一句"衣带渐宽终不悔，为伊消得人憔悴"直抵人心，从此世世代代被人记挂。浪子之心，莫名感动，"且将浮名，换了浅斟低唱""一日不见如隔三秋"的思念，都付诸那慢抹轻挑的琴弦。

　　遇见，是开始，不早不晚，他在那里，她也来到。命运如此的安排，机缘不一定是巧合，只是后文的故事，让她的喜怒哀乐都因他而起。

　　时间的脚步，在该快的时候快些，在该慢的时候慢些，或许，他和她就少了些思念的缠绕，不知会不会减弱相见时的缠绵。贪心的人类啊，总想些异想天开的事。

念或者不念，情就在那里

隰桑有阿，其叶有难。既见君子，其乐如何？

隰桑有阿，其叶有沃。既见君子，云何不乐？

隰桑有阿，其叶有幽。既见君子，德音孔胶。

心乎爱矣，遐不谓矣？中心藏之，何日忘之？

——《小雅·隰桑》

这首节奏感很强的《隰桑》，整首诗写一个正当年岁的女子对"君子"的想念，感情由浅入深，在最高潮的时候，突然拉入现实，才让人明白，这两地相思的苦楚。心中深埋的爱恋，扎了根，便拔不出去。"君子"即她所爱的人，也有人解为"丈夫"，不管哪种指称都不影响对整首诗的解读。

全诗，以"隰桑"起兴，隰桑，是长在低湿地的桑树，诗中写其叶由柔美到肥厚，进而是青黑繁盛，贯穿着时间的推进，也对应着感情的越来越深。

在相同位置貌似有点用词重复，其实，这是意义上的重章互补，内在心理的微妙进程，也在用字的稍微差别里显现出来。

在最后一章里交代出复苏后对幸福的渴望和争取，越深的爱恋里，也有着最深的无奈。

"其叶有难"时，万物都有种初醒的味道，见到让自己怦然心动的他，也是缱绻温柔中卷藏着惊喜。心弦由此被撩拨，透出欢快的信息，"其乐如何"足以让这个春天变得不同往年。

叶子在春雨的润泽下，开始越来越肥美厚实了；日子也在这厚实中生长，那细密的心情，也圆润起来。再见到日夜思念的人，怎么会不兴奋呢。在字里行间中，一个为爱忘乎所以的女子映入眼帘，看到都会替她感到温暖和幸福。人生的美好，就体现在那么

思念的力量像苔藓一样在身体里猝然涌现，无法根除。

几件事上，恋爱也许是最叫人揪心的一件了吧。

第三章出现时，热恋的温度触手可及。桑树的叶子也是浓郁的青黑色，生命的枝繁叶茂在那一树的阴凉下相拥相依。

两情相悦，再次相见，互诉衷情，感情必是如胶似漆的缠绵。这个世界，突然变得狭小起来，看到的却只有他一人。

每日每夜，盼东盼西，辗转床榻难以入眠，都是因为这份痴恋。一潭湖水，爱恋中的人，心甘情愿地深陷其中。多少笔墨，都无法诠释这种温度，拥抱的真实，让一切静止。可是，下一步就是万丈深渊，姑且也不去想了吧，在想见而不得见的苦痛里，抓住眼前的欢心。所以，也便有了第四章的骤然转折。

第四章里，开口就带着想表白的冲动，心里对他爱恋着呀，何不向他说呢？但是，诗的落笔处还是脱去了大胆热烈的表白，也没了如醉如痴的迷恋，替而代之的是现实的天各一方。

至此，才突然明白，前面的爱情描写是一个身穿青纱的女子，步履轻巧地在踱着爱情的步子，数着过去的点点滴滴。而那个朝思暮想的人啊，却在远方，不知所为。

对于陷入恋爱的女子来说，这是最致命的情伤。千般思念万般愁，不知能不能奢望对方也在想着自己。

这便有了很多种猜想，所有的猜想有喜也有忧。心弦就在各种猜想里，反反复复。泪滴点点，在细雨疏桐中凄迷哀伤。东边日出西边雨，他到底没个定型，真真的"悔教夫婿觅封侯"！

年年月月，春去秋来，伊人如一，旧愁如一。岁岁年年，夏末春初，只见隰桑不见君。对一个彼时的女子，这样的爱恋一辈子也许仅有一次，而且，也许一辈子都深处这仅有的爱恋中。有时候，真的很难说清"见与不见"的伤痛。后来，有一位多情的男子，就咀嚼着《见与不见》独步人生：

你见，或者不见我

我就在那里

不悲不喜

这是一种彻悟。然而，却很少有人做得到，诗中的这个女子也无法不悲不喜。她始终在期待着能再见到自己爱的人。

她十足地投入，达到了忘我的境遇。她的爱，无法不增不减，她的爱是淡了又浓，浓了又淡。只要他一声召唤，她就会在所不惜，时刻做好了为爱付出的准备。她想到了忘却，想到了不管明日今日，以为这样就可以让自己的心情翻开篇章。但是，"中心藏之，何日忘之"，再大的努力都前功尽弃了。她永远走不出他给的情绪。"中心藏之，何日忘之"这句牵情动绪的波动，让后世多少痴男怨女找到了共鸣，传颂着一代又一代的酸涩爱恋。

在《诗经》里，常用事物的变化来描写时间或事件的推进以及人们感情的发展，这种写法也适合情绪一波三折的展开。可是，在此诗的第四章里，作者再也按捺不住过于汹涌的感情，于是，直接抒情把人推向体验的顶点。无可诉说的无奈，只有"何日之忘"才能传达出那种不会忘记的决绝，独自等待的表情，让幸福的期待变得真实可感。

其实，在《小雅》中，直写爱情的诗篇是非常少的，又因为封建时代的学者囿于"雅"的理解，很少人会把这首诗当作写男女情事的诗来读。

但，剥去那些有碍于读诗的顾虑，我们会发现这首诗写得字句成金，抵达人心，是非常难得的一首情诗。

爱情，以及由此而来的苦恼和矛盾，都真真切切。"谁念西风独自凉"，《小雅·隰桑》中那位佳人的心情，不比这西风的季节温暖到哪儿去。来来回回地，也不知有多久没注意到阳光照到身上的感受了。

那有他在身边的欣喜啊，毫不在意的春天，却始终满溢在心里。也曾向往陪他度过那漫长。可漫长却在别处延伸，睹物思人，不知了他的去处。最远的你是"我"最近的爱，情深意远，尽在其中。

见不着，走不进，退不出，忘不去。这也许，就是爱情中的永恒吧。

情之天天

情爱在某个时刻的某个地点，会突然迸发出无法抑制的热情，常会令人在措手不及的时刻就陷入爱恋的沼泽无法自拔，这份感情的曼妙之处便在于它的无法预知，当你无法得知你会如何爱上一个人时，或许，你早已经在偶然回眸中，发现了那份与你可以眉目传情，两相爱恋的人，即便千山万水，也无法阻隔。

来追求我吧

摽有梅，其实七兮。求我庶士，迨其吉兮。

摽有梅，其实三兮。求我庶士，迨其今兮。

摽有梅，顷筐塈之。求我庶士，迨其谓之。

——《召南·摽有梅》

暮春时节，杨梅成熟，有风吹过来的时候，小梅子不时掉落枝头。树下路旁一位姑娘见此情景，她敏锐的内心感触到虽然青春无价，可是时光流逝太快太无情，自己依然婚嫁无期，便有了这首诗歌。这样描述尽管和当时的真实有所出入，但大致就是如此。

女子恨嫁的诗歌历史上不少，从北朝民歌的"门前一株枣，岁岁不知老。阿婆不嫁女，那得孙儿抱"，到元朝《牡丹亭》中杜丽娘感慨的"良辰美景奈何天"，再到现在《吐鲁番情歌》中的"葡萄成熟了"。

《召南·摽有梅》算是较早的一首，写得也很好玩。诗中的"七兮"和"三兮"都是虚指，七及其往上表示的是很多的意思，三及其往下就是很少。所以，在最前边的两句中说的意思就是，快去摘那些梅子吧，你看果子还有七成，还比较多，还可以多挑挑，你们这些小伙要是喜欢我的话，快去挑黄道吉日来求婚吧。

这个女孩子很聪明，可爱伶俐，在话语中把自己比成杨梅，请小伙子们采摘，婉转地表达了自己的心声——来求爱吧，对自己来说既保留了女孩子的矜持，又表达了自己的心意，一举两得。无怪乎春秋时期晋国人范宣子来到鲁国，想请国君帮助晋国伐郑，却又猜不透鲁君时候，就吟了这一段："摽有梅，其实七兮。求我庶士，迨其吉兮。"

诗歌运用到政治上，范宣子既表达了请求的意思，又给两国双方留下回旋的余地。因为没有挑明，木讷的将士诸侯怕还不知道怎么回事。鲁君是个明白人，听了以后，也采取了相同的措施，自己也吟诵了《小雅·角弓》："骍骍角弓，翩其反矣。兄弟婚姻，无胥远矣。"意思是说弯弓的弦线要时常调整，兄弟亲戚之间，也要时常叙叙旧，要不然关系都远了。言下之意是，我们两国是亲戚关系啊，彼此的事不分，我同意帮你们打郑国。诗的作用很大，两句诗，超难度的政治问题已经办妥。

那么《摽有梅》中听到女子呼唤的男人们如何作答呢？是不是他心领神会，也以诗作答？答案是让人失望的。

随着梅子树上的果实渐渐掉落，身边的闺中密友也一个个陆续嫁掉，女子的心有点急切了，于是接下来唱出的梅子数目就变少了：树上的梅子可就只剩下三成了，要来下聘礼今日也好，要是你不下，明天人家来迎娶了也说不定，到那时候你后悔可就来不及啦。女子的心确实有些急切了，梅子落地，青春太容易逝去了，美好的岁月就要过去，自己却还是未能嫁出去。

不知道这个女子看中的对象为何不做反应，既然如此，女子只得拿出勇气，说出她有生以来说过的最勇敢的话语：帅哥，你别走，和我来说几句话，感觉感觉我们合适不？合适就嫁给你。不知道这次赤裸裸的表白，男子是否接受，不过这首诗最令人称道的地方就是女主人公毫不掩饰自己对爱情的渴求，大胆用语言表达出来，实令人称道。

女性在内心深处对情感寄托的欲求在此处的表现是最真实的，要将这些想法无顾忌地说出来，是需要莫大的勇气的，即使社会运行到了今天也不是那么容易表示。同样作为敢爱敢恨女子的典范，《诗经》中还有《郑风·褰裳》：

子惠思我，褰裳涉溱。子不我思，岂无他人？狂童之狂也且！
子惠思我，褰裳涉洧。子不我思，岂无他士？狂童之狂也且！

《褰裳》中的豪爽美女在溱河洧水，不客气地朝河对岸的帅哥说：你要真的爱我，就提起衣角涉水过来，倘若你不来爱我，天涯何处无芳草，难道就没别人么？真是狂妄傻气的小子，一边去！去去去！

爱得勇敢的女子，还有什么比她的真性情更打动人心？《褰裳》中的女子热辣大胆、天真爽朗，估计对岸的男子就答应了。要是实在不答应，也不用着急，她还有时间，不像《摽有梅》的女主人公，这也是她们的区别之处。

诗评家龚橙《诗本义》中说："摽有梅，急婿也。"一个急字，抓住了全篇的情感基调，很有道理，与这首诗歌要表达的意思一样的是唐朝杜秋娘的《金缕衣》："劝君莫惜金缕衣，劝君惜取少年时。花开堪折直须折，莫待无花空折枝。"《金缕衣》中用鲜花来指代时光，花朵悄无声息地枯萎，留下无数叹息，意蕴犹在，相比起来《摽有梅》则更能让人触目惊心。因为它直奔主题——青春的大好时光，就随着杨梅落了一地，伴着哗啦啦的声音，如同钟表一秒秒流失的滴答声。

这首《召南》中具有代表性的诗，比恢宏壮丽的《周南》诗灵活有余，不时有口语点缀，似是我们日常的对话，不免有些雨中江南小镇与北京城的感觉，生活味道的凝重，更加体现出当时的风情吧，来听：

梅子落地纷纷，树上还留七成。有心求我的小伙子，请不要耽误良辰。
梅子落地纷纷，枝头只剩三成。有心求我的小伙子，到今儿切莫再等。
梅子纷纷落地，收拾要用簸箕。有心求我的小伙子，快开口莫再迟疑。

虽然直白，但必须要承认的是，有一种爱情叫表白。

艳遇事件

野有死麕，白茅包之。有女怀春，吉士诱之。

林有朴樕，野有死鹿。白茅纯束，有女如玉。

舒而脱脱兮，无感我帨兮，无使尨也吠！

——《召南·野有死麕》

《诗经》中有不少篇目直接反映男女情爱及性爱的活动。这样妙趣横生的爱情也让那些道貌岸然的所谓圣人们异常害怕，在解读《诗经》时用力向经学上靠，却适得其反。他们不知道爱情有时候也需要激情，在山野间燃烧出来的火焰，会成为日常生活里最娇艳的色彩，想必也会让那些经学家心旷神怡。

不过，他们没有《召南·野有死麕》中那个称为"吉士"男子的好运气。吉士，就是英俊的猎人，不过理解为幸运儿更合适些。

> 野地里躺着死獐，用白色的茅草包起它。有个姑娘情窦初开，小伙子上前把话挑。
>
> 森林中，丛丛树，原野上躺着死鹿。用那白茅捆束它，有个姑娘如花似玉。
>
> 慢点儿，轻点儿啊！不要撩动我的佩巾！不要引得长毛狗叫！

德国诗人歌德说过：哪个男子不钟情，哪个少女不怀春。两情相悦，爱情的火苗怎样扑都扑不灭，一个人的好运气来了，万水千山都难以抵挡。《野有死麕》中，幸运的人就是这样：弓刚刚拿出来，箭还没有搭上来，一头肥硕的獐子就躺在了他前边的茅草地上，他走过去随手在地上拔了一把茅草，将獐子扛在肩上，要回家去。真是一个好猎手，箭法虽然不知道深浅，但是运气是最好的。好运当头，连他自己都感到幸福。

按着情节的推进，幸运之神并没有停止对他的幸运恩赐。在他喜笑颜开的归途中，他遇到了更让他喜悦的事情——一片矮树丛的对面，一位窈窕淑女正朝他这边看来，直盯着他看，不但如此，眼神中还流露出春意，如同今天所说的放电。

"有女怀春"，几千年前的诗人，不知道怀着怎样的感情创造出这样的词语，也许是被少女眼中流露出来的饱满情感感染，也许是只能用春天的盎然氛围才能衬托出少女的情感，使得"怀春"这个词语流传千年。

在古代，没有角、比鹿小的獐子被称为"麕"，也是鹿的一种，鹿有一种暗指的意思就是被当作壮阳养生的补品，从这个方向引申过去，"野有死麕"表达的也的确是一种野外偷情的意思。鹿用白茅捆束起来就不是猎人猎取的单纯猎物了，而是很像样子的礼物——在这里，就是猎人向少女表示感情的用品。

有了媒介，接下来就直接了很多："吉士诱之。"少女本来就满怀春心，在不远的地方对着"吉士"表示爱意，现在帅哥主动过来表示自己的意思，这就没有什么遮拦了，干柴烈火堆放在一起，有一丁点儿火星就燃烧起来了。幸运的帅哥拉着怀春的女子，不顾一切往树林深处里钻。少女内心也是乱跳，应该有种眩晕的感觉，但作为女子，还是要有点矜持与内敛，不住地提醒"吉士"：温柔一点，别弄乱我的头发丝巾，轻点轻点，别惹得附近的狗儿乱叫，让别人看到了多不好……

如此生动的情景，那些经学家必然受不了，这就是他们联合攻击的原因，不过作为现代人不禁莞尔。这是多么美妙的意境。

两情相悦的世界，该是生命里永远最动人的画面。也的确如此，《野有死麕》虽然艳情，却不失含蓄的情趣，构成美妙的意境，相比之下，后世有些成就的艳情诗则过于香艳，比如与《野有死麕》意境相似的唐代诗人牛峤的《菩萨蛮》："玉炉冰簟鸳鸯锦，粉融香汗流山枕。帘外辘轳声，敛眉含笑惊。柳荫轻漠漠，低鬓蝉钗落。须作一生拼，尽君今日欢。"描写了偷欢的情节，不过过于直白俗艳，情趣意境与文字感都与《野有死麕》差远了。

被孔子称为"思无邪"的诗三百首安排艳情诗出现，是怎么回事？也许正是因为它出现在礼教还没有扼杀人类本性的先秦之初，让后人一览当时的激情之事。虽然艳情，却艳情着男子青春的活力与女子清纯的可爱。

人之初，性本善，当时还没有套上琐碎繁多的道德观念。从当时诸子的思想中已经看到世事的纷争、生存的困扰，伦理思想即将成型，还好从《诗经》这本最古老的诗歌中放射出了最原始的人性魅力。"舒而脱脱兮！无感我帨兮，无使尨也吠！"只此一句，风流满纸，本性尽显，还有什么能够扼杀两性相悦时候的快乐，带着几分羞涩，这个娇柔女子的形象特别动人地站在了我们面前。

元代散曲风行之时，以闺情、闺怨闻名的文人刘庭信却有一个曲子《朝天子·赴约》，描述一位少女与情人约会的情景与《野有死麕》相似无疑："夜深深静悄，明朗朗月高，小书院无人到。书生今夜且休睡着，有句话低低道：半扇儿窗棂，不须轻敲，我来时将花树儿摇，你可便记着，便休要忘了，影儿动咱来到。"

读下来就知，曲中交代了约会的夜深人静环境，在黑暗环境下，姑娘还向书生约定，怕发出声音，被别人发觉，连窗子都不敲，那就把院子里的花树轻摇一下，只要树影一动，就说明姑娘已经到了。显然这次约会是少女主动说出来的，连约会的信号都是姑娘想出来并事先约定好的，如此大胆多情的少女和《野有死麕》中的怀春女子一样令多少暗恋者汗颜。

怀春的女子羞怯而大胆，坦诚而率真，健康和温暖的气息，也正是那个时代年轻人的特色。

男人的等待，搔首踟蹰

静女其姝，俟我于城隅。爱而不见，搔首踟蹰。

静女其娈，贻我彤管。彤管有炜，说怿女美。

自牧归荑，洵美且异。匪女之为美，美人之贻。

——《邶风·静女》

唐代诗人韩偓有这样一句诗："但觉夜深花有露，不知人静月当头。"写出女子在闺房里的期许与等待的那份恬静，任时间一点点流逝，她依旧优雅如此。相对于女子，男人的等待似乎充满了着急——"爱而不见，搔首踟蹰"。

文静的姑娘多么美丽，约我等候在城门角。故意藏起来不让我看见，急得我挠头又徘徊。

文静的姑娘多么漂亮，送给我一个红管。红管亮闪闪，我真喜欢它的美丽。

从郊外回来送给我白茅，白茅实在美得出奇。并不是茅草有多好看，只因为是美人送的。

这是《邶风·静女》中男子的等待。就在大约两千年以前的一天，阳光四溢，万物生长，花朵绽放，鸟雀歌唱。就在这样的良辰美景之中，男子徘徊徜徉，他却没有心思来观赏倾听，眼下四处张望，之前他急急如火来到心上人定下的约会地方，生怕自己迟到。心爱的姑娘在哪儿？怎么看不见？

心怦怦直跳，可内心是盼望着她早点出现，看她美丽的容颜，胜过花朵千万倍，听她清脆的声音，倾诉满心的爱怜。可现实让他着急，他抓耳挠腮，徘徊辗转，依然不见心上人的面。一个静女，幽雅娴静的女子，迟迟不肯出场。

这样一个美丽的女子给人想象的空间，她应该是心地善良而单纯，还是聪明伶俐的，此刻，这个俏皮的姑娘也许是藏在附近，望着束手无策的小伙掩着嘴儿窃窃地笑，想要看看男子的表现到底如何。

女人在大多情况下确实喜欢在约会时候故意迟到或藏起来，让男方等待，这是一个有趣味的现象，在心理学上也是有渊源的，恋爱女性的本能在作怪，她这样做不是对你怀有恶意，更不是要弃你而去，姗姗来迟，有意躲藏，看到对方的那种焦虑不安、备受痛苦折磨，内心反而会充满快乐，你看，对方为自己付出，多么在乎自己。

而男方约会迟到往往会给女方带来众多的困扰，有时候因为这一迟到自己功亏一篑。元代有一首《寄生草·相思》的曲子就表达了女孩子对迟到的男子的埋怨："有几句知心话，本待要诉与他。对神前剪下青丝发，背爷娘暗约在湖山下，冷清清湿透凌波袜，恰相逢和我意儿差，不刺，你不来时还我香罗帕！"

意思就是说本想告诉你几句我的真心话，我还对着神像剪下头发，表明心迹，背着爹娘来湖边和你约会，谁知道让我等你等得鞋袜都湿透了，还没见人来，快点把我送你的香罗帕还给我吧！

等待是一种煎熬，等待也是一种幸福，因为高潮总在焦急的等待中出现："自牧归荑，洵美且异。"男子的等待没有白费，在后来得到意外的收获，女子出场的时候，手中执一枝白茅草，白茅草在阳光的照射下闪光泽。

"非汝之美，美人之贻。"并不是因为白茅草离奇，它只是一根嫩嫩的草，在物质的世界里，它随处可见，然而在爱人的世界里，它是珍贵的，因为它是心仪的姑娘亲手采摘，送给自己的物品。物微而意深，一如后世南朝宋陆凯《赠范晔》的"艰难无所有，聊赠一枝春"，赠送什么不重要，重要的是感情这种东西。

更何况现在这白茅草上还带着姑娘的芳香与体温。最珍贵的东西，总是在爱人给予的。这些礼物，尽管普通到了极致，但却是甜蜜与温馨的，经过了爱人的手掌递送到你的手掌时，这礼物便不再普通，伴随着对方的笑容顿时让自己的世界生彩。这种馈赠也成为我们表达爱意的最简单，也是最直白的方法。

世界就是这样神奇，自我们先祖时期就是如此，内心所喜欢之人的东西，最平常，却最为熠熠生辉。这也许就是我们平时说的"爱屋及乌""情人眼里出西施"吧。现在这根彤管草就有些定情物的意味了，也就意味着男子最终抱得美人归。这都是经过"搔首踟蹰"等待得到的。就在这一个春天的上午，一切都透出甜美的意味，女子是美的，男子也是美的；阳光是美的，植物也是美的；白茅草是美的，爱情也是美的。两个可爱的人约会成功，天地里就洋溢着欢喜。

如今，时代变了，表达爱情的方式也变了，光怪陆离的方式中，迷失了多少人的眼睛，而《诗经》中那么着急等待与馈赠茅草样的甜美爱情，永远是那么美丽！娴静姑娘真娇艳，送我一支小彤管。彤管鲜明有光彩，爱她姑娘好容颜……

爱需要大声说出来

泛彼柏舟，在彼中河。髧彼两髦，实维我仪。之死矢靡它！母也天只，不谅人只！

泛彼柏舟，在彼河侧。髧彼两髦，实维我特。之死矢靡慝！母也天只，不谅人只！

——《鄘风·柏舟》

捷克小说家米兰·昆德拉说："梦境是优美的，同时又是意味深长的。"而这一首上古时期翩跹而出的《鄘风·柏舟》似乎美得已经足够意味深长了。形容爱情，玫瑰太俗，美梦太假，只有一方小舟，足够典雅。

并不宽泛的河面上，停泊着一只舟船，宛如爱情的风吹过，这只小舟迎风而动，但却因为河畔的缆绳所牵制，无法随风而去，无奈之下，只能悲恸不已。爱情，往往不就是这样可遇而不可求，求得而无法得吗？

"泛彼柏舟，在彼中河。"古诗中围绕着"舟"的故事很多，而大多都有着哀愁的意味。

舟也许是引发人们哀愁的物件吧，这首诗的意味也是如此，一个女子爱上一个男子，但是却得不到家里人的许可，于是她仰天悲号："我的母亲我的天，为什么你不体谅女儿的心！除了他我谁都不要！不能和他在一起我宁愿去死！"

估计很少女子能够说出这样惊天动地的话，即使先秦那时的民风再开放，说出这样响当当的誓言也并非多数，即使是男子也很少会说出口。放到现在来说，肯定有人说，年轻姑娘嘛，说的冲动话，山盟海誓脱口而出，可以理解。

可仔细品读这首诗，先以水中的柏舟起兴，再细细描绘那个心仪男子的清秀面貌，可见她的爱恋已经不是一天两天的事了，"那头发垂分的少年，实在让我好喜欢，我发誓我永远不变心"。女孩的心思看来已经决定了，已经没有了冲动、说胡话的特征。为了达到自己的目的，这位平凡的女孩要做出反抗，口头上的反抗还不算完，如果要表现在实际行动上，怕是难之又难。

因为先秦时代民间婚恋的现实状况有两方面，一是，人们在政令许可的范围内享有一定的性爱自由；二则是最普遍的情况，《齐风·南山》中有具体的描写，比如"取妻如之何？必告父母""取妻如之何？匪媒不得"，意思是娶妻嫁人得通过父母同意，媒人说媒，礼教已经通过婚俗干涉到人们的生活。所以诗中的女子既可以自行选择对象，而又要受到父母的约束，需要取得父母的同意。而哪里有压迫哪里就有反抗，她才悲伤地大喊道："我的母亲我的天，你为什么不能成全女儿的爱呢？"

如果一份爱情从一开始就遭到母亲的反对，那么它必然会走得很艰辛。一般来说，在择偶问题上，母亲与儿女的意见都不会一致。母亲相中的，子女一般不屑一顾，而子女看上的，母亲则坚决反对。于是诞生了许多悲剧，如《孔雀东南飞》《梁祝》等等，太多的悲剧就源于父母的阻拦。

父母的横加干涉激起孩子的反抗。要想捍卫爱情，需要坚强的意志，更需要面对压力的勇气。不妥协，不做胆小鬼，为真爱而努力。还有另一首和舟有关的古诗——《越人歌》。

情爱在某个时刻的某个地点，会突然迸发出无法抑制的热情，常会令人在措手不及的时刻就陷入爱恋的沼泽无法自拔。

今夕何夕兮，搴舟中流。

今日何日兮，得与王子同舟。

蒙羞被好兮，不訾诟耻。

心几烦而不绝兮，得知王子。

山有木兮木有枝，心悦君兮君不知。

这是两千多年前的舟子唱出来的歌谣，表达了对王子的爱慕之意，在舟上，地位卑微的舟娘鼓起勇气，表达了爱情，最终被王子理解带回宫中。事情的美好结果让那些不敢启齿的"胆小鬼"们足够惭愧。

至于《柏舟》这场爱情的结果是什么呢？她哭着喊着非他不嫁，可是，最后他们真的在一起了吗？我们却只能想象。

诗歌中的爱情，虚实尚有待考证，但可以确定的是，这位女子一定会在老年之时，立于河畔望舟，那时她的心中一定已是岁月苍茫，充满了沧海桑田的感受。

读这首《柏舟》，眼前仿佛出现一个伤心的女子，逗留在流水河畔久久不愿离去，这里或许是她和男子两情相悦的地方，当初他们一团欢喜热闹，而如今，只有她独自在此，靠着回忆，回想甜蜜往昔。

人是群居的动物，无法脱离社会而独立生存的个体存在。两个人相爱，不单单是父母的反对阻力，周边其他的阻力也是重重，也许会大到无法想象，但到最后真能突破"重围"而修得"共枕眠"的，又有几个呢？

现实总是残酷悲剧结果的居多，悲剧才能让人记得，否则，一个个催人泪下的爱情故事就不会诞生，也不会流传千古的。《柏舟》里的女子，其实又何尝不是空余嗟叹？不过她已经付出了自己的勇气，不是为后来人树立着很好的榜样吗？

一份炙热的爱情会因为无法言说而逐渐冷去，但同样如火的情愫也会因为激烈的争取而同样无疾而终，这个世间上，真就有许多人们无法左右的事情，纵使人们多么强调只看重过程，而不看重结果，但那冷冰冰的现实真的就不会令原本热忱的心破碎吗？

人不能以诗论，想来这位《柏舟》中的女子最终也会有个好归宿，不管怎样，她拥有了足可以令一生快乐的记忆，那份与爱人相守的短暂时光，如同旖旎的阳光绽放心间，而今虽然物是人非，但那份大声说出的爱意，却会永久陪伴她左右，是她余生重复的记忆。

先秦年代的桑园故事

> 爰采唐矣？沫之乡矣。云谁之思？美孟姜矣。期我乎
> 桑中，要我乎上宫，送我乎淇之上矣。
>
> 爰采麦矣？沫之北矣。云谁之思？美孟弋矣。期我乎
> 桑中，要我乎上宫，送我乎淇之上矣。
>
> 爰采葑矣？沫之东矣。云谁之思？美孟庸矣。期我乎
> 桑中，要我乎上宫，送我乎淇之上矣。
>
> ——《鄘风·桑中》

采桑缫丝应该是中国男耕女织时代的重要活动，种植桑树，采桑养蚕，然后织出皮肤般光滑细腻的丝绸。战国铜器及汉代画像石上常有描绘桑树下桑女劳作的场景，使得千年后的我们可以看到这一幅幅"向春之末，迎夏之阳，鸧鹒喈喈，群女出桑"的古代采桑图。同样，在《诗经》中，我们也可以看到那些浪漫的桑园诗意。

> 十亩之间兮，桑者闲闲兮，行与子还兮！
> 十亩之外兮，桑者泄泄兮，行与子逝兮！

这首《魏风·十亩之间》旋律轻松，以愉悦的口吻描述在桑间劳作的乐趣，站于十亩的桑园间，采桑的人十分悠闲地劳作着，纷纷相互嬉笑着结伴回家，而那十亩桑园之外则是桑林，采桑的人笑语盈盈，相互携手离去。

魏国地处偏北之区，那里条件艰苦而不利于耕种，但是我们的先民是勤劳而乐观的，这首诗歌中传递出来一派清新恬淡的田园风光，夕阳西下，余晖透过碧绿的桑叶照进一片宽大的桑园。牛羊归栏，炊烟四起。忙碌了一天的采桑女，收拾行李归家，顿时，桑园里响起一阵阵彼此呼唤的声音，她们轻松愉快的劳动心情也会感染千年后的读者。这

就是《十亩之间》流传下来的桑园晚归图，恬静自然。

先秦时期，采桑作为一项非常普遍的生存之道，使得桑园成为女人除家庭之外最重要的活动场所。在这里，发生了众多的爱情故事。《诗经》中便有了很多篇以桑园为场合的爱情诗篇，成为文学天地的审美意象。

学者傅道彬在自己的研究中这样说过："古老的桑园因为有着太多的故事，以至于成为一个爱的隐语。"是什么隐语呢？翻开《诗经》，就是那些铺面而来的情事。

在这首闻名的《鄘风·桑中》中，男主人公唱道：

> 到哪里采集女萝？就在卫国沫水岸。谁是你梦中情人？美丽动人是孟姜。她约我到桑林里，邀我去她家把亲攀。辞别归来送我行，依依惜别淇水边。收割小麦去何处？就在沫水的北岸。谁是你梦中情人？美丽动人是孟弋。她约我到桑林里，邀我去她家把亲攀。辞别归来送我行，依依惜别淇水边。采摘蔓菁去哪里？就在沫水河东岸。谁是你梦中情人？美丽动人是孟庸。她约我到桑林里，邀我去她家把亲攀。辞别归来送我行，依依惜别淇水边。

在这一首朴素、深婉的恋歌中，在桑园中相会后发生了爱情中的一切步骤与环节。

"桑中"是当时都城朝歌的别名，"上宫"也是朝歌附近的地名，都是采桑女幽会的地点，滨临河水，在春天的环境中流淌唱歌，诗情画意之中，滋润着爱情的心田。采桑女在这里发生了一个又一个的爱情故事。

《魏风·汾沮洳》中从采桑女的角度来描写男女之情，"彼汾一方，言采其桑。彼其之子，美如英。美如英，殊异乎公行"，意思就是说她来到汾水岸边去采桑。看他是个怎样的人儿，美得像花儿一般，才华赛过大主将。这个采桑的女孩大胆表达着自己对一位花样美男的赞美和爱慕，凸显着《诗经》中女子最可爱的一点：开放热烈地表达真实的感情，无须掩藏。

桑林是个充满暧昧的谈情场合，先民们认为在与劳动相关的自然田野可以得天地之精华，有益健康，而且和谷物的生长联系起来，认为是一种吉祥，原始、朴实与奔放。《楚辞·天问》中记载着大禹走到涂山的时候，恰好碰上桑社狂欢节，他邂逅了一个美丽的涂山姑娘，两个人在桑林中有了热烈的交欢，后来就生下了儿子启，就是夏朝的第一位君主。

桑园的特殊地位与在诗歌中的一再出现，后来就逐渐想成一种意象，承载着采桑女的喜怒哀乐与生活，借桑抒情也成为女性一种自然贴切的倾诉方式。

桑园，可以说是先秦年代的文学森林。

偷情线路图

　　将仲子兮，无踰我里，无折我树杞。岂敢爱之，畏我
父母。仲可怀也，父母之言，亦可畏也。

　　将仲子兮，无踰我墙，无折我树桑。岂敢爱之，畏我
诸兄。仲可怀也，诸兄之言，亦可畏也。

　　将仲子兮，无踰我园，无折我树檀。岂敢爱之，畏人
之多言。仲可怀也，人之多言，亦可畏也。

——《郑风·将仲子》

　　他们都是平凡人家的儿女，只是因为单纯的爱恋，却陷入了苦苦无可奈何的境地。
由于女子家人的反对，男子便不能再见女子，只得夜夜爬上女子家的墙头，偷偷来看望
他日思夜想的爱人。

《郑风·将仲子》中，男孩为了见上女孩一面，所历经的艰辛描绘得栩栩如生，他不惜冒着可能摔伤、被女孩子父母兄弟发现辱骂毒打的危险，爬上了女孩家的墙头，只为了多看心爱的人一眼。

诗中的"仲"就是"二哥"的意思，翻译成白话就是"我的小二哥啊"，听起来几分亲切。那么小二哥为什么要爬上墙头而不直接进女孩家呢？原来当时已经有了"三纲五常"的雏形。

《周礼·地官·媒氏》中规定："中春之月，令会男女，于是时也，奔者不禁。"在周代，为男女谈恋爱保留着特定的时节，男女两人要是来电，就在野外亲热，也没人认为是伤风败俗，却被看作是对大地丰产的祝福，是吉祥！但是一过这个时间，比如《周礼》中说的"中春"，要是再私自交往就要受到处罚，等等。《孟子·滕文公下》中就说："不待父母之命，媒妁之约，钻穴隙相窥，逾墙相从，则父母、国人皆贱之。"

但是爱情却不会因为时间的限制而停止思念，反而会因为禁忌而显得愈发躁动，就好像鲁迅在散文《社戏》中描述了和几个小伙伴偷吃了六一公公的罗汉豆，罗汉豆在那一段记忆中永远那么好吃。

还有一本书中也有类似的记载。说是小时候偷吃母亲藏起来的小坛子甜酒。踮着鼻子在屋子里四下侦查，在找着时候，眼前荡漾起甜酒甜蜜的气泡，于是一天偷吃一点。等到母亲端出来让正大光明享受之时，甜酒已经就剩下一个底了，再吃起来也没有偷吃时候那么甜蜜了。看来偷偷品味的过程所带来的甜蜜更强烈些。

男子控制不住想品尝爱情的甜蜜，又因为有明文的规定，那只好偷偷相会了，于是就有《将仲子》

里的这一幕：男孩立在少女家的墙
头之上，少女站在墙下对她野蛮
的恋人倾诉阻拦。

我的小二哥啊，求求你，
别翻越我家的门户，别折了
我种的杞树。哪是舍不得杞
树啊，我是害怕我的父母。
小二哥你实在让我牵挂，
但父母兄长的叱骂也着实让
我害怕……的确，父母兄弟在古
代对于婚姻的成败起着很关键的作
用，他们的干涉造成了很多的悲剧，《孔
雀东南飞》中的刘兰芝与焦仲卿、南宋
伟大爱国诗人陆游与他表妹唐婉的婚姻悲
剧都是代表。少女当然害怕。

对于少女的这番规劝话，历代有很多不同的观点和说法，《毛
诗序》认为此诗是"刺庄公"之作，郑樵《诗辨妄》认为此诗是"淫
奔之诗"，现在已经很少人取用这些观点。当代人大多数是读出了
人言可畏、三人成虎等的无奈。

我的小二哥啊，你着实让我牵挂，但父母兄长的叱骂、邻居的
谗毁也实在让人害怕啊。人之多言，亦可畏也。相爱是我们两个人
的事情，但我们的爱情是涉及一堆人的事情啊。女孩依然在墙下耐
心劝导。

听到这样的话，男孩似乎要丧气了，好一个"良辰美景奈何天"，
你这不是委婉地把我拒绝在墙头之外了嘛。但是，细细掂量女孩的
温言软语，这诗中不正是一张偷情的线路图么？

我的小二哥啊，你要留点儿神，不要随便翻越我
家的门户，我种的那株杞树你可以当梯子爬下来，可
千万不要折断了露了馅，要是父母发现可不得了。

　　我的小二哥啊，你要留点儿神，不要随便翻越我家围墙，我种的那株桑树你也可以当梯子溜下来，可千万不要折断了露了馅，要是我哥哥发现可不得了。

　　我的小二哥啊，你要留点儿神，不要随便翻越我家菜园，我院中的那株檀树你可以当梯子滑下来，可千万不要折断了露了馅，要是邻居们发现可不得了……

　　这就是一张完整的爱情线路图，男孩有三条线路可以接近女孩。要是墙头的男孩真的没有明白无功而返的话，真对不起女孩的良苦用心了。恋爱中的男女，女孩又想爱又有所顾忌的心情、男孩为了所爱不顾一切的"野蛮"，在《将仲子》中淋漓展现。

　　这是一个多么美妙的梦境！似一幕古代版的青春偶像剧，怎能不惹人喜欢。将爱情的原始淳朴显现在世人面前，丝毫感觉不到淫秽，反而觉得至美。难怪说：诗三百，一言以蔽之，曰思无邪！

不要因为寂寞而错爱

子惠思我，褰裳涉溱。子不我思，岂无他人？狂童之狂也且！

子惠思我，褰裳涉洧。子不我思，岂无他士？狂童之狂也且！

——《郑风·褰裳》

女子的温婉贤淑，一向是男人选妻的重要准则之一。女子要收敛性情，熟练女红，懂得笑不露齿，举步缓缓而行。

但在《褰裳》中，这位姑娘却不顾这些凡俗的条例，她大胆而直白地冲对岸犹豫不决的男子喊道："想追我就过来啊，唯唯诺诺的没个男人样子。"

本来嘛，谈情说爱这件事，就该是男子主动，女孩子就算再欢喜你，她也得保留一点自尊和矜持。

可是面对有些迟疑，不能下定决心的男人，这个女子高喊出了她对男子的要求。而且还提醒男子，想追我就趁早，你要是看不中我，也不要浪费我们彼此的时间，我还有更多的追求者供我挑选呢。

这番话语足以让当时的男子无话可说。身为女子，都能做到在感情上干脆利落，痛痛快快；反而是本应主动出击的男子，却显得不那么大方了。

千万不要以为，男子在这里的游移就是慎重，而女子此时的泼辣就是随便。

"子不我思，岂无他人。"女子看似轻佻、无所谓的语调，其实还是矜持的另类表现。在这个日子，在这条河边，本来就是一个男女相亲、相互示好的日子，可是男子临阵的退缩，让女子深感无奈。

按郑国习俗，每年仲春（一说三月），少男少女们便会齐聚溱洧河畔。这是官方组织的大型相亲会，是青年男女们择偶的好时机。有一首《溱洧》的诗就说："溱与洧，浏其清矣。士与女，殷其盈矣。"

在清澈流动的河水边，在习习吹拂的春风中，发芽的情愫就仿佛发芽的柳条一样，随风摆动。

在爱情生活中，男子和女子的表现各不相同。女子往往第一眼认定一个人后，便很难再改变。这也就可以理解，为何女子在河畔，不过才见几眼男子，就如此恋恋不舍，想让男子过河来与自己深入谈下去。可是男子似乎对这样一见倾心的事情游移不定，他们总是需要挑挑拣拣，看更多的选择中是否还有更为适合自己的。

对于爱情，男子比女子少了那么几分偏执和热情。

也许是看出了男子的心思，所以女子最后也赌气地责骂道："狂童之狂也且。"你真是个坏小子。

既然不爱我，为何又要来挑逗起我对爱的热情，现在我好不容易鼓起勇气，希望与你投入恋爱之中去，而你偏偏又放下了刚才还抬起的手，让我进退两难。

历史留给女人的空间总是局促的，像是一场无法舒展的舞蹈，像一曲无法放声唱的歌，做任何事情，说任何的话语，都需要掖着藏着。生怕是夸张了一分，多做了一分，让世人笑话自己没有样子。

所以，女人比起男人来一向缺乏选择，她们无论在生活还是情感中，都是"被选择"的。这样被动的地位，应该也是女人所不喜欢的。

因为缺乏选择性，女人的主观意识里，也会比较缺乏这样的意识。当她们一旦认定了某件事，或者某个人，她们便义无反顾地栽进去。

老子说："上善若水，水善利万物而不争。"说的是水无为而为，水是至柔之物，来去自如，可变换为任何形状。亦为至刚之物，因时因势而起，起时风起云涌，能量巨大。

女子如水，静时轻柔清凉，动时风生水起。

男人千万不要以为女人都是好欺负的，如若遇到强势的女子，那可是会让自己碰钉子的。就好像诗中的这位女子，直率坦诚，一点儿也不扭捏作态。

换个角度来想，女子如此强烈地要求男子过河来和自己订终身，是否也是出于寂寞的考虑？

周时期，青年男女约会总是规定有固定的时日，过期不候。这样死板的限制，如何能管得住恰值恋爱时节、少女的芳心呢？

所以，为了不再错过这个好日子，女子才会一再鼓励男子大胆过河，来和她进行一场惊天动地的爱恋。

女子单纯美好的祈愿可以理解，但对于爱情的本身，女子或许还是没能够看得清楚，也可以说，女子还不如男子那样冷静。

缘起缘灭，爱情就在这期间起起落落，心思氤氲而起，缘分是难以强求的，羁留的爱情无法持久。人和人之间的情缘来去，只怕是无法为人所左右。

一时之间的情谊相投，并不能作为日后长相厮守的佐证。爱情在邂逅的那一瞬间的张扬，无法为之后漫长岁月做出铺垫。对于为了相爱而组织的相爱邂逅，最好还是慎重稳妥一些好。

免得满足了一时的兴致，却是为日后留下了麻烦。这一首短短的小诗，通过一个大胆泼辣、渴望爱情的女子形象，生动地刻画出了当时青年人对于爱情的一种态度。

诗中的女子早已湮没在了历史之中，不可考的姓名、不可考的生卒，都让她变得遥远而模糊。但通过她对男子戏谑的诗句，仿佛又能看到她巧笑如嫣、调皮可爱的模样。

想到这儿，整颗心便荡漾开来，一片温情。

满身风雨来践约

风雨凄凄，鸡鸣喈喈。既见君子，云胡不夷？

风雨潇潇，鸡鸣胶胶。既见君子，云胡不瘳？

风雨如晦，鸡鸣不已。既见君子，云胡不喜？

——《郑风·风雨》

　　《郑风·风雨》的意境就是在风雨交加的夜晚等待，最后终于见到了要等的那个人。他们事先应该约定好了见面的时间地点，其中女子先到一步，还没有到时间，或者快要时间了，女子有些期待地等待着，心跳也许已经加快。

　　谁知道天有不测风云，这时候竟然突降暴雨，闪电交加，风也呼啸，豆大的雨瓣就打在地上，连鸡窝的鸡都惊得咯咯地叫。女子的心随着鸡叫雨声也不安起来。他还会来吗？这么大的雨，他也许就不来了，他最好也别来，这么大的雨，淋坏了怎么办？此时她的心理是矛盾的，既希望他能够冒雨践约，但是又怕淋坏了他。正在矛盾之时，抬眼看见对方满身风雨而来。

女子脸上笑容绽放，她心情澎湃，这就是："风狂雨又骤，天地一片黑暗，鸡儿跟着不停地叫，我的心潮随着起伏，他突然冒雨到来，顿觉喜上眉梢。"

《风雨》是《诗经》中众多借用外界景物的描述来加强诗歌本身感染力作品的代表，抒写女子风雨之中怀人，并没有直接说她怎么想，心情怎样焦急难耐，只是反复通过"风雨""鸡鸣"这两种外界加以渲染女子的思绪，反衬出女子的担心与矛盾，加重着苦苦等待之中一个人的孤独与沉闷。

等人确实是一件苦差事，相信每个人都有过这样的经历。这时候人容易变得焦躁不安，在左顾右盼之中觉得时间过得怎么这么慢。等到了，对方能够践约，说明他人还不错；要是负约的，大多让人伤心，落下一个坏名声。所以，等待是一件极难做的事情。

香港女作家李碧华《胭脂扣》中对守约与负约有淋漓尽致的体现，故事是说女子如花与男子十二少两人以胭脂盒私订终身，谁知却遭到了十二少父母阻拦。绝望之时，两人相约一起吞食鸦片殉情，不巧，如花死了，十二少被救活。成为孤魂野鬼的如花在地下苦等，孤单有加。

但她没有《风雨》中这位女子幸运，《风雨》中的男子穿越风雨来践约，而如花等的十二少在人间活了下去，终于有一天，如花按捺不住等待的心，费尽心思重返人世，遍寻十二少，等到见到他，才知道他真的负约了。她只好将当年定情之物胭脂盒塞还给他，对他说了一句"谢你，我不想再等了"，黯然离去。

许约容易守约难。

《庄子·盗跖》中记载着一个誓死守约的故事，流传千年，说的是一个叫尾生的男子认识了一位年轻漂亮的姑娘，两人一见钟情，君子淑女，于是就私订终身。女子家嫌弃尾生家境贫寒，两人就与约定在韩城外的桥梁相会，双双远走高飞。那一个黄昏时分，尾生提前来到桥上等候。不料，六月的天气变化无穷，突然就下起了滂沱大雨。不巧山洪又暴发，大水裹挟泥沙席卷而来，淹没了桥面，尾生抱着一根桥柱死去。

尾生抱柱而死的故事对于诺言的信守虽然有点迂腐，但古人确实能够一诺千金，满身风雨来践约是习以为常之事。有时候为了诺言他们不惜牺牲掉自己的性命，尾声就是鲜活的例子。

而相对于现代人来说，快速的社会生活中，都在拼命地谋取利益，很多人并不把诺言当回事。《风雨》给人上了生动的一课，那个两千多年前那个穿越风雨践约而来的男人，带给等待者多么大的喜悦，也带着我们多么大的现实意义。

　　席慕蓉有诗句证实："当你走近，请你细听，那颤抖的叶，是我等待的热情。而当你终于无视地走过，在你身后落了一地的，朋友啊，那不是花瓣，那是我凋零的心。"这世间有多少等待的故事，迪克牛仔的粗犷歌声中有多少人掉泪，有多少爱可以重来，有多少人值得等待，满身风雨的我，还能等到你吗？

　　痴情男女，心中的相思好像一条苦恼的河，就看是否有耐心等待那个渡河相守的人！而风雪雨霜都只能算是一种考验，考验他是否会不顾一切穿越而来，结果也只有两个：来，或者不来。"既见君子，云胡不喜。"要是来了，那会是怎样的惊喜。

当贤淑女遇上倜傥男

> 出其东门，有女如云。虽则如云，匪我思存。缟衣綦
> 巾，聊乐我员。
>
> 出其闉阇，有女如荼。虽则如荼，匪我思且。缟衣茹
> 藘，聊可与娱。
>
> ——《郑风·出其东门》

村上春树笔下："四月一个晴朗的早晨，我在原宿后街同一个百分之百的女孩擦肩而过。不讳地说，女孩算不得怎么漂亮，并无吸引人之处，衣着也不出众，脑后的头发执着地带有睡觉挤压的痕迹。年龄也已不小了——应该快有 30 了。严格地说来，恐怕很难称之为女孩。然而，相距 50 米开外我便一眼看出：对于我来说，她是个百分之百的女孩。从看见她身姿的那一瞬间，我的胸口便如发生地鸣一般的震颤，口中如沙漠干得沙沙作响。"

在一眼之间，他便对她深具好感，认为这就是属于自己的百分之百的女孩。千年之前的《出其东门》中，男子也在众多美女中，发现了属于自己的百分之百女孩。

在城之东门，芸芸众生间，独独能感知到彼此之间不可言传的吸引，就算身旁有再多的人，也好像视若无睹。彼此眼中，早已锁定了对方。

郑之春日，乃是"士女出游"，谈情说爱的最美妙时节。在清波荡漾的溱洧河畔，一起相会、笑语、相谑，好不自在。

诗中详尽地展现了郑都东门外这热闹的一幕，在众多女子的裙裾飞舞中，男子眉眼四飞，在美不胜收的秀色中，无法安分。

要知道，在美女如云处能做到坐怀不乱的人还是有的。也许，这种男子少得可怜，可毕竟还是有的，反而因为少，显得更加珍贵。让人费解的是，男男女女都在唱着深情

专情的歌，为什么到了现实里大家又都不敢相信它的存在了。

是的，随着世风的浮躁，能从一而终的人确实少了。我们已习惯了怀疑，连最纯真的东西也不放过。但这会不会让我们在无形中失去或错过真正的美好呢。

而眼下这位男子却在众女中独独看到了那位百分百女孩。

刹那，情思迸发，不可收拾。春日流光，那情爱的思绪是管也管不住地流淌了一地，瑰丽浓烈。

那位百分百女孩应当是幸福万分，要知道，男子的心，多是善变多情，一时的定情容易，长久的守情却难。

有这样一个故事，一对情侣在相处了几年后，轰轰烈烈退去，日子渐渐平静下来。敏感的女孩子就开始怀疑男孩子是不是已经产生了审美疲劳，不喜欢自己了。

她开始没事找事引起他的注意，他只是沉默不语任她胡闹，在她气消后他会当作一切都没发生，这样女孩子的疑心更重了。后来就开始了长久的冷战，忍无可忍时他选择了逃离。他想以逃离的方式给她思考的空间。可是，她误会了他的用意，以为他真的负心而去。

就这样，两个人开始了分手的战役。当然，还是男孩子先打来电话哄女孩了，他轻描淡写地说着自己最近的行踪，让她放心；她却不依不饶，决意要分手。

这时候，男孩子使出全身的力气说："我以为你闹够了就会消气，没想到你不知道收场了。难道我费尽心思去了解你，整得貌似机缘巧合的相遇，还不够爱你？你以为经济拮据时，一个大男人不舍得搭公交，徒步走过无数个站牌为了给你买点儿水果，还不够爱你？你以为我会容忍其他女人无休止的任性吗？是不是我为你全部失去了自我，你还不知满足？"他一口气说完这些，然后就泣不成声哭得像个无助的孩子，她的心忽然疼了一下，才意识到自己过分的行为。这么多年来，无论怎样的兜兜转转，他从来不曾更改自己的选择。其实，是他的坚持，她才得以享受这份无比珍贵的爱。

她缓缓地放下举着电话的手臂，思索了几秒后，猛地拿起电话，问清了男孩的去处，一刻也不停地冲出去，她要把这难得的幸福找回来。也许，从此她不会再缠着他追问到底爱不爱她了，他已用行动证明了毋庸置疑的真心，她也在曲曲折折后读懂了他。

幸好，一切还来得及。

"痴心女子痴情汉"的故事，在有着复杂情感的人身上，一切都不能说得过于绝对。而这首《出东门行》里，"她"偏偏遇见了这样专情的男子，他对她说"出其东门，美女如云"，但都不是他心之所系，不是他将思念安置的地方。她也是个聪慧的女子，不悲不喜地听他诉说，她知道围着他盘旋的女子也不少，他偏偏选中了衣着素朴的她。

说来也真奇怪，在我们周围会见到这样的例子，某个女孩子，天天装扮得花枝招展的，却无人问津。但会有一个长相一般的女孩磁铁一样吸引了很多男孩子的眼球，并且这种吸引不是那种肤浅的你追我赶，而是带着很深的尊重在里面。

世界向来不是单一的色彩，花花草草地招致了无定性的虫儿蝶儿，但总会有个情谊甚笃的男子为他心中的那个"非她不可"而不顾一切。

以深情被人世代传唱，并为之怜惜的男子，纳兰容若算是一个不可跨越的坎。"情深不寿"一词为他而生，也因他而延传不止。

为了那个女子，他贿赂喇嘛，也披上袈裟，口念经书，只为多看她一眼。到最后，擦肩而视时"相逢不语，一朵芙蓉着秋雨"。意欲"待将低唤"，却又"直为凝情恐人见"，从此，纳兰的不快乐就此展开，早早地送了性命，那份爱亦是难绝。

于是，容若也成了多少追爱女子的向往，"嫁人当嫁纳兰君"也成了一种理想。当然，这里是一种代称罢了，哪个女子不愿意找个痴爱到极致的男子共度一生呢，自古女子争风吃醋也不过是为了一份完整的爱。

可是，宿命往往是得到的会失去，失去很难再复归了，而人们总会在继来的无数的黑夜和白昼里，将失去的一遍遍祭奠。那些蓝色和紫色的回忆，再无法风轻云淡，不是"彩蝶湿衣绕香来，水洗兰花已不在"，就是"今朝伊人倚楼台，别时伤痕葬心底"。于是，世间多了几分凄楚的美丽，多了些哀哀怨怨的不完美。

关于男子的痴情，终是有的，就看你有没那种福分，能让绝世男子对你一见倾心。

记住的，是不是永不忘记

野有蔓草，零露涘兮。有美一人，清扬婉兮。邂逅相遇，适我愿兮。

野有蔓草，零露瀼瀼。有美一人，婉如清扬。邂逅相遇，与子偕臧。

——《郑风·野有蔓草》

如果说《关雎》是周人的一场浪漫求婚仪式，是君子对淑女的爱之告白，那么《野有蔓草》就应该是一见钟情之后的私订终身了。

在古老的中国，情爱之中的事，有许多是被明令禁止的。譬如不可私相授受，不可门不当户不对地相爱，不可男女婚前做出越轨的行为……

所以就有了那么多的佳人佳话，卓文君携司马相如出逃，红拂夜会李靖。他们都只是邂逅在一个瞬间，却固执、坚决地认定，彼此就是对方今生的唯一。

只是才子佳人在邂逅的那一刹那迸发出的爱情热情，能否为他们今后漫长的厮守灌注足够的能量呢？

司马相如妄图纳妾，红拂对虬髯客又情愫暗生，说到底，这男女的情爱，在时间的面前，还是差了那么点意思。

世间男女，都想要亲身经历一场至死不渝的爱情盛宴，邂逅到心仪的人后，便执着地想要偕老一生。

可是在《郑风·野有蔓草》中，所描写的一对青年男女，则是在田野间不期而遇，相互欢喜，便自然结合。

良辰美景，邂逅佳人，眉目传情，便携手藏入芳林深处，比翼齐飞，真个是只羡鸳鸯不羡仙。

或许，你早已经在偶然回眸中，发现了那份与你可以眉目传情，两相爱恋的人，即便千山万水，也无法阻隔。

"野有蔓草，零露漙兮。"初春的郊野，青草芊芊，草叶上的露珠在初日的照耀下，透彻剔透。

如此美景，恰逢佳人从旁经过，"有美一人，清扬婉兮。"就这样，年轻的心，轻易地驿动了。

仅此十六字，诗中有画，画中有人，就让率真的爱情跃然纸上，"邂逅相遇，适我愿兮。"不需要任何的山盟和海誓，仅仅是在这个时刻，我们知道爱神已然降临在我们的身边，这份幸福感与满足感，就是上天赐予我们的最好礼物。

凝视的第一眼，就知道彼此心仪，随后携手进入密林，度过如同午日阳光般绚烂的时刻。"邂逅相遇，与子偕臧。"诗歌就此停笔，也停住了时间，让意境停留在了这幸福的一刻。《诗经》中的爱，自由随意的成分多一些，但也正因为如此，礼教的捍卫者，就开始不满了。

孔子在《论语》中说过："郑风淫。"古人重视婚"礼"，没有经过媒妁之言和六大礼数程序举行婚礼，男女就在一起，这属于"淫"。

可是《野有蔓草》却不顾这些礼数，这让老夫子们捶胸顿足。但仔细想想，其实也情有可原。人类发展之初，各方面的条件并不是很完善，如果遇到灾荒、战乱年月，更是简陋，哪里还顾得什么礼数。

在《野有蔓草》中，爱情得到了最返璞归真的释放，在人性最为淳朴还未曾受破坏的时代，又恰值仲春欢会时，不需要繁文缛节。只要两情相悦，便可结百年之好，这牧歌般自由的爱，单纯地讲心，简单明了得很。

这才是最美的爱情童话，轮回中情深缘浅，今日爱人还在身边与自己卿卿我我，也许明朝就会偎依到另一处讲情话。如果要追究这爱情的寿命，只怕是个比探讨生死还难解的话题。在爱情迸发那一瞬，记住的容颜，是不是就会陪伴一生？记住的情感，是不是会永不忘记？

这些疑惑，在这首诗中全然找不到影踪，男女主角牵手的那一刻，并未想到日后的烦琐细碎之事，他们只是将心思都放在了当下。

在第一段和第二段之间的留白处，可以理解为是女子与男子相对凝视，此时无声胜有声的静场。

次章前五句的反复吟唱，可以看出男子对女子的爱慕殷殷之情。应该相信，有缘之人终归是有缘，缘分到了便只需要安之若素地接受，缘分有长有短，天上人间都逃不过这俗套的结局。

在缘散之时，颔首微笑，不需为无法改变的结果而徒劳费事。固执地留下一个生命中的过客又何必呢，最终还是，成了陌路。

这里的邂逅所带有的原始的淳朴性和直率性，与后世表现出的男女邂逅的诗作还是有着不同。"人面不知何处去，桃花依旧笑春风。"哀叹多于感动，怅惘多于欢乐。

真的不必如此，有那么一个人，曾真实地活在你的岁月里，让你每日欢喜不止，日月新生。而后他离去，你就算为他苍老了心，泪花了眼，苦撑着不肯离开有他的回忆，他也不会回来。

与其这样悲怆，倒不如放开心中所想，要想想，你自以为时刻骨铭心的回忆，其实别人早在扭头离开的时候就忘记了。既然这样，何苦为难自己。

记住的，旧人颜，在岁月面前叫人无可奈何，不可捉摸。太多的人，轰轰烈烈地惊鸿一面之后，便就此错过，记住上苍赐予你曾经拥有的慷慨，忘记它不给你太多时间的悭吝，这样，或许就不再那么伤怀。

男耕女织度流年

当婚恋过渡到平稳如水的时期，生活便跃居首位，当上古那些女子在桑田间采摘着嫩绿的桑叶，歌唱幸福的时候，你是否能从中听到温婉的感动？当那些男子从田间归来，夕阳下拥抱妻儿的时候，你是否能从中看到美丽的誓言其实并未远离？爱情，从来都不只是一出独幕剧，当它在延续上演的时候，时间便会令其成为可以流传经年的传奇。

在葛藤间欢唱

葛之覃兮，施于中谷，维叶萋萋。黄鸟于飞，集于灌木，其鸣喈喈。

葛之覃兮，施于中谷，维叶莫莫。是刈是濩，为绤为绤，服之无斁。

言告师氏，言告言归。薄污我私，薄澣我衣。害澣害否，归宁父母。

——《周南·葛覃》

"葛"这种植物很常见，无论平原还是山地。其实它还有另外一个更为优美的名字——夏布。听上去就有一阵凉爽扑面而来，也许是葛藤经过多次处理制作出来的衣服质量上乘，但却少了原有的山野清气。

《周南·葛覃》中的劳作女子采割的葛藤长在山林之中，比平原之上更能纠结而上，绵延数丈。

当有风的时候，大把的阳光便和茂盛的叶片一起追逐嬉戏，窸窸窣窣的碎响不断，构成山林的音乐。不妨在这音乐之中沉醉，以蔓延的葛藤作为桥梁，顺着它攀缘到两千年前，来听这首关于劳作的歌：

葛藤长又长，枝条伸展到山谷，叶儿繁茂。黄鸟翻飞，落在灌木丛，欢快地鸣叫，叽叽啾啾。

葛藤长又长，枝条伸展到山谷，叶儿繁茂。忙割忙煮，葛布有细也有粗，人人穿上都舒服。

告诉女师，我想告假回家。搓洗我的衣衫，清洗我的礼服。哪些要洗哪些不要洗，我急着回家看我的父母。

有景，有物，绿的是叶，葛藤叶子蜿蜒伸展，黄的是鸟，调皮的黄雀在山谷间飞来飞去，处处留下它们欢快的唧啾声，和树叶的窸窣碎响和鸣，怎不是一派自然好风光？在柔长的葛藤间依稀可见的是，有着健康红润的脸庞的采葛女子，荆钗布裙，一路欢喜走来。她为什么如此快乐？也许她太熟悉这块山野，阳光、藤叶、小鸟，都似自己的亲人；也许是她觉得自由，在家待着不舒服，而此刻如出笼的鸟儿，回归山野，怡然自乐；也许，她陷入了快乐的往事，小时候，她就跟随母亲进山采葛。那时的山野也是这般苍翠，对着远方喊一声，到处都是自己的童趣，趣味十足。

她在劳作中的欢喜自在："葛之覃兮，施于中谷，维叶莫莫。是刈是濩，为绤为绤，服之无斁。"

轻声读这段诗，不禁想起余冠英老先生的释义，觉得没有比这更清澈而又让人动心了：葛藤枝叶长又长，嫩绿叶子多又壮。收割水煮活儿忙，细布粗布分两样，做成新衣常年穿。

《毛诗序》中认为是赞美"后妃"美德的，后妃出嫁前"志在女工之事，躬俭节用，服瀚濯之衣，尊敬师傅"，就是为天下的妇女做个好榜样，大家跟着学，达到教化目的。但我们更愿意相信诗中这位欢乐劳作的女子来自民间。倘若这个女子真是后妃，纵然她精通女红，一时的劳作之后，她当然是换掉粗衣服，去过锦衣玉食的生活了。而这次山野表演明显失去了被赞美的意义。

因此，让我们确信她是一介民女，与后妃活在不同的世界中。她嫁的也是一个普通的男子，担水劈柴，男耕女织，简单生活，用朴素和单纯，开垦生命中最丰美的田园。

女子的劳作并不稀奇，《诗经》中的劳作处处可见，劳作与风雅相结合才是风景。先秦之时，没有那么多的苦楚，没有不堪重负的生活压力，她也就如山间鸟儿一样自在，展示着自己的勤劳。因此，我们看来，她就是一道风景。

读《唐宋词与人生》，杨海明教授说："这里浮动着女性的衣香鬓影，散发着女性的芬芳温馨……由于女性的介入，士大夫文人的人生便不再那么沉闷和单调；女性的温柔似乎唤醒了他们沉睡在心中的人性，使他们兴奋，变得多情。"

杨海明的评语说得很有道理，可惜，《诗经》是劳作者的歌，《葛覃》是田野劳作民女之歌，他说的"衣香鬓影""芬芳温馨"只属于贵妇人，而民女在山野林间的歌唱舞蹈，散发着脂粉取代不了的清新之气。在此，借用他的话，可以说由于女性的介入，先秦之时的山野不是荒蛮、单调。普通到随处可见的葛藤因女性的介入愈发青葱茂盛，普通到处处飞旋的小鸟因女性的介入越发活泼可人。勤劳的女子们挥舞着镰刀割着葛藤，嘴中不停息地唱出欢快的歌曲，和黄雀的鸣叫、树叶的摩挲声汇成一片，葛藤在风中婆娑起舞，碧波荡漾的绿叶之中，她们若隐若现。远古的女子劳作的愉快，是山间最明媚生动的一幅画卷。

无怪乎连以古板著称的经学家们也认为，《葛覃》中是以葛藤来比喻女子的缠绵柔情，以葛叶来比喻女子容颜美貌，以黄雀的歌唱比喻女子的纯真与欢乐了。割来葛藤浸沤多日，剥下葛麻织成葛布做成新衣服，任劳任怨从不说声辛苦，让日子一天天流逝，生命如此简单。在这些民间女子的眼中，生活，究竟是因为简单而快乐，还是因为快乐而简单？她们没有说，我们也就无须说破。

孔子曾说过，《葛覃》唱的是先民最初的志向，看见美好的事物溯本思源，穿上衣服想起辛勤劳作的女子，这是人人都有的朴素情感。作为男人，穿上"她"用心制成的衣裳，不管是一件貂皮大衣，还是一件简单毛衣，那种直抵人心的温暖就是一股无法替代的力量。

先秦女子朴素的劳作一直流传，即使是贵族女子，在出嫁之前也须"十年不出……学女事，以共衣服"。在先秦时候，即便是天王老子的千金也是要干家务活的，如上面所说，至少也要做个样子示范国民。男人在外，女子在内，采桑织布哺育子女。过去几千年的时光中，我们的祖先遵循这样的方式生活——自给自足。这种生活，陶冶出的是自然平和恬淡悠然的心态，是知足常乐、乐天知命的满足和幸福感。劳作起来，有无尽的欢乐。

欢喜自在的女子，不管她相貌如何，这种美就让人心动，相信天下大多数男女都会更喜欢这种葛布粗裳的简单生活，爱情如此也会更长久。虽然没有丝绸般的光彩和华美，却是柔软坚韧，贴心舒适，悠远绵长。

"葛之覃兮，施于中谷，维叶萋萋。黄鸟于飞，集于灌木，其鸣喈喈……"寥寥数语，便是一个梦境、一种境界，空谷流传，数千年后，可爱的劳作者，在葛藤间的歌唱，依然悦耳动听。

出嫁：一生中最美丽的时刻

桃之夭夭，灼灼其华。之子于归，宜其室家。

桃之夭夭，有蕡其实。之子于归，宜其家室。

桃之夭夭，其叶蓁蓁。之子于归，宜其家人。

——《周南·桃夭》

胡兰成在文章中曾说自己小时候最喜欢看人家结婚。结婚人家中，大红的"囍"字贴满了门头与桌案，红锦缎堆放在床上，点的红蜡烛也特好看。每当有人家结婚，小孩子们总是在喜庆中到处乱跑，撒播欢喜。虽然人家结婚，与大多数人毫不相干，但看了这样的场面，难免心旌摇曳，对婚姻满怀憧憬，而弥漫内心的也是对新人的祝福。

一如《诗经·周南·桃夭》之中的意境与美妙：

　　桃树多么繁茂，盛开着鲜花朵朵。这个姑娘出嫁了，她的家庭定会和顺美满。

　　桃树多么繁茂，垂挂着果实累累。这个姑娘出嫁了，她的家室定会和顺美满。

　　桃树多么繁茂，桃叶儿郁郁葱葱。这个姑娘出嫁了，她的家人定会和顺美满。

　　诗经里的爱情诗很多，三百篇里大约占了四分之一的数量。可旧说《毛序》说《桃夭》是"后妃之所至"。又说到后妃君王的身上，把活生生一位美丽的女子说成木乃伊。我们宁可相信《桃夭》本来就是一篇寻常女子出嫁的贺诗，而读这首诗时，不自主地捂起耳朵，因为门外早已经响起了鞭炮声和小孩子们的欢呼声……

　　"一梳梳到尾，二梳白发齐眉，二梳儿孙满堂……"孩子们的歌声不时响起，落在院子里桃花树下，花儿正鲜艳，它们也快乐地为婚礼增添喜庆。屋内呢，新娘子正好在擦拭着桃花胭脂，心儿如一活蹦乱跳的小鹿。红头巾盖上了，轿子准备好了，桃之夭夭，灼灼其华。

　　"夭夭"一般来说是"美丽"的意思，其实就是专门形容桃花的。"夭夭"二字的形象就像几瓣桃花绽放开来，使得如今，我们在说女人如花的时候那么自然。没有人形容男人如花，要是说男人如花怕是挑战人们承受的极限，周星驰电影中的如花就是生动的例证。而女人确实如花，有的女人热情似火，恰似四月奔放的杜鹃；有的女人温馨安谧，一如静静绽放的百合；有的女人知性温婉，需要静心细嗅才能品出梅花般芳香……

　　英国作家王尔德说："第一个把花比作美人的是天才。"那么我们的先民无疑是天才，当面对一个将要出嫁的幸福女人的时候，他们想到了花，想到了粉红绽放的桃花，于是，他们献上了美好的祝愿，希望她家庭和睦、早生贵子。

　　在春天复苏的时候，桃花开了，美得灼人眼眸，四溢芳香，花蕊之中，深藏着未来的桃儿，在春意黯然的时光里，这是何等诱惑？无法阻挡。桃其实就是一个女子，豆蔻年华，秀发被撩起来挽于头顶，婀娜的身影，诱人的魅力，她嫩白的脸颊也闪耀起动人的光泽——桃花鲜艳，桃儿诱人。

这一份"灼灼"，由不得男人不爱，他沉醉在这美丽的诱惑里，在一种神秘的力量的牵引下，无所畏惧心甘情愿地去为此担起所有的风霜，成为真正的男人。

许多爱情诗歌都充满惆然惆怅，薄命红颜一般，但是《桃夭》的欢快喜庆却让人不由自主地受到感染。也许很多人对婚姻都有种恐惧心理，然而爱情最后的目的的确是要步入婚礼的殿堂，不如此，便是凋落的花，飘摇的舟，没有依靠与安全感。相信每一个女子都憧憬着自己成为新娘子的那一刻，在桃花盛开的季节里，在浪漫无比的情景下，和最深爱的人享受一生的美满幸福，执子之手，与子偕老。

《诗经》之中安排一个女人在她最美的时候出嫁，让要娶她的男子不惜翻山越岭，不惧迢迢前路，把自己的命运同她的拴在一起，是一份对美的交代，还是对美的一种颂扬呢？也许是二者都有吧。

于是，两个年轻得只能用青春来形容的生命，在一番吹吹打打之中踏入了人生一个全新的也是未知的阶段，这一刻，没有恐惧，没有犹疑，相互期待，相亲相爱。

两个似绽放桃花的生命从此纠缠、繁衍，然后慢慢老去。当岁月流逝年老之时回眸，生命依然如桃花般艳美，因为他们的后代延续着他们的青春。

不过，古代的嫁女并非简单，《诗经》中《采蘋》篇说过，一个女子即将出嫁了，

115

爱情，从来都不只是一出独幕剧，当它在延续上演的时候，时间便会令其成为可以流传经年的传奇。

她的心里充满了期待和憧憬，但是还要按照风俗完成很多礼仪。

据《礼记婚义》记载：古代女子出嫁前三个月，须在宗室进行一次教育："教以妇德、妇言、妇容、妇功。教成之祭，牲用鱼，芼之以蘋藻，所以成妇顺也。"

之后选择日子，使女子出嫁，日子自然是在桃花盛开的季节，那摇曳多姿的桃枝之上，桃花似新娘的脸，鲜嫩、青春、妖娆，甚至闭上眼睛，依稀可见"绿叶成荫子满枝"的幸福日子。

那时的人们葛布粗裳，手心皴裂如沙砾，却创造出最朴素最简单的美好，桃花自此便与女人纠葛在了一起，走进后世的文人骚客的文字里，真可谓源远流长。

远的有刘晨、阮肇入天台山采药，在桃溪遇到仙女，被仙女留了下来。

还有书生崔护因口渴推开一扇门，门内，三两株桃花盛开，路遇女子，一次错失，而旧地重游之时，"人面不知何处去，桃花依旧笑春风"。

近的有孔尚任剧中的李香君的桃花扇，点点鲜血被纤手妙思幻成了桃花的模样。还有曹雪芹笔下那伤情的黛玉手持花锄，泪雨纷飞，"桃花帘外开仍旧，帘中人比桃花瘦。花解怜人花也愁，隔帘消息风吹透。"不过，他们都没有最初《桃夭》中的吉祥幸福。

桃花盛开了，女人要出嫁了，她不一定有倾国倾城色，但这一刻一定是她生命中最美丽的时刻，也只有枝头鲜艳的桃花堪比。当这桩美满的婚姻瓜熟蒂落之后，祝福吧，女子带着美好的祝福开始新的生活。从此以后，她将成为贤妻，成为慈母。

《孟子·滕文公》中有言："丈夫生而愿为之有室，女子生而愿为之有家。"三千年前的婚姻的确是一道最亮丽的风景，看上去如图画一般美好。

> 三月的桃树茂盛美如画，花儿朵朵正鲜美。
> 这位花一样的女子要出嫁，祝福你建立一个和美的家！
> 三月的桃树茂盛美如画，果实累累结满枝。
> 这位花一样的女子要出嫁，祝福你建立一个和美的家！
> 三月的桃树茂盛美如画，绿叶茂盛展光华。
> 这位花一样的女子要出嫁，祝福你建立一个和美的家！

尘世中，欢乐心常在

采采苤苢，薄言采之。采采苤苢，薄言有之。

采采苤苢，薄言掇之。采采苤苢，薄言捋之。

采采苤苢，薄言袺之。采采苤苢，薄言襭之。

——《周南·苤苢》

车前子，长满郊野的最普通植物，甚至有着最粗俗的名字——猪耳朵草，因为可以入药才有了"车前子"这个比较雅致的名字。

汉代大将马武领兵攻打匈奴，却不想兵败被困，弹尽粮绝，更大的灾难尾随而来——将士马匹多患"血尿病"，死尸遍地，只有几匹战马啃了车前的无名小草幸免于难。细心的战士发现这种情况，便挣扎着吃了那种小草，所患痢疾竟然好了。马将军于是下令全军服用，几天内，病情痊愈，士气恢复，也得以杀出重围。马武感叹说："全军死而复生，全仗路旁车前之仙草也！"车前草就此得名。

尽管这种野草生长在山野，混迹于牛、马粪中，却并不难看，还有几分惹人喜爱之处。它生长着椭圆形的叶片，向上抽出的枝干挺拔在周边的环境中，先是长出直立的花苞，然后开出淡黄色细碎小花，布满整个穗头。在秋天花谢之时，果实就冒了出来——一颗颗细小的谷子，结满整个穗杆，昭示着丰收。

明代文人田汝成在《西湖游览志》中说："三月三日男女皆戴荠菜花。谚云：三月戴荠花，桃李羞繁华。"荠菜花说不上好看，而人们却普遍喜爱，对于穷苦人来说也许是上天的恩惠。车前草也不例外，给人们带来实惠的用处，更受老百姓的喜爱。

在《诗经》中，车前草有着非常文雅的名字——苤苢。

采采苤苢，薄言采之。采采苤苢，薄言有之。

采采苤苢，薄言掇之。采采苤苢，薄言捋之。

采采苤苢，薄言袺之。采采苤苢，薄言襭之。

和《江南可采莲》一样的风格：江南可采莲，莲叶何田田。鱼戏莲叶间，鱼戏莲叶东。鱼戏莲叶西，鱼戏莲叶南，鱼戏莲叶北。

　　多数词语几乎不变，但巧就巧在那变了的几个动词——一幅生动的画面便于眼前自然展开——春天的郊野，微风吹拂，处处清脆，三五个农妇，手挽着竹篮，采摘车前子，有的手将草籽，有的用裙子兜着采好的药草，采得多的，索性把裙角系上腰间……轻快的动作配合着劳动间的闲谈，对唱着歌曲，又有美好的天气相伴，这样的生活虽和繁华奢侈毫不相干，但却是人人心中都向往的画面。

　　如点评《诗经》的大家方玉润所说的："想必每到春天，就有成群的妇女，在那平原旷野之上，风和日丽之中，欢欢喜喜地采着它的嫩叶，一边唱着那'采采苤苢'的歌儿。那真是令人心旷神怡的情景。"生虽是艰难的事情，却总有许多快乐在这艰难之中。

　　把劳作当成乐趣的一部分，绝非多数人能做得到的。也许是先秦之时，工作没有那么大的压力，相反，工作是一种生活的调节，不免充满着欢乐，它带走日常生活中琐碎的烦恼，驱散掉单调劳动中的乏味，在采摘果实的过程中，体验劳动的快乐，并在自己的歌声里，听到远古的神秘，与大自然融合在一起，产生一种亲切与归属感。有了劳动，就会有收获，有了收获，便会有更大的快乐，当时的人们有着如此纯粹的体验和满足，使得整个劳作的过程都是快乐，这持久的快乐变得简单而自然。

　　生活本来就很艰难，尤其是先秦时期，生产力低下，自然灾难又频发，人们无力抵挡，而在这艰难之中，也有着可以轻易获得的欢喜，人作为自然的一部分，本身就离不开自然，人处于自然中的时候，应该是最放松的时刻，那时，尘世的烦恼远去，在旷野里，清风与流水和鸣，日光与植物舞蹈，人们的眼中充满动人的绿意，会觉得，人与自然真正融在了一起，劳动的歌声划过嫩绿的叶片，落进了风的深处，能够找寻得到的只有从心里满溢出来的一种纯净的喜欢。

人们也就会获得这样的道理，越是简单，越是容易欢喜，就像《周南·芣苢》中展示的一样，有着单纯的愿望，唱着歌，把车前子采摘下来，用粗布衣裳把它们兜回去，漫步自然，聆听美好。

> 采了又采车前子，采呀快去采了来。采了又采车前子，采呀快快采起来。
>
> 采了又采车前子，一枝一枝拾起来。采了又采车前子，一把一把捋下来。
>
> 采了又采车前子，提着衣襟兜起来。采了又采车前子，别好衣襟兜回来。

可以想象，当时周朝的采诗官行走在风尘仆仆的大道上，突然听见劳作人民的歌声，清新爽利而没有繁文缛节，心就被吸引了。于是，采诗官走下官道，走进大众，和他们一起席地而坐，请求父老将这些新劳作歌唱出来，而他们在一旁飞快地记录，然后就有了这歌声的流传。

也许只有在农耕时代，才能够如此接近自然，亲近自然，并轻而易举地有一颗欢乐的心，舍弃掉忧心忡忡，在一路的前行中，不断地有丰盈的收获，从而有了丰厚的积累。然而，现在社会我们都被物欲捆绑，在我们的心里，荒草丛生，车前子这样简单的植物只是在了遥不可及的远古，我们无法采摘，我们丢掉了先民们采摘车前子时所唱的歌谣，丢失了那些简单的欢乐，我们得到的再多又有什么意义呢？

清人李斗的《扬州画舫录》中有这样的一段故事："陆寿芝为麟度大令之孙，寄居仪征，幼有才名。尝醉跨桥上作骑马状，忽一履随涧中，因更举一履投之曰：'天下无用之物若此履者，皆可弃也。'"

生命里，可弃如履的东西还真不少，荣辱得失，浮名虚利，我们何尝舍得丢掉过。如果，我们有先民采摘车前子时的简单洁净的心，那么，欢喜肯定会更纯粹些，也会更加多些，我们也会真正做到平静安宁。林清玄有一句话说得很好："以清净心看世界，以欢喜心过生活，以平常心生情味，以柔软心除挂碍。"

在古代的民间，采莲、采茶、采桑、采车前子，愉快地劳作，民歌情歌满山歌声，都觉得是一种天上人间的舒心热闹。这尘世里，有一种最普通的草，叫车前子，先民们有一颗最简单知足的心，叫欢喜心。他们的日子虽然辛苦艰难，但确实是满足与快乐的。而这份欢乐于我们，得也简单，失也容易。

幸福到完满

维鹊有巢，维鸠居之。之子于归，百两御之。

维鹊有巢，维鸠方之。之子于归，百两将之。

维鹊有巢，维鸠盈之。之子于归，百两成之。

——《召南·鹊巢》

这是《召南》的第一首，开篇就铺开了一袭华丽的婚宴。

维，是发语词，没有实在的意义，用于引起下文。在这首诗里，引出了"鸠占鹊巢"这一美好的事情。

需要说明的是，"鸠占鹊巢"最初并没有如今的贬义色彩。有巢，就是有了居室，有了安置爱情的小窝，所以嫁娶已是水到渠成的美事。

整体上看看，"居""方""盈"从量上展现了婚礼的进程，映入眼帘的是新娘首先来到男方家里，渐渐地很多人占满了新房，说明陪嫁的人很多，也间接交代了这是贵族的婚礼。而"御""将""成"对应的是迎、送、成礼，是婚礼的进程在时间上的推进。

三个典型的场面，让热闹喜庆的氛围，像海浪一样泛开。

这是一首让人感到幸福而完满的诗歌。看不到男女主人公走进婚姻的前奏，直接让人感受婚礼场面。那种一群人到狂欢，总让人想看看新娘子的娇容。但是，"之子于归"到底是一种什么样的归程，新娘前方的路闪着奢华的迷茫。

在那个久远到男欢女爱都带着怀旧色的年代里，所有的欢心也都带着纯粹的色调，她奔上征程，车辆拥挤着，在亲人的祝福里为了一个未曾谋面的人义无反顾。这是一种蒙昧的勇敢，也是一种释怀的赌注，成与败都在掌心的纹理里。

"百两御之"时，她还在闺房里"犹抱琵琶半遮面"，只知道他来了，她要跟随一辈子的人已经踏进了她的生命。他身后，迎亲的车辆把她的视线遮盖，投给她高贵的光泽。她嫣然一笑，静悄悄地，心花就绽放了，略带着羞涩和憧憬。

走到她身边时，他没有过多地停留，他是来迎亲的，礼节和仪式得例行常规。所有幸福的想象也只好跟随时间拨开。直到，"百两成之"，揭开她的盖头，他才看到这个灼灼如桃的女子。

她也才看到，多少年的少女之梦，落定在眼前这个俊俏儒雅的俊杰身上。反复出现的"之子于归"，这个心灵深处的呼唤，在最合适的年纪得到了最高程度的兑现。

奇怪的是，整首诗里没有关于男女主角外貌的直接描写，新娘和新郎的出场淹没在婚礼的进程里，让人忍不住猜测此诗的作者。

倘若作者是第三个人，他的视点应在婚礼的排场上，车辆浩浩荡荡地掀起的尘土，他在尘土飞扬里好不羡慕，心里或许会下决心也要用这样的阵势赢取心中的她；如果是新郎自己做的这首诗的话，他必定是个温柔男子，在苦苦追求之后，"宛在水中央"的美人，终于归于自己，他把心情都烘托在诗中的画面里，为爱付出的努力，也是为爱筑巢，所以每一步他都是用心在靠近幸福。

还有一种情况是，这是新娘对自己婚礼的回忆。果真如此的话，能在婚后如此甜蜜地回忆自己的婚礼，这个女子一定是世上最幸福的人了。那么，婚姻中所谓的"围城"对她来说是虚设，是不存在的。她是一个能享受婚姻之乐的女人。

她应该是个风华绝代的女人吧。在没有走近男性之前也许她对如何经营婚姻已熟稔于心，她对爱的憧憬里有"之子于归"的感情冲动，还有她没有说出的对于婚姻的理性思考。

当然，适合，其实就已足够。人的幸福，是来自内心的认可。在那个时代里，她以那样的形式，获得了她要的幸福。

关于婚姻，这首诗也涵盖了门当户对的思考。起篇是"维鹊有巢"，按照今天的话说，就是已经有了房子，这是男方的物质基础，而女子这一方也有很多陪嫁的人。

所以，物质基础的门当户对是这首诗里暗藏的一种婚姻理念。但是，心理上的门当户对表现得就更明显了。

"之子于归"反复地出现，是种热烈直白的情感，不亚于"明天我要嫁给你"的欢唱。心里对某人的渴望，让豪奢的场面，成了这火热心情的陪衬。欢喜心情的表达，让长篇的海誓山盟瞬间失色。

后来，人们赋予"鸠占鹊巢"以贬义的色彩，但喜鹊作为吉祥福瑞的意义却保留了下来。再后来，喜鹊为了让有情人得以相见用身体搭建的鹊桥，让爱情神圣到无以复加。也许，"鹊"为爱而生，亦让与之有关的事物，是人们承载幸福的容器。

《毛诗序》里这样说："《鹊巢》，夫人之德也。国君积行累功以致爵位，夫人起家而居有之，德如鸤鸠乃可以配焉。"

可以看出，这里鸠成了德的化身，让单纯的爱承担了道德教化的责任。但，这并不影响有情人穿过历史的解说寻到人们最初的心动。"女生愿有家，男生愿有室。奈何百年事，争此一朝饰。"男婚女嫁，不过是人们对有限生命的珍视，及时地付出和感受爱而已。

这首诗歌以平浅的言语来写成婚的过程，毫无矫饰，但却丝毫无法掩盖这对新人单纯而热烈的爱，从字里行间流露出来。

当然，时过境迁，人们对于爱情的理解也发生了很大的变化，但不论如何，爱情延伸进幸福的本质还是始终不变的。

站于时光的彼岸，看着诗中的女子，披挂着柔软的出嫁衣物，面带美好的笑容，淡淡地绽放女子的幸福。

这样的幸福，真是完满到了极致。

我从你开始，我在你结束

大车槛槛，毳衣如菼。岂不尔思，畏子不敢。

大车啍啍，毳衣如璊。岂不尔思，畏子不奔。

榖则异室，死则同穴。谓予不信，有如皦日。

——《王风·大车》

《大车》的诗意简单明了，讲述了一位女子和一位赶大车的男子相恋，却遭到女子家人的反对，男子要求女子与自己私奔，在女子迟疑之际，他指天发誓，定当给女子全天下最好的照顾。

"榖则异室，死则同穴。"声声强硬而决绝的宣誓，这份决心，不需要海誓山盟，已经能证明他的爱意。只需要女子一个点头，他便能够带着女子天涯海角，四处为家，为他们的爱情做一个保证。这份情意，让人不免羞于再谈爱情。

如今，谈情说爱者到处弥漫，山盟海誓之声，海枯石烂之语不绝于耳。可还有几人会用生命谱写"山无陵，江水为竭，冬雷震震，夏雨雪，天地合，乃敢与君绝"的绝唱呢。

因为内心依然向往追求纯粹的爱情，所以回首那"上邪"的爱情时代，翻阅《诗经》，在那些古香古色、淳朴自然的诗歌中铺就了一条寻找记忆的通道。

男子的宣誓，应该也是让女子感动得涕泪涟涟，可是私奔之事非同小可，她一个弱女子，如何能担当得起这样大的包袱。况且，就算她真的舍弃了家人和安逸的生活，随同男子离去，谁能保证，日后男子不会变心遗弃自己。到那时，只怕自己后悔已晚。

相比起《大车》里这位女子的担忧和顾虑，看到《柏舟》中的那位女子时，还是会对这诗中的女子为之一惊。

同样是被父母阻婚，《柏舟》中，女子的态度就强硬得很："泛彼柏舟，在彼中河。髧彼两髦，实维我仪。之死矢靡它！母也天只，不谅人只！"自从在那一刻见到他，我就认定了他是我这一生唯一想嫁的人，这份情感我到死也不会改变的，没有任何人能够拆散我们，就连生我养我的母亲也不可以。

　　丝毫不会让人想到，这是出自一位古时需要听从父母之命的女子之口。女子被家人阻婚也不放弃。

　　彼时，泛舟而遇，载君一程，就足矣"实维我仪"。这不是浪漫的一见钟情，因为发出这样的呼唤时，她对他做了仔细观察，见他眉目间英气逼人，坚定地认为这样的男子坏也坏不到哪儿去。

　　但是，母亲成了阻力，至亲的人对知心的人进行排斥，她也是左右为难。但是，这种心跳的确认，不能就此罢休，她不能。她说此生此世再也不会喜欢上别人。

　　这种坚持太需要勇气了，她炽热地重复着自己的心，生怕对方因为种种的阻碍而退缩了。其实在很多时候，男子对爱的坚定是靠不住的。多少男人，因着那功名，因着那别处桃花，他就轻易转了心意，变了心思。男人与女人，公平与不公，面对爱时，所有的考验都扑面而来。青春葬送，一池碎心，花随流水。难怪林黛玉见花落泪，彼花非花，乃自身摇曳的命运。

　　纵使百花园中他只爱她那一种，洞房花烛时也误以为是她，这又有何用，现实将潜意识铺开，男儿又有了新的开释。

　　所以，想做到《柏舟》中这位女子这样有勇气也不是易事。毕竟，在那个女子无法真切把握自己命运的时代，将自己全然交付给一个男子，是应该三思的。

　　这厢，女子还在踟蹰；那厢，为了爱情已经快要发狂的男子继续在为他的爱情做表白："我们一起走吧，就让我赶的这辆大车带着我们远走高飞，我们一生一世都要在一起，如果你不信我，我可以对着高高在上的太阳起誓。"

　　古人指天发誓的行为是十分慎重的。那个时候，他们坚信，如果违背誓言会遭受天谴。所以，男子的指天发誓，确实能够打消女子的疑虑，愿意放下一切负担，与他一同驾车离去，奔向相爱的生活。

　　所以，面对爱情，最可信的还是女子。她们看似弱不禁风的柔弱外表下，往往能迸发出比钢铁还要坚硬的力量。对于爱情，她们一旦认定了，便会义无反顾地坚持下去。好似白娘子一样，因为千年前小牧童的救命之恩，惦念了千年也丝毫不敢怠忘。西湖畔，断桥上，看到小牧童转世的许仙，便想要完成报恩的心愿。即便后来宁可水漫金山犯下天条，也要力保丈夫许仙安然无恙。这是女人的承诺，也是她们的坚定。但许仙却因世俗偏见，曾经动摇过自己的誓言。

曾经花前月下的美好相知，溪水湖畔的良辰美景，在现实面前，都变得那么脆弱不堪。只怕这也是《大车》中的女子满心担忧的事情。可是，既然男子对她做出了承诺，她便欣然承受了，哪怕将来会出现变故，她也不会后悔此刻的决定。

诗歌在男人铿锵有力的誓言声中戛然而止。虽然已经可以感知出，女子定会与男子私奔，共同去建造属于他们的幸福生活。可就是难以预料，日后的婚姻生活，能否抵得住平淡的流年。

在婚姻之路的考验中，几人坚持了爱，几人放弃了爱，又几人埋葬了爱。原本的纯粹，在这左思右想的掂量中消失殆尽。

什么时候，我们真的能够做到从一人开始的情，也在一人那里延续到生命的终结呢？这份执手白头的爱，才算是真正的爱吧。

刚刚好，看到你幸福的样子

女曰鸡鸣，士曰昧旦。子兴视夜，明星有烂。将翱将
翔，弋凫与雁。

弋言加之，与子宜之。宜言饮酒，与子偕老。琴瑟在
御，莫不静好。

知子之来之，杂佩以赠之。知子之顺之，杂佩以问
之。知子之好之，杂佩以报之。

——《郑风·女曰鸡鸣》

黎明时分，微弱的晨光从窗棂透进来，一个翻身，睡眼蒙眬之际，看到心爱的人就躺在身边熟睡。这样的感觉，是别样温馨的吧。能够在此时，守着心爱的人，一起沉入梦乡，再甜甜地睡去，该是多么幸福的事情。

"骑马坐轿，不如黎明睡觉"，冒昧地猜测，这种说法一定是由男人们打造的。

她明知道他最爱在黎明破晓前睡意阑珊，也知道幸福得靠勤劳来创造。但是，在那个男主外女主内的年代，纵有千般不舍，纵然也喜欢看着他在枕边安睡，看着他熟睡的脸庞，内心就十分安稳。可是，她还得唤醒他。

庶民的爱情有时候和面包有着不可调和的矛盾。你说你不爱虚荣，不要花前月下，只要可以和他在一起食不果腹衣不蔽体你都愿意忍受。

可是，作为一个曾经许诺要给你幸福的男子，他又怎堪接受你如此的付出。爱情的物质基础，换个角度也是如此。作为夫妻，必须担当更多的责任和义务，她也必须忍着心疼把他唤醒。

她轻声唤他起床，他知道黎明是在鸡鸣后慢慢散开的，梦呓似的说："哪有啊，你看窗外的星星还亮得很呢。"他也极力地想睁开眼，瞬间又被困意打败，转身继续睡去。

她有点不高兴了："你快起来嘛，一个人还等着猎取点吃的呢。"看还是不起效，她转而用撒娇的口吻来，"你看外面的鸟儿飞来飞去，赶紧去射点野鸭和鸿雁来，我给你做成美味好不好。然后，咱们喝点小酒，由此，咱们夫妻俩是只羡鸳鸯不羡仙了。"

话说到这份上，哪一个铁石心肠的男子忍心拒绝这份温柔呢，纵使再困再累，也会为心爱的人，努力拼搏。

诗人在这里显出了独到之处，他没有写男子的反应，也没有描述男子的心理。他采取了留白。不做具体交代，让读者自己去感受。

留白是最高超的技艺，至于那名男子是否立即起身，我们不得而知，也不必揣测。然而，"琴瑟在御，莫不静好"一句将两人的关系舒缓展开。

没有君主美人的轰轰烈烈，也没有相逢即是离别的背弃，当然也丢弃了元稹的"贫贱夫妻百事哀"。

世人都道贫穷是打败爱情的最大武器，似乎，因为穷困，爱情就会注定了营养不良。可是，在这首诗中，却丝毫看不到爱情枯萎的影子。想来这对夫妻也不是什么大富大贵的人家，不然男子为何还要在黎明之初，就要起早去工作呢？看到丈夫每日辛苦劳作，妻子心中也是不忍。但为了家庭的建设，她也只得每日天亮之际，叫醒枕边的丈夫，轻声软语告诉他，该起床了。这幅场景，闭眼想象，多么贴人心窝。

"琴瑟在御，莫不静好。"这样的和谐美满，还在继续铺展。诗人禁不住在这里流露出羡慕来。拿琴瑟喻之，言岁月静好，图个现世安稳，爱如细雨，润物无声。

不过，那个男子确是男子中的伟丈夫。人间玩家灯火处，男子负心的数不胜数，但是他却感恩这唯一的牵手。

诗中男子的爱，这一生只一次，便是给了现在的妻子，他一次掏出全部。在他眼里，她来到他家，嫁给他，已是满心欢喜；而她是贴心之至，嘘寒问暖，他此生何求。所以，自己努力挣钱养家，还偷偷地给她买玉佩。玉配美人最合适不过，她永远是他眼中最美的女子。也许，当初接迎嫁娶时欠了她，也许曾许她荣华。但是，现在一切都不重要。他只是拿日子来认真地过，于无心处显有心。

反倒是现在，许多爱情都被物质锁住，你侬我侬，却在很多时候，比不过现实的"铜臭"。想起，古人在几千年前的日子，反觉得那时真好！"嫁鸡随鸡，嫁狗随狗"，再别无他心，酸甜苦辣都品出幸福的味道来。也许有时候，不是我们拥有太少，反是拥有过多，而忘记好好珍惜。

爱情原本就是如此简单。男子需要女子那一低头的温柔，只要你安安静静地仰视他，毋庸要求，他便会为你的喜怒倾其所有。而女人，只要你对她始终如初，她就会愿意为你画地为牢，将一生交付。男子和女子始终就是这样对待彼此的，感情质朴如明镜，看不出一丝暗纹。但也不乏耳边"与子偕老"的蜜语，甜情蜜意从心门滑至唇边，多么睿智的女子！

这样的感情最适合那乡间茅屋床榻边，这样的感情也最适合那双至真之人。

不过，最美的情感，有过也就足够。求之不得，遇之则惜！

爱上一个认真的消遣

> 彼狡童兮，不与我言兮。维子之
> 故，使我不能餐兮。
> 彼狡童兮，不与我食兮。维子之
> 故，使我不能息兮。
>
> ——《郑风·狡童》

相爱的人，有没有在爱情发生的那一刻，意识到此时的情欲冲动，不过是为日后婚姻中的琐事烦恼，埋下的一个伏笔？

所有的男女之情，今人或古人，总是在发生之时，让自己的心置于杏花烟雨之中，置于青草漫堤之时。那一瞬间的相遇，将世间所有的缠绵悱恻，留恋缱绻都用尽。真的是大雅。

然后留下的，便是锅碗灶台之间刺耳的碰撞声、尖牙利齿，唇枪舌剑之后无力的疲态，以及大战几个回合之后冷背相对的无言。这大抵就是爱情最后的真相。只是，这番俗气的真相，谁人会写？

文人骚客的笔墨中，虽也有痴男怨女的婉转凄凉，但字里行间，丝丝缕缕都透露出氤氲的媚态。那样的抱怨并不是真实生活所有的状态。

"彼狡童兮，不与我言兮。"简单直白，甚至有些庸俗的抱怨，是这首《狡童》的开场白。女子似怨似嗔的语气，告诉人们，这是一个失恋的故事。

"狡"，一说通"佼"，即是强壮健美的意思，女子在被抛弃之后，依然对昔日的恋人称呼为强壮健美的漂亮小伙子，可见她并未完全忘情于恋人。

虽然她口口声声地在抱怨这个狠心的恋人，不再与她讲话，免得伤心难过。但她的怨恨与焦虑中，依然能够看出，流露出的是渴望与深情。

这很自然，从相爱到相知，感情的状态是顺理成章的绵延，从心动到牵手的这个过程，每一对相爱的人都想要好好在一起。可是相爱的人在一起，就算再甜蜜，口角争执也是在所难免的。

一时怒气，为了逞口舌之快，不免恶言恶语地多说几句。过后又难以落下脸面，虽然内心早已后悔，嘴上却还是不肯服软。这般的执拗，有时却是会带来无法弥补的情感裂痕。正如这诗中的男女恋人一样，最初可能也就是因为一丁点的小事拌了几句嘴，可因为维护彼此可笑的自尊心，将争吵升了级。

在冷静之后，女子惊觉自己原来真是无法离开对方，同时看到男子的态度，又不觉哀怨和感叹，男人的心真是狠，不过是几句争吵，却让他冷落自己到这般田地。

诗的两章以循序渐进的结构方式，有层次地表现了这对恋人之间逐步出现的疏离感。第一章曰"不与我言"，第二章承之曰"不与我食"，男子一开始不和女子说话，女子以为他是闹小孩子脾气，也并未当真。岂料男子居然连饭都不和女子一起吃了，这真是让女子开始担忧了。

要知道，情侣之间闹别扭，总是床头打架床尾和的。男子这次第表现出如此大的决心，让女子感觉到危机感，觉出他们爱情的小舟，此时遇到了狂风暴雨，随时都会有倾覆的危险。

随着诗歌的深入递进，与此相应的则是女子惧怕失恋，所表现出的步步加深的痛苦之情。共食不睬，还要分居，这还了得吗？那下一步，男子岂不是要弃自己而去，另觅新欢去了吗？

"维子之故，使我不能息兮。"都是因为你，害得我吃也吃不好，睡也睡不着。女子半埋怨半娇嗔地诉出自己的不满。

女儿多情，男人寡性，想来女子内心深处，还是渴望男子对她示好的，只不过是双方都在气头上，互相都不肯给彼此一个台阶下。

《诗经》中刻画过许多遭遇情变的女子形象，因程度不同，各自的反应也不尽相同。有的决绝悲愤，有的委曲求全，有的低沉呻吟。

这首诗中，女子开朗泼辣的诉苦，能看出她对这位惹她烦恼的"狡童"还是割舍不掉的。这样大胆直白的表态，在《诗经》中也并不算多见，《诗经》中诗歌的语言简奥，通常给人难懂晦涩的感觉。

但《狡童》却不然，女子的感情哀伤真实，呼吁也是直白如话，就好像面对面地对你抱怨倾诉一般。

情当如此，爱得真实，怨得真实，不论男子对女子的情意多深，爱意多浓，但女子却是为这段情感，付出了全部心力。

人一旦爱了，一颗心便无法再收回了，百转千回，就好像天上浮云，随风吹了，散了，终还是要聚在一起的。

爱情仿若生命中的一段消遣小剧，在漫长的岁月中，多数是人独自前行，偶尔会出现一个人，与你谐谑谈笑，携手放手。

但每一段消遣，也是要认真对待的，这样的爱，才能算是了无遗憾、真真正正的吧。要想，人生弹指芳菲尽，岁月转瞬即老。当年那个与你闹别扭的"狡童"，在年华殆尽的时候，成了一个缠绵病榻的老朽。在那时，你搀扶着他，回首过往的岁月时，期间的那些琐碎小事，早已淡忘了吧。

爱情对于男子只是生活中的一段插曲，而对于女人则是生命的全部。

女子认真爱着，她将人生中这段不知道会延续多久的"消遣"真心放于怀中，用温度暖着。若女子只是让你想到了妖娆诱惑，却不能给你安然之感，那也不尽然是好女子。诗中这位女子大方真实，最妙的是让人能够感觉出她的悠然静好，会让人想和她许下一个承诺，相守到老。

"不要生气了，难道你没看到我已经向你低头了吗？"女子内心泛出求饶的信号，期望男子能够早日接收到，结束与她的冷战。

轻松、俏皮的爱情跃然纸上，一如这诗名让人会心一笑。

也许每个人的生命里，都有这样一个不能爱不能恨又不能忘的"狡童"吧！那就好好珍惜，留着这珍贵的情感。

男耕女织的风俗画

七月流火，九月授衣。一之日觱发，二之日栗烈。无衣无褐，何以卒岁？三之日于耜，四之日举趾。同我妇子，馌彼南亩，田畯至喜。

七月流火，九月授衣。春日载阳，有鸣仓庚。女执懿筐，遵彼微行，爰求柔桑。春日迟迟，采蘩祁祁。女心伤悲，殆及公子同归。

七月流火，八月萑苇。蚕月条桑，取彼斧斨，以伐远扬，猗彼女桑。七月鸣鵙，八月载绩。载玄载黄，我朱孔阳，为公子裳。

四月秀葽，五月鸣蜩。八月其获，十月陨萚。一之日于貉，取彼狐狸，为公子裘。二之日其同，载缵武功。言私其豵，献豜于公。

五月斯螽动股，六月莎鸡振羽。七月在野，八月在宇，九月在户，十月蟋蟀入我床下。穹窒熏鼠，塞向墐户。嗟我妇子，曰为改岁，入此室处。

六月食郁及薁，七月亨葵及菽。八月剥枣，十月获稻。为此春酒，以介眉寿。七月食瓜，八月断壶。九月叔苴，采荼薪樗，食我农夫。

九月筑场圃，十月纳禾稼。黍稷重穋，禾麻菽麦。嗟我农夫，我稼既同，上入执宫功。昼尔于茅，宵尔索綯。

亟其乘屋，其始播百谷。

二之日凿冰冲冲，三之日纳于凌阴。四之日其蚤，
献羔祭韭。九月肃霜，十月涤场。朋酒斯飨，曰杀羔羊。
跻彼公堂，称彼兕觥，万寿无疆！

——《豳风·七月》

20 世纪六七十年代美国最著名的民谣组合西蒙和加丰科尔唱过一首没名字的
短歌。

> 四月，春潮带雨，一段爱飘然而至；
> 五月，依偎着我的肩头，他歇下双翅；
> 六月，我的爱唱起抑郁的调子，深夜徘徊，心绪不宁；
> 七月，她远走高飞，不辞而别，离我远行；
> 八月，秋风瑟瑟，佳人已去，杳无音信；
> 九月，已经苍老的这段爱，将铭记我心。

每个月份都代表一种心绪，从四月开始，对爱人的思恋就像春日的细雨一样洒满了
细润的心田，从此而亡，逐渐润物细无声，在九月之时，这段苍老的爱情，已经长埋于
心。爱情是一生的故事，可以随同生命，轻扬地生长。

当然，不只是爱情，人生中还有许多事情是伴随着生命共同进退的，先秦一首古老

的歌中吟咏，恬淡清澈，描摹细致，就好像初生的禾苗，散发着自然的田园气息，又闲闲地浸透着惬意之情。

> 七月流火，九月授衣。一之日觱发，二之日栗烈。无衣无褐，何以卒岁？三之日于耜，四之日举趾。同我妇子，馌彼南亩，田畯至喜。
>
> 七月流火，九月授衣。春日载阳，有鸣仓庚。女执懿筐，遵彼微行，爰求柔桑。春日迟迟，采蘩祁祁。女心伤悲，殆及公子同归。
>
> 七月流火，八月萑苇。蚕月条桑，取彼斧斨，以伐远扬，猗彼女桑。七月鸣鵙，八月载绩。载玄载黄，我朱孔阳，为公子裳。

七月火星向西落，妇女在九月的时候就缝制冬衣，因为十一二月的时候就会寒风彻骨，没有足够御寒的衣服，怎么能够抵御这寒冷的冬日呢？而冬天一过，便要开始修理锄具，准备二月的下地耕种，吃饭的时候，妻儿会把饭送到田边，田官看到农民劳动的场景非常高兴。这就是那时人们恬淡安宁的生活。

日出而作，日落而息。年轻的姑娘在春日的黄鹂婉转啼鸣声中，沿着小道采摘桑叶，看着春天逐渐过去，人们采摘白蒿，姑娘内心一片忧伤，恐怕遇到国君之子，被公子强行带走。

随着桑枝被修剪，八月收取萑苇，取了斧子，砍伐旁边的桑枝，七月伯劳鸣叫，八月开始把麻制成纱线，用来织布。姑娘们把布染成黑红色或黄色，而有一位姑娘染成的大红色分外鲜亮，这是要给公子做衣裳。

> 四月秀葽，五月鸣蜩。八月其获，十月陨萚。一之日于貉，取彼狐狸，为公子裘。二之日其同，载缵武功。言私其豵，献豣于公。
>
> 五月斯螽动股，六月莎鸡振羽。七月在野，八月在宇，九月在户，十月蟋蟀入我床下。穹窒熏鼠，塞向墐

户。嗟我妇子，曰为改岁，入此室处。

六月食郁及薁，七月亨葵及菽。八月剥枣，十月
获稻。为此春酒，以介眉寿。七月食瓜，八月断壶。
九月叔苴，采荼薪樗，食我农夫。

当四月植物抽穗开花，五月知了声声时，人们就为八月的收获
做着准备，待到十月叶子飘零，十一月就上山打猎，猎取动物的皮
毛来送给贵人取暖，到十二月的时候，猎人们依然忙于操练，猎
取猎物，如果是猎到小猪就留下自己享用，如果是大猪就要献给
王公。

五月蚱蜢开始骚动，六月纺织娘振动着羽翅，蟋蟀在七月便随
处可见，而人们则是忙着煮葵花籽，八月开始打红枣，蟋蟀九月来
到屋门口，十月就钻到人们的床底。人们找到鼠穴堵住，又用烟熏
的办法把老鼠赶出。堵塞了朝北的窗子，用泥涂抹门缝，以抵御即
将到来的严寒。可叹人们辛辛苦苦劳作一年，这样就算过年了，所
有的好食物都供奉给主人，自己则是采摘野菜，砍伐木柴，住进破
旧的房屋内暂求安稳。

《七月》源于豳地的民间歌谣。豳地在现在陕西省旬邑县、彬
县一带，那个时代是个农业部落。《七月》不怨不艾地叙述人们生
存的艰辛和生活的基本状况，生活随着时令和季节的变换律动。劳
作的目的不是因为敬畏神的力量，也不是为了祭祀神灵，而是为了
获得生活的保障。

他们一年四季的劳动生活，涉及当时生活的各个方面，从各个
侧面展示着当时社会的风俗画。

三月里女孩子带着漂亮的篮子，采桑叶养蚕，六月结满葡萄，
七月蒸冬葵和豆叶，八月打枣，十月收稻谷，做成美味的春酒，以
祈求长寿，十一月、十二月农活结束了，男人开始去打猎。夜晚归
来还不休息，趁着农闲，收拾好屋子，抵御夜晚的风霜，还要准备
过年，来年开春又要忙着种地了。

九月筑场圃，十月纳禾稼。黍稷重穋，禾麻菽麦。嗟我农夫，我稼既同，上入执宫功。昼尔于茅，宵尔索绹。亟其乘屋，其始播百谷。

二之日凿冰冲冲，三之日纳于凌阴。四之日其蚤，献羔祭韭。九月肃霜，十月涤场。朋酒斯飨，曰杀羔羊。跻彼公堂，称彼兕觥，万寿无疆！

九月还要夯土打谷场，十月将谷物收入粮仓，可叹我们的农夫啊！把收获的谷物集中到粮仓后，还要到统治者家中为他们修缮房屋。农夫辛辛苦苦地白日忙完庄稼，夜晚又要搓麻绳，在一年的最后时刻忙祭祀的种种活动，献上先前冷冻在冰窖里的韭菜和羊羔，分发美酒给宾客，与众人一起举杯为主人祝福，高呼万寿无疆。

奴隶们辛勤劳动而不得报酬，悲惨的命运循环无期。而不劳而得的奴隶主贵族则完全过着另一种生活：住的是防风耐寒的房屋，穿的是上等鲜亮的好衣裳，吃的是酒肉，没有事情了还祭祀宴请，祈求多福多贵多长寿。

如此鲜明的对比！人们该抱怨，控诉，或者反抗了吧，就如《魏风·伐檀》《魏风·硕鼠》那样。

坎坎伐檀兮，寘之河之干兮。河水清且涟猗。不稼不穑，胡取禾三百廛兮？不狩不猎，胡瞻尔庭有县貆兮？彼君子兮，不素餐兮！

坎坎伐辐兮，寘之河之侧兮。河水清且直猗。不稼不穑，胡取禾三百亿兮？不狩不猎，胡瞻尔庭有县特兮？彼君子兮，不素食兮！

坎坎伐轮兮，寘之河之漘兮。河水清且沦猗。不稼不穑，胡取禾三百囷兮？不狩不猎，胡瞻尔庭有县鹑兮？彼君子兮，不素飧兮！

《伐檀》中直接严厉责问："不播种来不收割，为何三百捆禾要独吞啊？不冬狩来不夜猎，为何见你庭院挂鹌鹑啊？那些老爷君子啊，可不白吃腥荤啊！"用活生生的事实来揭露奴隶主血泪斑斑的罪恶，抒发蕴藏在胸中的熊熊怒火，人们年复一年繁重劳动，苦难生活，却什么都得不到，在诗歌中就把积压在胸中的愤懑像火山似的喷泻出来。

而《七月》并没有这样做。人们没有太多的抱怨，只是繁重地活着，"哀而不伤，怨而不怒"地活着。其实《诗经》三百篇中大多数诗歌都是这样。人们在一年到头的琐碎劳作中，默默地承受着生存的负担，寻找属于自己生活的乐趣与希望。这也是一种解脱的方面吧。

看，蟋蟀爬进屋中，在灯下跳来跳去，提醒着北风的寒凉。人们赶紧锁上窗户，把门洞都堵塞上，屋中就暖和起来，拥抱妻儿共度夜晚寒冷。等到过年时候，"嗟我妇子，曰为改岁，入此室处"，不久新年到来了，进到屋中歇个够。生活是简单贫困，平凡但充满着生命力。

男耕女织的社会中，大多人都是这样过完一生。脚踏实地、吃苦耐劳。劳动，万岁！有时候也会有村落部落的宴会等，如《七月》的最后一章描述的那样。农闲之时，举酒欢庆。

姻缘一语定

伐柯如何？匪斧不克。取妻如何？匪媒不得。

伐柯伐柯，其则不远。我觏之子，笾豆有践。

——《豳风·伐柯》

这首《豳风·伐柯》中说，要砍柴，只有斧头的利刃是不行的，必须要装上斧柄，这样使起来才能够得心应手。而娶妻子也必须要有媒人才能成功。因为这首诗，后世将媒人做媒也称为"作伐"。

中国古代无媒不成婚，孟子就把"媒妁之言"与"父母之命"放在同等重要的地位，古时候的标准的婚姻要经过六个环节——六礼，即纳采、问名、纳吉、纳征、请期、亲迎，基本上每个环节都需要媒人穿针引线。礼制，这在讲究礼仪的中国社会非常重要。可以说，一桩婚事，假如没有媒人牵线，简直难以办成。

正如《诗经》中的《卫风·氓》中所说那样："匪我愆期，子无良媒。"所以，诗歌中也提到了要想做个斧柄，有了原则就不难办了，要是遇到了真心相爱的人，就要摆下隆重的宴席来迎娶。

历代的礼制中，都明确规定，婚姻必须有"媒妁之言"，《周礼》《吕氏春秋》这些书中，就记载上古时候在仲春之时祭祀设置有专门的说媒结亲活动。这是官媒。官媒专司判合之事，甚至还可以对不守婚嫁时令者予以处罚。

汉朝之后，国家虽然不再设这一官职，但官媒一直存在，权力还很大，比如《晋书·武帝纪》载：女子凡满 17 岁，

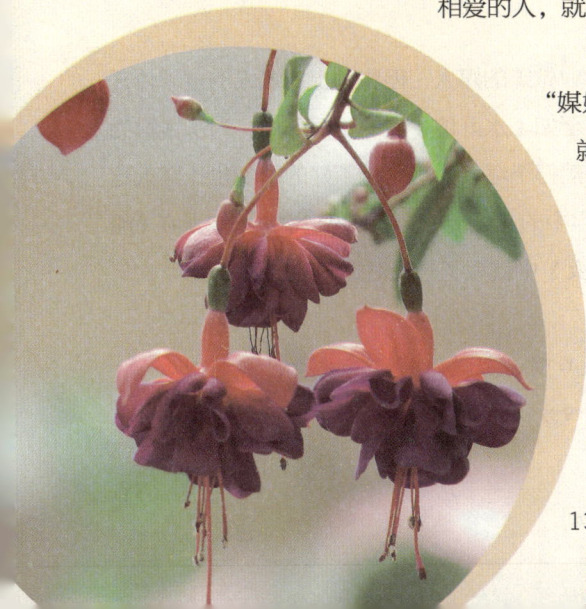

其父母尚未给她选择婆家的，一律交官媒，由"媒官"配给丈夫。

而《红楼梦》中就多次有官媒的记载。她们都为官府登记认可的媒人，还有阶层之分，有些负责皇室贵族的婚介，地位那就很了得，更没有人敢得罪。

当然也有"私媒"——民间的媒人。这些一般都是些没有职业的中老年妇女，通常以媒婆称之，她们也都是以赢利为目的的。

在保媒的同时，还往往从事其他杂事——接生、做针线、治病，等等，这些和家庭女性相关的事情就使得她们有更多机会来接近各家的女性，更加详细地掌握别人的家庭情况等等，更加方便她们以后做媒。

她们收入还是颇为可观的。在明清的小说中，我们可以看到她们作为中介费的媒钱基本都在彩礼钱的10%，那就是很大一笔收入了，俗话说"说好一门亲，好穿一身新"，也算真实反映了媒人的收入状况。

所以，当媒人是非常吃香的，这是一种几乎没有风险的职业，只要嘴皮子好。所以不务正业的妇女们为了多赚些钱，通常也会昧着良心，把黑的说成白的，丑的说成美的，年老的说成年少的。而古代男女婚前几乎不会见面，而真正到了洞房之时才发现自己的另一半并不像媒人说的那样。昧心的媒婆，自然会毁了两个人的婚姻幸福。

尽管也有规规矩矩专业做媒的媒人，但整体上，媒人的过于伶牙俐齿，常常名不副实，甚至如《水浒传》中的王婆那样，为了钱财为别人偷情通奸牵线搭桥，落得个坏名头。这种不好的影响也让媒人这个职业被归为"三姑六婆"中的一婆。对此，晚明文学家冯梦龙在《喻世名言·李秀卿义结黄贞女》中就写了一段对她们的生动描述：

天下只有三般口嘴，极是厉害，秀才口，骂遍四方；和尚口，吃遍四方；媒婆口，传遍四方。且说媒婆口，怎样传遍四方？那做媒的有几句口号：东家走，西家走，两脚奔波气常吼。牵三带四有商量，走进人家不怕够。前街某，后街某，家家户户皆朋友。相逢先把笑颜开，惯报新闻不待呷。说也有，话也有，指长话短舒开手。一家有事百家知，何曾留下隔宿口。要骗茶，要吃酒，脸皮三寸三分厚。若还美他说作高，挥干涎沫七八斗……

尽管如此，在实际的生活中，还是少不了媒人做媒。不过也有好的媒人，形象高大，比如红娘，比如月下老人等。

月下老人是在唐朝时候出现在神话中的专司婚姻之神。唐代文人李复言的传奇《续玄怪录·定婚店》中首次出现：唐代韦固旅次宋城南店，遇老人倚囊坐，向月下检书。

问："所检何书？"

云："婚牍耳。"

又问："囊中何物？"

云："赤绳耳，以系夫妇之足。虽仇家异域，绳一系之，亦必好合。"

因询己妻，知为店北卖菜眇妪女，才三岁，陋亦如妪。韦怒，遣奴刺之，伤眉。韦与奴逃免。后十余年，韦参相州军，刺史王泰以为能，妻以其女。女容丽而眉间常帖一花子。怪而问之，始知女乃畴昔所刺幼女，郡守抚以为己女也。因相钦愈极，所生男女皆显贵。宋城宰闻之，题其店曰定婚店。

后世因此又称媒人为"月下老人"，或者"月老"。而元杂剧《西厢记》中极力撮合张生、崔莺莺成就好事的丫鬟红娘，因她的活泼伶俐性格和助人为乐的精神，深受到世人爱戴。

追本溯源，这万千的引申皆来源于上古时的一语"作伐"，虽然人会老，诗词歌赋也会因为年代久远而逐渐遗失，这是我们无力挽留的遗憾，但这世间依然存在永恒的物，可以穿越时空的枷锁，历久弥新，便是古人凝结在文字中的才情，带来无尽的感动。

爱到深处，忧心如醉

间关车之辖兮，思娈季女逝兮。匪饥匪渴，德音来括。虽无好友，式燕且喜。

依彼平林，有集维鷮。辰彼硕女，令德来教。式燕且誉，好尔无射。

虽无旨酒，式饮庶几。虽无嘉肴，式食庶几。虽无德与女，式歌且舞。

陟彼高冈，析其柞薪。析其柞薪，其叶湑兮。鲜我觏尔，我心写兮。

高山仰止，景行行止。四牡骓骓，六辔如琴。觏尔新昏，以慰我心。

——《小雅·车舝》

新婚的喜庆摇撼着一方人心，这是让多少少男少女无限遐想的一幕，是他们从豆蔻年华开始从没停止过的构思。每一次总会有那么一个人，在脑海心际抚之不去，想起来都会莞尔一笑，又羞涩地赶紧收起思绪。

等到最后，很多人可能无法与心中的那个人长相厮守，但是在那个年代，没有耳鬓厮磨培养起来的感情，思慕也是可以更改的事，没有揭开面纱的她，总也是无尽的想象，无尽的想象里就会有无尽的美好。

在一个阳光明媚的天气里，日历上写着：黄道吉日，适宜嫁娶。他策马扬鞭，带领着大批的车辆，浩浩荡荡地朝幸福开去。

车声轰隆隆地鼓荡着内心的喜悦，村里村外的人都知道那个妩媚可爱的待嫁新娘今天就要出阁了。俊朗的少年心里自然雀跃了，不是因为从此可以携着"桑之未落，其叶沃若"的她花前月下了，更主要的这个娇妻可是德行出众，自古"娶妻娶德"，是她让人从此心无旁骛了。

这样的心情，即使无好友相伴，高兴劲儿也是无处掩藏的。当然，那浩荡的车队里，定会有好友的祝福。迎亲队伍走到一片树林时，林莽中成双成对的野鸡，更诱发了关于硕女的想象，痛快地饮上一杯幸福小酒，爱意立即随着酒香散开，从此一生一世一双人，再无心想巫山云卷云舒。

一路上，欢乐层层叠叠，她遮盖了所有的美好，"高山仰止，景行行止"，此生复再何求？

彼时，快乐真的很简单。虽说也是十几年等一日，但我们不难看出，男子对新娘的了解好像多是通过别人之口得知的，"取妻如之何？匪媒不得"，他没有念叨自己喜欢的女子如何不可取代，在牵线成功后，双双将空白之心交给对方，在今天也是种莫大的冒险。

经常听说某某在婚期当天逃走了，以恐婚之名将对方搁置不理，这连为幸福赌一把的勇气都让人质疑，责任对于他们更是空谈。先人们面对婚姻时没有太多的选择，即使订立婚约后也难得互相了解。但是，无论前方是什么，他们总是自然对待，无以畏惧，其勇敢远远超出我们。

人，生而自由。但是，自由总归有量度才好。因为太多的选择，人们又会迷失在欲望的森林而不知所措。如今，爱情总是开始得太早走得太急，等到步入婚姻时身边站着与自己共度一生的人，早已不再是当初的那一个了，虽然是自己千挑百选的，但总是觉得有隐隐的遗憾和伤痛。

爱，即是心，还是只给一次的好。分给太多的人，也便是将心一而再再而三地交付了出去。这样的爱情，便不会再如当初那么纯粹了，到头来是怎么也找不回最初的感觉。铺天盖地的伤心情歌也慰藉不了四分五裂的心，穿着一身洁白的婚纱或礼服，说着忠贞的爱情宣言，把戒指戴在眼前人的无名指上，等礼毕时才发现自己空落落的，然后再无奈一句"婚姻，怎么选都是错的"。

　　就像《非诚勿扰2》里的男女们，纷纷扰扰地更换伴侣，一次不行再加一次，如若不行，继续换下去的决心还是有的。但是，每一次的"选择和否定选择"都轰轰烈烈，好像一辈子就是为了此事来的似的，矫情加滥情唯独缺乏持久的真情。

　　倒不如古人来得痛快，干净利落地上路，再一起摸索爱的真谛，人啊，越将自己挖掘太透彻也就会将自己否定得更彻底。

　　如果婚姻，能不媾和政治，能不计较门户，能去除容貌比对，该是多美的事，世间就会少很多的恩怨纠葛。然而，人们是无力革除这一切无关紧要的，甚至，本无关紧要的东西，已经慢慢深入到人们的骨子里，这也就无法免俗之根本。

　　可喜的是，我们曾经有过云淡风轻的美好，在我们还不知科学理性为何物的时候，他活脱脱地说着最美的情话，"来我家里难享荣华，我却愿让你因我富贵"，倚栏凭靠，两双手十指相扣，心也就连在了一起，简单得透彻明亮，如那时洁净的天空。

　　从此，你为我在外卖力办什物，我为你在内缝补置炊。那天的烟花却成了两人日后甜蜜的回忆，等到老得哪儿也去不了时，就手牵着手回忆那天他的策马奔腾，她的娇颜如花。

　　所谓婚姻，无须千回百转去积累经验，有这样一次，就足够。

爱在生死离别时

人生，有多少感情是能说清楚道明白的呢？但是就在你下定决心想要表述心迹的时候，却已经没有了机会，在离别面前，人只是不断辗转的流云，曾经梦里魂牵的双眸，今日却在渐行渐远中渐渐模糊，到底要多久才会不再爱，是否忘记就真的如此艰难？

此地一别，死生两茫茫

遵彼汝坟，伐其条枚。未见君子，惄如调饥。

遵彼汝坟，伐其条肆。既见君子，不我遐弃。

鲂鱼赪尾，王室如燬。虽然如燬，父母孔迩！

——《周南·汝坟》

南朝文学家江淹在他著名的《别赋》中说道："黯然销魂者，唯别而已矣。况秦、吴兮绝国，复燕、赵兮千里。或春苔兮始生，乍秋风兮暂起。是以行子肠断，百感凄恻。"说尽了离别，秦、吴两地相去遥远，燕、赵一别，不知道何日才能再见，想到此，怎能不失魂落魄？尤其是在春天来临之际，秋风乍起之时，读起来足让人断肠。

盛唐诗人王维也有著名的《阳关三叠》："渭城朝雨浥轻尘，客舍青青柳色新。劝君更尽一杯酒，西出阳关无故人。"一唱三叹，诉不尽离别悲伤。古人说得没错："情动于中而行于言，言之不足，故嗟叹之，嗟叹不足，故咏歌之，咏歌之不足，不知手之舞之，足之蹈之也。"王维的一曲阳关，就成为抒写离别的千古绝唱。

古人写下如此多的伤感离别之诗，包含着生离死别的凄切。在《周南·汝坟》中，或许才能懂得它的真正的意味。

先秦太远，后人已经很难想象汝河旁那条长长堤岸的模样，但却能从中读出那种离别的伤感与爱情的久远——堤岸上，没有耳鬓厮磨朝夕相处的缠绵，相见时候是日久饥渴难耐的迫不及待，而转瞬就又有要分开的危险：王朝多事之秋，男子又怎能恋家？

《汝坟》中所描写的时候是西周末年，当时国家比较混乱，战祸不断，劳动力又低下，生活困苦不堪的自然是百姓，死伤不说，活着的怕是处于水深火热之中，过着备受煎熬的生活。在《小雅·雨无正》里，有生动的形容，说当时西周末年的老百姓在雨中的地头皱着眉头，有苦却没有地方去说，诸侯相争，哪里有闲工夫来过问他们的疾苦？

战祸起，事急如火，众多的壮年男丁，被迫去参战征伐，说是一个人去参战，其实全家人的心都跟着去了，特别是妻子，于是，夕阳时分、河堤之上，就时常会有那些伫立遥望的女性背影，盼望着自己的丈夫能够早日归来，当然她们不知道他们何时才能回来，彼此的离别与其说是"生离"，莫若说是"死别"，因为几乎没有丈夫能够重新回到家里边。先不说这战争的凶残，刀枪不长眼，只说这千里跋涉，道路崎岖，水土不服，风餐露宿，春寒秋冻，哪一个都可能致病缠身，死亡的概率高之又高，抛骨异乡的可能性太大了。

在乱世中，今日的离别便是明日的死别，初尝离苦的先民们，他们的心里该有多少悲切悲凉？一方是回家无望，归家遥遥无期。一方是田地荒芜，家中的粮食早已吃光。双方都是要承受夫妻分离的痛苦，挣扎余生。那个在高高的汝河大堤上凄苦徘徊的女子，一方面手执斧子砍伐山楸的枝干和枝条，一方面心里盼望着那久未见面的丈夫，她心中到底有几成的把握呢？隔着离别的烟幕，孤苦无依，恰如早起时候的饥肠辘辘与欢爱的断缺。

然而，她是幸运儿，上天没有辜负她的期望，在某一天，她看见了那个熟悉的身影，恍然若梦，她怎么也不能相信，自己的丈夫回来了，真的回来了，直到丈夫揽她入怀，她才感觉到这种真实，辛酸的、激动的泪水横流，她要他今生再也不要抛下她离去。

祝福相聚的同时却也能够知道，有许多的丈夫并不能回到心爱妻子的身边，即使如《汝坟》里这个女子那样，尽管丈夫回来了，又可以相亲相爱在一起，但谁能保证第二天他不再次被迫征伐而离开？

所以，当王维在渭城朝雨里送别元二出使安西的时候，他知道，元二此去，西出阳关便没有了朋友，便是万里风沙刮在脸庞，他不住地劝酒，他让元二饱尝故人的热忱，他知道，元二所去的地方是塞外苦寒之地，几乎和流亡地等同，天寒地冻，而路途遥远，在当时的那种情况下，这一别，或许就成永诀了！

生死只在一线之间，生离其实就等同于死别，在这种情况下，还要祝福什么？还要安慰什么？没有人会愿意去想发生的悲剧，他们宁愿期待着美好，期待着如《汝坟》里的女子那样幸运地相聚。有了这样的期待，离别有了几丝温暖。什么也不要说，只用行动来表示：喝酒。而《汝坟》里边，则是夫妇的欢爱。

> 沿着汝水河边走，砍下树上的枝条，不见我的男人，饥肠辘辘般难受。

　　沿着汝水河边走，砍下树上的残枝，见到我的男人，不要不要再远离。

　　望着鲜红的鱼尾，想起王室的惨境。王室虽已焚毁，父母却近在眼前。

　　世事难料，人生无常，变数几乎充满着人的一生，当李清照在池阳的途中送别夫君赵明诚之时，她怎么会想到，这就是永别？一个月之后，一场疟疾夺取了相亲相爱的丈夫性命。生离变成了死别，从此天人永隔。也许就是因为看透了这些，柳永才会在都门下设帐，与自己的情人话别整整一天，直到太阳下山，船家催促；而梁山伯送别祝英台，也是送了一程又一程，十八里外相送，长亭更短亭。所以，中国的古诗词中，才有了那么多的亭台楼榭，里面都伫立着天涯断肠人——离人。

　　在《汝坟》中，懂得了古人的离别情怀，懂得了"生离"大多时候就是"死别"，此地一别，海角天涯，人生因为别离而改变得面目全非，想着那个《汝坟》里幸运的女子，无限悲怜。

一个人的夜，怎能不想她

绿兮衣兮，绿衣黄里。心之忧矣，曷维其已。

绿兮衣兮，绿衣黄裳。心之忧矣，曷维其亡。

绿兮丝兮，女所治兮。我思古人，俾无訧兮。

絺兮绤兮，凄其以风。我思古人，实获我心。

——《邶风·绿衣》

"生同衾，死同穴"是古代男女长久的生活理想，即使生不能同处，死也要同眠，而爱人先去之后，男人看着眼前妻子缝制的衣服，衣服整整齐齐摆放着，虽然有一些年头了，但看起来和新的差不多。用手抚摸它们每一处针脚、每一颗纽扣，似乎往事就要呼啸而出，这件件都似珍宝，因为这些是世界上最懂他的人亲手做的，还因为这个人已经离他远去，并且，永远不会再回来。

这就是《邶风·绿衣》讲述的故事。

在这首诗中，抛开那些历史、政治等历代的争执，会看到抒发自灵魂深处的声音——

"绿兮衣兮"，只说了"绿衣"一物，用了两个"兮"字断开，似是哽咽，绿衣裳啊绿衣裳，绿色的面子黄色的里子。心忧伤啊心忧伤，什么时候才能止住我的忧伤！绿丝线啊绿丝线，是你亲手来缝制。我思念亡故的贤妻，使我平时少过失。细葛布啊细葛布，夏天的衣裳在秋天穿上，自然觉得冷。我思念我的亡妻，实在体贴我的心。

"我们都是红尘中人，一定承受着尘世之苦。"

19世纪法国伟大作家巴尔扎克说过这样的话，大概就是岁月在任何人脸上都会留下年轮，相濡以沫；感情在无论什么东西上面都留下痕迹，穿越空间。

在《绿衣》中，一个刚刚从深深的悲痛中摆脱出来的男人，看到故去之人所制作的东西，便又唤起刚刚处于抑制住的情感，重新陷入悲痛之中。是啊，衣在如新，人却不知何处去了，怎么能不悲怆啜泣。

很多的时候，爱人要是离去之后并没有留下什么东西，或许时间就会治好曾经的伤痛。但我们都知道，感情丰富的人们却偏偏不肯放手，只要是爱人曾经用过的东西，都珍藏如生命。即使有意去舍弃，但最终还是珍存下来不少旧物，因为里边存在有太多美好的记忆。

失去所爱，再没有一点怀念之物，那人生还有什么可想的？而睹物使人伤感，悼亡更令人悲痛欲绝。谁都明白人死不可复生，正如死亡本身是人生无法超越的大限一样。然而，死者生前留下的一切，在活着的人心里是那么清晰，那么深刻，那么刻骨铭心，以至于让人无论如何也无法相信已经阴阳相隔的事实，让活着的人捶胸顿足，痛心疾首。

面对失去丈夫女人感性者居多，孟姜女失去丈夫，她的眼泪都能够摧毁长城，白娘子与许仙分离，可以发下誓言让雷峰塔倒、西湖水干。《诗经》中还有一首《唐风·葛生》说的就是女子哭悼亡夫的诗：

> 葛生蒙楚，蔹蔓于野。予美亡此，谁与独处？
> 葛生蒙棘，蔹蔓于域。予美亡此，谁与独息？
> 角枕粲兮，锦衾烂兮。予美亡此，谁与独旦？
> 夏之日，冬之夜。百岁之后，归于其居。
> 冬之夜，夏之日。百岁之后，归于其室。

这是女子内心的独白，听起来十分沉重，在荒凉的墓地，她悲恸地悼念亡夫，茫茫大地上野葛遮盖了一层又一层，那野草下面隐藏着的，是一个多么让人伤痛的现实啊！

自己一生唯一爱着的丈夫，就长眠在野草之下。往后的日子是多么难熬，自己将与悲伤同行，只有等到百年之后同眠地下，才是最后的解脱。

但愿每天都是夏天，但愿每夜都是冬夜，这样才能尽快熬到百年的尽头，尽早和地下的丈夫聚首。

这是女性的悼亡怀念作品，凄凄低语，作为女人无可厚非，而男性创作的悼亡诗更叫人印象深刻。也许正因为男人给世人的印象是一贯坚强的，当真正的悲伤流露之时，无法把控，一发不可收而让大家惊叹。这种真真切切的情意，更加重了分量。

《绿衣》中的男人正是如此。先秦之时的社会就是男尊女卑的社会，女人卑微依附，而男子则是顶天立地，可是在《绿衣》中，一位深情的男子就这样出人意料地暴露出对亡妻的怀念。抱着旧衣服痛哭，也许他也想过自己这样会惹人耻笑，但是压抑着自己的真实情感不是他想要的，他也做不到。妻子的离去，让他觉得他的人生已不再完整。

人们常说："人生，得一知己足矣。"有知己的人生才是完整的。而如今懂自己的妻子已经故去，怀念有什么不可以？伤心痛苦也无可厚非。

纳兰容若在怀念亡妻卢氏的《浣溪沙》中是这样写的："谁念西风独自凉，萧萧黄叶闭疏窗。沉思往事立残阳。被酒莫惊春睡重，赌书消得泼茶香。当时只道是寻常。"

深秋的意境，萧萧残风中，一起走过岁月的那个人离去，以为是暂时地离开，而当酒醒之时，曾经的幸福真的被如今的残酷替代。当年以为的寻常之事，如今却已不能够，马不停蹄的思念，道破了怀念的本质。

　　无论是藤蔓缠绕树枝，还是野草覆满大地，但凡爱人离去，便是再好的月色，也会无人能赏。

　　有情人不能相伴到老，人生过半，痛失爱侣，这种巨大的哀痛宋代大家苏轼也经历过，他在《江城子》中发出"十年生死两茫茫，不思量，自难忘。千里孤坟，无处话凄凉"的无尽伤感。

　　明代散文家归有光也经历过，他在《项脊轩志》中写下"庭有枇杷树，吾妻死之年所手植也，今已亭亭如盖矣"是怀着怎样的心情？昨日夫妻举案齐眉，今天上天拆散，生死离别，往后的日子怎么度过？

　　所以革命志士林觉民的《与妻书》有这样的感慨：与使吾先死也，毋宁汝先吾而死。吾之意盖谓以汝之弱，必不能禁失吾之悲，吾先死留苦与汝，吾心不忍，故宁请汝先死，吾担悲也。

一样的都是死别，还有死别之后的不能相忘，背后都有着无法言说的痛。都是继承着《诗经》中《绿衣》而来，因为它触动了古今所有男人内心深处的脆弱一环。《绿衣》这首男子手捧亡妻亲手缝制的衣服吟出的歌谣，带着潘岳的"帏屏无仿佛，翰墨有馀迹；流芳未及歇，遗挂犹在壁"、元稹的"衣裳已施行看尽，针线犹存未忍开"，一起陷入悲痛之中，他们都饱含着自己深深的怀念之情，诉说着不能言传的痛楚。如果亡妻们能听到这样的诗句，相信一定会幸福得泪流满面。

故去的爱人居住在内心最富饶的地方，居住在内心最柔软的地方，睹物思人，诗人写下这首诗，也许是想让痛苦得到暂时的释放。一人的夜里，外面又下着雨，怎能不想她？

无奈的放手

燕燕于飞，差池其羽。之子于归，远送于野。瞻望弗及，泣涕如雨。

燕燕于飞，颉之颃之。之子于归，远于将之。瞻望弗及，伫立以泣。

燕燕于飞，下上其音。之子于归，远送于南。瞻望弗及，实劳我心。

仲氏任只，其心塞渊。终温且惠，淑慎其身。先君之思，以勖寡人。

——《邶风·燕燕》

相爱容易相处难，真爱却不能够在一起，那种离别的情调自古就在演绎着不同的版本，而最早的要数《诗经》中的《邶风·燕燕》了。

在这个时空里，千年前的别离被凝住，分别是那样沉重，重得令时光都无法背负。在灼灼其华的思念还没有开始时，难过，就已经悄然地漫上了心头。

送别的意境，使得《燕燕》成为一首著名的惜别诗，至于诗中到底谁送谁历来争议颇多，《诗经原始》《毛诗序》等都认为是卫庄姜送归妾，庄姜其人，在后边还将提到，她是中国历史上第一位女诗人，春秋时齐国的公主，卫庄公的夫人。而现在读起来《燕燕》缠绵悱恻，不似送妾之情，更似情人。国学大师高亨先生认为是年轻的卫君迫于当时的舆论环境，不能与心爱的女子结婚，在她出嫁时去送她，于是就有了这首诗。

其实以诗歌而言，表达送别之情的诗歌数不胜数，其中许多情景为人所赞叹，而望而兴叹，但是《燕燕》一首，却是能在极其淡雅的风韵中讲出灼热的惜别之情，却又不使人感到艳俗，反而会沉浸在一种美好而忧伤的情境中，满目辛酸地看着男女主人公在温暖的春日下，心灰意冷地分离。

　　　　燕子在天空之上，舒展着翅膀飞翔。你今天要远嫁，我相送到郊野的路旁。踮脚都看不见人影了，眼泪掉落好像下雨一样。

　　　　燕子在天空之上，翩跹着忽下忽上。你今天要远嫁，送你不嫌路长。踮脚都看不见人影了，我伫立着泪流满面。

　　　　燕子在天空之上，鸣叫的声音呢喃而低昂。你今天要远嫁，我相送远去南方。踮脚都看不见人影了，实在痛心悲伤。

　　　　小妹你诚信稳当，思虑切实深长。温和而又恭顺，为人谨慎善良。常常想到已经忘去的先人，叮咛响在我的耳旁。

　　这种透明如水的心境犹如午夜梦回的窗外繁星，闪闪烁烁，冰清玉洁，或许人生，就是这样爱一个人，再用一生去等待这份爱。诗歌意境简单明了，语句如同断章一样简单，只是在这寥寥数语中，却可以令后人读出偌大的意象。

　　"燕燕于飞，差池其羽。"一幅意境图就出现了：阳春三月，群燕翩跹，上下左右，呢喃鸣唱，然而诗人的用意并不是描绘一幅春燕双飞图，而是以燕燕双飞的自由欢畅来反衬离别的愁苦哀伤。美好的春光中，我却为你送行，真是舍不得，不知不觉中"远送于野""远送于南"，送你到城南的郊野了，直到你的身影消失在视野之中，等我踮着脚也望不见你了，我的泪水再也控制不住流了下来。再也看不见你，只剩下我一个人留在这春天的郊野之中，燕子上下飞舞，是不是一种讽刺？

张晓风的散文《两岸》中描述了截然不同的意境：

> 如两岸——只因我们之间恒流着一条莽莽苍苍的河。我们太爱那条河，太爱太爱，以至竟然把自己站成了岸。我向你泅去，我正遇见你向我泅来——以同样柔和的柳条。

《两岸》中的主人公"在河心相遇，我们的千丝万缕秘密地牵起手来，在河底"，他们想要在一起，并千方百计努力促成相守。与之对比，《燕燕》只是选择了无奈地放手，也许也经过了很多的努力，只是诗中没有表达出来。类似的还有一首脍炙人口的《长恨歌》："在天愿做比翼鸟，在地愿为连理枝。"在白居易的这首长诗中，唐明皇与杨玉环恩爱，却逼不得已在"马嵬坡"赐死玉环，之后，又因耐不住思念，派遣方士李少君四处寻找杨贵妃的灵魂。可是天界、地府都找不见。后来在东海之边，忽然见高山之上有许多楼阁，门匾上写着"玉妃太真院"，才找到了杨玉环。杨玉环也是难忘旧情，又与唐明皇私约来生之事。

唐明皇李隆基年过半百遇到杨玉环，两人情投意合，恩爱有加。说起来相处，她不把他当作一代帝王，呼其为"三郎"，他也看她为生之知己，三千宠爱集于一身。爱的真切，生死如一。不过即使爱之深、情之切又能如何？真爱大多不能够在一起。世间的爱也许就是如此，世事无常，造化弄人，最终只有无奈地放手。

正如《燕燕》这诗中男子所叹咏到的：我多想和你相守到老，不离不弃，但是现实是我得亲自送你离去，内心怎能不悲痛？泪水满面，以后的日子，我还要怎么过下去？想和你说的话那么多，现在要如何说出口？爱情没来的时候，我们渴望得到一场真爱，刻骨铭心，可是，当爱情真的不期而遇，真正地生活在一起时，却发现已经要失去了，已经错失了最美好的时光。爱一个人，不能够在一起，对双方来说，都是一场"实劳我心"的劫难。

燕子的翅膀，飞翔的时候在天空留下痕迹，送别的人却看到那无法与心爱之人偕老的忧伤。爱一个人，眼下却只能放她离开，最后只剩下燕子陪伴送别之人流泪。《燕燕》流传之后，这句"瞻望弗及，伫立以泣"也就成了表现惜别的原始意象，反复出现在历代送别诗歌中。南宋末散文家、诗人谢翱《秋社寄山中故人》最为传神："燕子来时人送客，不堪离别泪沾衣。如今为客秋风里，更向人家送燕归。"

从上古到现在，中间横亘了千年万年的时光，然而，有些情愫是始终未能改变的，今时今日，依然有着多少忍受着离别之苦的人们，对着长空嘘叹心意的空虚。

离别之后不妆容

伯兮朅兮，邦之桀兮。伯也执殳，为王前驱。

自伯之东，首如飞蓬。岂无膏沐，谁适为容！

其雨其雨，杲杲出日。愿言思伯，甘心首疾。

焉得谖草？言树之背。愿言思伯，使我心痗。

——《卫风·伯兮》

古代夫妻离别，一个闺中独守，思念期盼；一个远在天涯，死生未卜。在断了联系的时空中，他们用炽热、真挚的情感演绎一首又一首执着而悲伤的爱情恋歌。比如"梳洗罢，独倚望江楼，过尽千帆皆不是，斜晖脉脉水悠悠，断肠白蘋洲"；比如"自伯之东，首如飞蓬"。

《伯兮》这首诗的意思是：

我的大哥，你真是我们邦国最魁梧英勇的壮士，手持长殳，作了大王的前锋。

自从你随着东征的队伍离家，我的头发散乱如飞蓬，更没有心思搽脂抹粉——我打扮好了给谁看啊？

天要下雨就下雨，可偏偏又出了太阳，事与愿违不去管。我只情愿想你想得头疼。

哪儿去找忘忧草，能够消除掉记忆的痛苦，它就种在树荫下。一心想着我的大哥，使我心伤使我痛。

战争残酷，会破坏掉很多东西，伤亡惨重，生民流离，但它首先破坏的就是军人的家庭生活。军人出征，还没有走到战场，他们的妻子就被抛置成为弃妇，处于孤独与恐惧之中。不过，《诗经》中众多的弃妇诗，也只有《卫风·伯兮》中的这句"自伯之东，首如飞蓬"最简练、形象。意思是说，自从丈夫出征了之后，我的头发，就如飞蓬一样乱糟糟，并不是我没有物品没有时间去打理，而是我懒得去收拾，即使我打理得漂漂亮亮的，又给谁看呢？一语道破"女为悦己者容"的意念。你不在身边，谁适为容！

《战国策·赵策一》中有"士为知己者死，女为悦己者容"的句子，说当时侠士之风盛行，士可以为欣赏自己的人卖命，而女性因为生活的圈子比较小，也只为喜爱至极的丈夫而修饰自己。如杜甫《新婚别》中，面对即将远征的丈夫，新娘表示"自嗟贫家女，久致罗襦裳。罗襦不复施，对君洗红妆"，我只对你化妆描眉，展现美容。古时候女子对男子的依赖、依恋过重，造成了这种现象。《诗经》中《郑风·狡童》也说明这个问题。

> 彼狡童兮，不与我言兮。维子之故，使我不能餐兮。
> 彼狡童兮，不与我食兮。维子之故，使我不能息兮。

女孩邂逅了小伙之后就容易得相思病，就有了《狡童》这个故事。你怎么不愿和我再说话啊，因为你的缘故，我吃不下饭！你怎么不愿与我同吃饭啊，因为你的缘故，我睡不着觉！热恋中的人儿，特别是古代，男子一不跟女子说话，她马上就吃不下饭，只不过没有跟她一起吃饭，她马上睡不着觉，真正是寝食不安。如此一来，恋爱中的女人永远没有精神的安宁，男子一个异常的表情，会激起她心中的波澜，而他的离开，更让她寝食难安，还谈什么梳妆打扮！

自古以来女人爱美，先前都是打扮来打扮去，而《伯兮》中这名女子如今却懒得梳妆，蓬头垢脸坐着等待，等待她心目中那个威武健壮的为王前驱的夫君归来。然而思念的日子实在不好过，想他想得头也痛心也病，真想得到一棵忘忧草把他忘却。但是尽管痛苦难忍，还是有点想念的好，想着他，也许生活还有些盼头与希望，心甘情愿地想着，承受着煎熬，"愿言思伯，甘心首疾"，必要的时候甚至连性命都可以交付。

也许他们是新婚夫妇，上战场前他还执画笔为她描眉，然后在云鬓旁别上几朵小花，娇羞脸庞，顿时生辉。这是她所盼望的现世安稳。哪知道，残酷的战事就把他拉到生死未卜的战场。战场上，短兵相接，朝不保夕，自己在日日夜夜不安之中，肝肠寸断。天下女子所希望的也就是那现世安稳与岁月静好，有爱人，还可以被爱，长相厮守，到生命的尽头，这就是人生的完满。但是，往往天意弄人，连这仅有的一点美好都不能成全，道不尽的离合，唱不完的悲欢。

"黯然销魂者，唯别而已矣。"确实，离别有时候就如一把钩，那一瞬间，整个人的心好像被钩子钩碎，更痛心的是斯人已去，你就只能抱着那已经随他远去的不再完整的心，默默承受着这种痛。翘首期盼，不知道能否等到那个人回来，怕是要等到飞蓬凋谢、生命尾声了。

说到诗中的植物飞蓬，还有另一层的意味。"其华如柳絮，聚而飞如乱发也。"《集传》中这样说，飞蓬也由此得名。作为乡野间俯首皆是的一种荒草，没有什么特别之处，它们的根甚浅，叶落枝枯后，极易从近根处折断，飘摇不定，遇风则四处飘落，这也是它得名的另一个起因。这样一种微不足道的植物，出现在《伯兮》里，就有别的意味了。"首如飞蓬"，不过是一种表象，弃妇的思念，才真正地如风中飞蓬，早随夫君上前线走天涯。而她夫君，又何尝不是一棵飞蓬，他的生命飘摇在战争这场"大风"中，怎么可能回得来？！如此，她们哪还会有心情打扮自己。

"飞蓬各自远，且尽手中杯！"诗仙李白曾这样对诗圣杜甫说，明知道世事难料，二人都似飞蓬在空中旋转飘落，不知道是否还会相见，且干了这手中之杯吧！尽管《伯兮》中的女子没有诵诗饮酒，但她自此不妆容的行为比起二位大诗人更多了几丝悲伤。

别后无归期

君子于役，不知其期，曷至哉？鸡栖于埘，日之夕矣，羊牛下来。君子于役，如之何勿思？

君子于役，不日不月，曷其有佸？鸡栖于桀，日之夕矣，羊牛下括。君子于役，苟无饥渴！

——《王风·君子于役》

这是一首写战争题材的诗，涉及战争，而不止于战争，女子在家挂念服役的丈夫，深深的忧思在行文中铺展开来。第一章写思念，问那远方的丈夫行至何处。其实，她当然知道这种询问不会有回音。然而，由此引出下文，将自己询问的原因自然交代。

如果你用心体会，就会发现诗人最真切的情感，都埋在了生活里。那对丈夫的思念在睁眼闭眼时想，在喝茶倒水时想，在吃吃涮涮时想，时时不想时时想。"君子于役"就是当时这样的思念，一切都是淡淡的，如最好的茶，总避开了过度的苦涩。

然而，想念归想念，彼时的丈夫不是自己的，而是国家的。万般无奈下又陡然转折，站在丈夫的角度考虑，只要他吃好喝好，自己也就放心了。

没有在乡村生活过是无法体会这种真切的。乡村的日升日落，总有着新奇的味道，一切如雨后，唯独那日子沉淀得特别。

每天，太阳要下山时，要把鸡子赶回圈里，而上山觅草的羊群就会自觉回家。她拿着赶鸡的鞭子，学着鸡叫的声响，往鸡圈里撒着谷穗，图景唯美至极。每一点都做得极其用心，走一步都在计算着丈夫的归期。这时，炊烟四起，一把火，饭就熟了，狠心的他还不如那羊群贴心，羊群自己尚知道回家。

唉，他去服役了，怎么让人不想念呢！在日夕月落时，总不见他的踪影。她自己一人把持着整个家，艰辛劳苦不在话下，只是淡淡期盼能有意外的惊喜。

不知他何时回来，她仍旧在庭院里打扫收拾，又不时想起了丈夫，心里不免念叨着："服役，服役，啥时候是个尽头啊！"幽幽怨怨的，面容依旧冷静，手里的活也不曾停下来。光线渐渐暗了下来，鸡也进圈了，牛羊也归棚了，她的那个他却还在不知多远的远方。这种想见不得见的伤痛，隐隐约约，无休无止，穿过整个岁月。天下太平的时候也许才可指盼。

既然自己的相思苦无以解脱，那就希望他在外面不要忍受饥渴吧。这种最淳朴的想法，不知道服役的他实现了没有，只要他过得好，她就安心了。此诗，不是悲情的哭诉，也不是难挨的百转千回，从头至尾，淡到极致，又让人感觉到了这份感情的厚度。

君子于役，在当时是很普遍的事，很多的家庭都是这样聚少离多。服役的丈夫忙时，或许能转移一下思乡之情，也许会"一夜尽望乡"。但是，家里的妻子，闲暇的时间太多了，并且很多事情都不需要精力高度集中，她们就那样不紧不慢，在举手投足间都想起远方的丈夫。

此诗很会选物取象，所用之时是黄昏，是各种动物归巢的时候，独不见丈夫的脚步；所用之物，是家里的家禽家畜，都是和人类关系紧密的动物，丈夫不在，只有它们朝夕相伴。而农村自然的生存状态，也是人们与万物和谐的表达，如此和美的日子，却又差了丈夫一人。读此诗，不免感慨那时感情离合的悲苦，也会被那种不会被地域和时间淡去的感情所感动。

人类最本真的东西，只要你留心，胜过用科技造就的炫目，真实而舒心。曾经对李商隐的那首《夜雨寄北》念念不忘：

君问归期未有期，巴山夜雨涨秋池。何当共剪西窗烛，却话巴山夜雨时。

今晚雨水涨满秋池，我在雨里想起你，怎堪没分别就问我回家的日子，我也多想与你聚首灯下，共剪烛花彻夜长谈。那时的迷恋伴随着雨水显得很有诗意。一句"君问归期未有期"的歉意就足够让痴情的女子幸福一生了。同样是离别，同样是思念，他思念她或她思念他，不同的是角色的倒置，其他看不出差别。这个世上，无论男人还是女人，都曾遥寄相思。人类的莫大幸运，就是在人群中只看对方一眼，再忘不掉那容颜俊貌。

如今，若人们能放慢脚步，把快餐式的恋情暂时忘却，也能体验一下那傻傻地想，痴痴地盼，该有多好。可是，我们总是，有的人走得快了，有的人走得慢了，永远合不了拍，永远地怨。

太平盛世，给人了太多美好，人们却迷失了自身。那些"不日不月"的思念，着实让人缅怀。

男女间的承诺是场角力

中谷有蓷，暵其干矣。有女仳离，嘅其叹矣。嘅其叹
矣，遇人之艰难矣！

中谷有蓷，暵其脩矣。有女仳离，条其啸矣。条其啸
矣，遇人之不淑矣！

中谷有蓷，暵其湿矣。有女仳离，啜其泣矣。啜其泣
矣，何嗟及矣！

——《王风·中谷有蓷》

这是一首被离弃妇女自哀自悼的怨歌。

古时女子地位卑微，如同男子肩头的衣裳，想穿就穿，想扔就扔，毫无地位可言。这也就更让她们不敢对丈夫有丝毫抱怨，生怕自己的抱怨，会彻底断了与丈夫和好的可能性。

可是，她们却从未想过，在她们低眉顺眼、逆来顺受的过程中，自己却是早已将自尊和爱情一同抛掉了。这个世界上，有着太多见利忘义、忘恩负义的男人了，他们可能会为了一个虚名，为了一份财富，或者什么都不为，就将结发妻子抛弃。

诗经中的怨妇诗是十分多见的，这首《中谷有蓷》以无比悲痛的口吻，将一个女子从恋爱到结婚，以及被离弃的心情诉说了一遍。

《中谷有蓷》是历来争论最少的《诗经》篇章，一首短短的诗歌中，将一个女子悲惨无望的命运表现得真切自然。

有人还为诗中的男子辩解找理由，《毛诗序》以为是"夫妇日以衰薄，凶年饥馑，室家相弃尔"，因为遭逢荒年，生活不济，出于无奈，男子才抛弃了女子，独自讨生活去了。不过从诗中种种迹象来看，似乎都看不到有关荒年之表述。虽然是以益母草干枯来起兴，可也并不能作为荒年的论据。

诗中女子声声哀叹，不断重复自己所嫁非人。当年千挑万选，却没有想到，竟然选择了这样一个忘恩负义、绝情绝义的男子。现在他无情地将自己抛弃了，这日后的生活该怎么过，自己的这满腔委屈又该向谁诉呢？

对于男子为何抛弃女子，以及二人婚姻中的一切，在诗中都没有提及。对于诗中的这位女子来说，自己不过是一个想要幸福生活的平凡女子，她无欲无求只是期望日子安稳淡然。现在，却连这一点小小的愿望都要落空。

是命运太不公平，还是自己真的太不会抓住男人的心了？但凡怨妇，少不了会在一番埋怨之后，对自己有些许的质疑。

怨女的悲伤声幽幽响起，似怨似怜。她们用笨拙却发自真心的话语，竭力去挽回男子那早已抓不住的心。想到自己被辜负，被贻误一生，这些女子们虽痛恨男子绝情，但又为了自己不至于流落在外，有一个栖身之所，只能硬将这伤痛嚼碎咽下。

女子做到如此地步，真是太没有骨气了。就算她能帮男人回忆起再多的往日甜蜜，也掩盖不住今日的失败。

诗歌再是一唱三叠，哀婉动听，男人们也是不会回头的。他狠下心要走，就算你下跪挽留，也是无济于事的。女子心里，应该也明白这个道理。所以，她只是在那里独自悲伤。

　　这么无骨气，真的是让人"哀其不幸，怒其不争"。诗经中一首《氓》，是《诗经》里弃妇诗的翘楚。诗歌的篇幅较长，《氓》诗共六章，每章十句，却并未采用《诗经》其他各篇那样的复沓的形式，而是依照了人物命运的进程，以时间顺序自然生动地加以叙述，抒情为主。但同时，还为读者讲述了一个完整的悲情故事，关于誓言碎裂与丈夫的遗弃。

　　在一番悲伤与离弃已然注定之时，女子在大悲大怒之后，恍然悟到了真谛："信誓旦旦，不思其反。反是不思，亦已焉哉！"既然你对我们爱情的誓言出尔反尔，那我也不在乎，我不再在你身边浪费时光了，我要离开你，去寻找独属于我的幸福。

　　爱情是美好的，但留恋变质的爱情却是饮鸩止渴。在注定无法挽回的时候，哀怨地嗟叹，愤然地离开，都不是聪明的做法。

　　在之后的汉代，同为弃妇，一个女子却用她的聪明和淡然，将本要离她而去的男人，"绑"了回来。

　　"一别之后，二地相思。只说三四月，谁知五六年。七弦琴无心弹，八行书无可传，九连环从中折断，十里长亭望眼欲穿。百思念，千系念，万般无奈把郎怨。万语千言说不完，百无聊赖十依栏。九重九登高看孤雁，八月中秋月圆人不圆。七月半，秉烛烧香问苍天，六月伏天人人摇扇我心寒。五月石榴似火红，偏遇阵阵冷雨浇花瓣。四月枇杷

未黄，我欲对镜心意乱。忽匆

匆，三月桃花随水转，飘零零，二

月风筝线儿断。噫，郎呀郎，巴不得下一世，

你为女来我做男。"

　　这是卓文君，在接到司马相如想要纳妾的暗示后，回给他的一封家书。一个看似将被命运抛弃的女子，在看似漫不经心的婉转题词中，为司马相如描摹出了令他沁入骨髓的疼痛记忆，遥想夫妻当日恩爱之情，再看满纸哀鸣之意，司马相如想不羞愧都难。

　　这个世上最不能考验的就是感情。它总是会被无数的因素所左右，卓文君作为女子，深知自己把握情感的能力十分微弱。

　　在这个纷纷扰扰的尘世中，所有人都要屈从于命运的安排，于是，许多人也就漠然屈服，不再申诉。可是卓文君却在被宣判之前，强行逆转，她让司马相如明白，自己对待他与自己之间的爱情，是如何坦然，让他在自己看似无所谓，却犀利的质问中，羞愧得无法抬头。

　　女子和男子之间，都会有最美的承诺。只是，当美丽褪去，女子应该如何修复，卓文君或许能给女子更多启发。

　　她让人们知道，这场男女承诺所进行的角力，并非是以力气或者声势取胜，有时候，越是放手，反而越能够将男人抓紧。

逃不过此间年少

子之丰兮，俟我乎巷兮，悔予不送兮。

子之昌兮，俟我乎堂兮，悔予不将兮。

衣锦褧衣，裳锦褧裳。叔兮伯兮，驾予与行。

裳锦褧裳，衣锦褧衣。叔兮伯兮，驾予与归。

——《郑风·丰》

在关于爱与不爱的故事里，矢志不渝是最动听的誓言。在等待与错过的无奈中，守候是最悲哀的真相。

因为这份守候守来的除了茫茫无涯的岁月和日渐苍老的容颜之外，别无其他。这种因毫无希望而带来的绝望，是旁人无法体会到的。

千年之前，一位妇人焦急地等待着，当日她容颜灼灼，待字闺中，心仪的男子布置好礼堂，准备好聘礼，满心欢喜地等待她去成为女主人。可是，她却背弃了他们当日的约定，放了男子的鸽子。

而今，时过境迁，在时间的汩汩河水中跋涉，她越来越意识到当日的放手，是多么草率。于是，她鼓起勇气，想在断点之后，再和男子重拾旧好。

可是，她并不了解，一些情感，一旦别过，就此天上人间，永不可愈合。但是她仍然略带兴奋地在内心打鼓，期盼男子驾车而来。

《郑风》里有许多描写女子在情事中或遗憾或悔恨的诗歌。但在《丰》这首诗中，女子虽然对年少时的错过感到惋惜，但更多的情绪还是充满了期待和喜悦的。

是否能够从一开始就与对方认定，已经不再重要。关键是，历经沧海桑田后，当初那段情感不会随着记忆而消失，反而愈发刻骨铭心。闭上眼睛回想起来，清晰的脉络一一可见，仿佛昨日之事一般。

亲爱的人，在我还未老去时，再来与我一起走过这漫长的岁月，让我弥补对你的亏欠吧。女子穿好嫁衣，戴好配饰，她要以最美的姿态，出现在男人面前，与其一起驾车而去，奔赴幸福。

长情，这真是对多情人最重的馈赠，也是最重的惩罚。

谁不曾年少，谁不曾有过岁月倒退弥补憾事的希望。女子不过是想和喜爱的人再在一起，却依然还是阻碍重重。

听听那些古代论者对此诗的解释，《毛诗序》言："刺乱也。昏姻之道缺，阳倡而阴不和，男行而女不随。"

《诗集传》言："妇人所期之男子已俟乎巷，而妇人以有异志不从。既则悔之，而作是诗。"

都是说女子有淫行，对女子指责多过于同情。或许，在这些道学家的心中，女子岂能轻易表露出对男子的喜爱，就算喜爱，也只可等男子通过媒妁之言，拜见家长，下过聘礼，将其娶进家门之后，再表露才可。

烦冗的陋俗令许多女子错失了原本可以属于自己的幸福。诗中的这位女子也是如此，想来年少的她，也是个屈从父母意志的弱女子，当日没有对抗过父母的干涉，而未能与心仪的男子结合。此后，她只好日日抱憾，在内疚的时光里孤独地活着。

现而今，她要做最后的努力，呼唤男子来重申旧盟。她抛下了女子所谓的矜持，表现得有些急不可耐。

男子究竟有没有前来，从诗中已经是不得而知了。有另一种解读提到，这盛装打扮的女子，等待爱人前来驾车相迎的场景，不过是女子在寂寞无奈的岁月中臆想出来，安慰自己的幻想。

不论是臆想还是真实，总之青梅已衰，竹马老去。那段青葱可人的爱情历经时间的洗礼，早已是恢复不到当初的模样了。女子一厢情愿地痴等，到最后，只怕也会是空欢喜一场。

其实，诗中的女子对幸福生活的强烈向往是很值得嘉许的。但她想要搭乘通过激流险滩，通向幸福彼岸的渡船却是错误的。

年少时错过的人，错过的事，虽然在脑海的记忆中还是清晰万分，但在现实的风沙中早已改变了模样。一味地留恋早已过去的人和事，那样不但挽留不住幸福，还会将自己带入更深的痛苦之中。

《大明宫词》中，14岁的太平公主调皮可爱，有一次偷偷跑出宫去参加上元灯会节，偶遇了英俊武士薛绍，她就不可救药地陷入了少女的单恋之中。

武则天为了她心爱的女儿，隐瞒了薛绍已婚的事实，偷偷赐死了薛绍的结发妻子，逼迫薛绍迎娶太平。

一直以为幸福降临的太平，却在婚后越来越发现，一切都无可逆转地朝着绝望的深渊滑落。终于，薛绍怀着对结发妻子的挚爱和对太平日益浓烈的好感，迎向了太平手中的利剑。薛绍含笑而去，他终于解脱了。

抱着血泊中的薛绍，太平泪流成河。她依稀还能看见，14岁那年，灯节中的人海中，她揭开薛绍假面具时的惊艳一瞥。

原来，岁月果真无情又无义，它能够将最初一切原本美好的没有瑕疵的东西，修改得让人再也认不出来。

诗中的女子对男子的爱即便再深沉再持久，那也是过去的情意了。逃不出年少，逃不过此间，自己只能困顿在踟蹰的旋涡中，无法迈开脚步，迈向幸福。

回头再品《丰》，诗中女子酣畅淋漓、直抒胸臆、渴望幸福的呼声再次让人震撼。诗歌里，女子深深的悔意和对幸福的向往，让悲剧味道愈发浓厚。读过之后，心中会涌起无法言说的悲切。为诗中女子，也为这无法追回的青春情事。

那些错过的感情

东门之杨，其叶牂牂。昏以为期，明星煌煌。

东门之杨，其叶肺肺。昏以为期，明星晢晢。

——《陈风·东门之杨》

对那些错过的人和错过的事，我们过后回望，只能深深自责，早知今日，何必当初，世事难料，人生无常，生活中的事情确实超出了人们的掌控。对于错过的，我们也只能深深地遗憾。

我们在古老的诗歌总集《诗经》中也能追寻到这样的事情。

东门之杨，其叶牂牂。昏以为期，明星煌煌。

东门之杨，其叶肺肺。昏以为期，明星晢晢。

这是发生在陈国都城东门外的《陈风·东门之杨》，这里是男女青年的聚会之地，有"丘""池""枌"等，《陈风》中的爱情之歌《东门之池》《宛丘》《月出》《东门之枌》，大都产生在这块爱情的圣地上。

陈国是小国，从它成立之日到被吞并，六百多年间，一直是小国，它的弱小势力使得它也从来没有想去称霸，人民都只是过自己的生活。在那个古风满天的先秦年代，陈国的热恋男女一般都相约在黄昏的杨树林中。

"月上柳梢头，人约黄昏后"，那片杨树林面积比较大，树因为年代久远了枝叶茂盛，是不是也象征着陈国男女的爱情也如树林一样繁茂而生生不息？和那个心爱的人约好了时间，其中一个早早来到，望着树林等待，急切地徘徊，焦急的心情凡曾等过的人相信都会了解与理解。这约会在恋人的心上，无疑既隐秘又新奇，其间涌动着的，当然还有几分羞涩、几分兴奋。等待者站在高大的杨树下，抬头看见了天上闪亮的星星，似乎在向自己眨着眼睛，心情也就略微好了起来，有星星相陪，想着念着，静静地等待着爱人的到来，也是一种幸福吧。

《东门之杨》中可以看出些爱情的美妙，这就是等待带来的美感，有一种珍惜在里边，不过，这种感觉是暂时的，要是被等的人一直不出现，会是什么样子？世事也往往弄人，等待的这位从黄昏一直等到夜深人静，从夜深人静又等到斗转星移的凌晨，另一方还是没有来，无尽的等待就转变成了难挨，也就成了一段错过的感情。

> 东门的大白杨树啊，叶儿正发出低音轻唱。
> 约会定好的时间是黄昏，直等到明星东上。
> 东门的大白杨树啊，叶儿正发出轻声叹息。
> 约会定好的时间是黄昏，直等到明星灿烂。

同出于《陈风》的《东门之池》感觉就不一样了，同样的爱情，却充满着欢声笑语。

> 东门之池，可以沤麻。彼美淑姬，可以晤歌。
> 东门之池，可以沤纻。彼美淑姬，可以晤语。
> 东门之池，可以沤菅。彼美淑姬，可以晤言。

可以想象，一群青年男女，在护城河里浸麻、洗麻。大家在一起劳动，一起说说笑笑，甚至高兴起来就唱起歌来，小伙子们豪兴大发，对着爱恋的姑娘就唱出了《东门之池》，以表达爱情。而《东门之杨》到最后只能唱出悲伤。

一直以来，很多人都坚信诗中杨树下徘徊等待的应该是个女孩子，正如张爱玲所说的如果男女的知识程度一样高，女人在男人面前还是会有谦虚，因为那是女人的本质，因为女人要崇拜才快乐，男人要被崇拜才快乐。所以女人在男人面前总是谦卑的，只要有一点爱在，想那女子一定是早早吃了饭，喜滋滋到城门外等着，可是到最后只能落得个失落情怀。《东门之杨》成为痴男怨女心中错过的代表，同样在《生查子·元夕》中也流露出同样的情感来。

> 去年元夜时，花市灯如昼。月上柳梢头，人约黄昏后。
> 今年元夜时，月与灯依旧。不见去年人，泪湿春衫袖。

女子效仿千百年前的那对男女，在花灯之夜与心爱的人相约。只是换了一下植物，杨树换成了柳树。千年之后，爱情同样是猜中了过程，却猜不着结局，让人感伤。不是说好一直牵手到白头么？结果是"不见去年人"，他已经消失在了茫茫人海里，有些人，一旦错过就不再。

人生的路上，我们总是错过些什么。错过一趟公共汽车，错过一场雨，错过一个开始，错过一次机遇，还有错过一些人、一段感情。人生若只如初见，那只是文人构建出来的理想状态，要是可以追回错过的人与时光，那当下拥有的情感怎么办？回去了这些也不是要错过么？所以，如果可以，就不要错过机会与幸福，即使错过了，就把错过的美好珍藏好，成就《后来》里的那一段唱词，问候一声："这些年来，有没有人能让你不寂寞？"

站在天涯，守望海角

　　有杕之杜，有睆其实。王事靡盬，继嗣我日。日月阳
止，女心伤止，征夫遑止。

　　有杕之杜，其叶萋萋。王事靡盬，我心伤悲。卉木萋
止，女心悲止，征夫归止！

　　陟彼北山，言采其杞。王事靡盬，忧我父母。檀车幝
幝，四牡痯痯，征夫不远！

　　匪载匪来，忧心孔疚。期逝不至，而多为恤。卜筮偕
止，会言近止，征夫迩止。

——《小雅·杕杜》

　　亦舒说："在年轻的时候，如果你爱上了一个人，那么就一定要，认真温柔地对待他。不管相爱的时间长或是短暂，如果两个人之间，始终能够温柔的相处，虔诚的对待彼此，那么，所有的时刻，都将化为一种璀璨的美丽，在你的生命中闪耀。"

　　女子真的是后悔，在当初二人厮守之时，自己没能珍惜那段时光。现而今，爱人远征他方，生死杳无音讯，此时，自己就算再怎么想珍惜，所面对的也只能是凭空回忆。

　　这是一首妻子思念长年在外服役的丈夫的诗歌，自《毛诗序》以来，这一点便毫无异议。

　　整首诗分四章，每章七句，句句递进，写出了妻子孤独不甘的心境。她日日埋怨自己，当初的美好时光未能竭力珍惜，而今天各一方，这被距离撕裂得生疼的爱情，还能维系到何日？会不会有朝一日忽然碎裂，再也无从收拾？

　　妻子的思念伴随着担忧，这是可以理解的。丈夫是天，天若塌了，自己还能活吗？

　　"有杕之杜，有睆其实。"路旁赤棠孤零零，树叶倒是密密生。这孤零零的赤棠就

象征了夫妻的两地相隔。可就算孤
单的赤棠也有繁茂的树叶，而分
离的夫妻却一无所有。

感情萌生之处，那携手的心动，
犹如桃花开出的妖娆；而后，婚姻
中的沉淀，让这份情意变得陈旧，但
依然流动。而今，牵扯这份情的另一端
去了另一个地域，遥远得仿佛是另一个空间，
这情就随时都有凋零的可能了。

天下的征战到底什么时候才能休止？当权者的欲望能
够随着战争膨胀或者收缩，他们的一个想法，或者一个指令，天下苍生便要伸着脖子，
拼了命地去完成。可他们何曾想过，这些苍生身后，还有多少像诗中女子这样孤苦伶仃
的怨妇。

"王事靡盬，继嗣我日。日月阳止，女心伤止，征夫遑止。"一日一日，一月一月，
眨眼间，惶惶不安中一年竟然将要过去，可是丈夫依然还是不能回家，战事还在延续，
等待也要继续被拉长。

妻子的孤独还是无法终结，这第一章的四句诗歌直叙心意，后一句则用一曲折，想
着丈夫或许会有空闲，能够腾出时间回家来看看。当然，这个想法十之八九是会落空的，
妻子还将在寂寞的土地上坚守，矢志不渝地等待，盼望有朝一日的重逢。

思念让人沉没，让人窒息在缺氧的绝望中。这样的等待很容易夭折，因为人最怕的
就是绝望，绝望过后便是放弃。可有些人，却能够在痴等中看透天涯，越过海角，望到
花开。

唐朝宰相王允的三女儿王宝钏，天生丽质、聪慧贤淑。这样的女子，应当是锦衣玉
食的，可她偏偏瞧不上那些王公贵族的习气，而专情于家里做粗活的薛平贵。经过彩楼
抛绣球，她选中了薛平贵。虽然王宝钗的父亲坚决反对，但她还是为了爱情，选择了与
父亲断绝父女关系。她搬出王府，住进了寒窑，从此过着与原来截然不同的贫苦生活。
但幸福并未因为她的坚持而降临。不久之后，薛平贵就从军征战，远赴西凉。

这一走就是 18 年。

期间，王宝钏贫困交加，生活到了几乎无法继续的地步。只要她回去跪求老父，父

亲一定会接纳她。但她知道，一旦回去，必将斩断与薛平贵的一切。于是，她坚守在寒窑，坚守着当初的爱情宣誓，既然决定和薛平贵走完人生的道路，就要始终毫无怨言。

最后，薛平贵娶了西凉国公主玳瓒，当上了西凉国的国主。他将王宝钏接去西凉，封其为正宫皇后，结局圆满。

有时就是这样，看着毫无生机的明日，却会突然在有朝一日被注入清泉，从而变得生机勃勃。当生命的代谢把华丽逼入墙角，千万不要放弃，因为短暂的叹息过后，再抬头，便能看到隐秘的繁华在眼前若隐若现了。

只要爱悠长不断，情延绵不绝，看似枯死的枝丫，也终有春满枝头的那一刻。

这诗中的女子，眼看着自己的青春虚掷，十分悲伤。她日日盼望丈夫能够归来，日日向上天发出哀求，她希望上天能够听到她的请求，让她的丈夫早日归来。

这思念让她焦灼不安，她顽固的意识时刻告诫她，只有虔诚地祈祷，远在天涯的丈夫才能归来。这个时候，女子的等待已经成为生活的习惯了，无法更改。

要说这世间什么最苦，只怕就是这天涯海角的距离了。但这也是最没办法的事情，当你选择了去爱一个人，除了要享受他带给你的幸福之外，因他而带来的煎熬也需要接纳。等待也是一种爱的付出。

爱情，或许已经熄灭

我行其野，蔽芾其樗。昏姻之故，言就尔居。尔不我
畜，复我邦家。

我行其野，言采其蓫。昏姻之故，言就尔宿。尔不我
畜，言归斯复。

我行其野，言采其葍。不思旧姻，求尔新特。成不以
富，亦祗以异。

——《小雅·我行其野》

看到《我行其野》，首先想起的是"看花满眼泪，不共楚王言"，这是女子的忠贞。在命运不由自己时，选择了另一种方式将爱深埋。而这里，展现的是女子面对背叛时的决绝，"我本将心向明月，奈何明月照沟渠？"与其纠缠抱怨，不如自尊地离开。

可是，在离去时，又怎能没有半点离殇。行在荒郊野外，叶子细密的臭椿树，各种味甘带苦的草药障眼蔽目，犹如这些天来的与你相对。明明不相干的平行线，你却许我天长地久，骗我嫁到这穷厄之地。

往事一幕幕，五味杂陈，唯缺甜蜜。"因为你，我来到这里。"咀嚼着这句话，我不知该怨你，还是怨自己轻信。我在最美的年龄遇见你，你将我透亮温润的年华占据，而后又抛弃。斗转星移，丢弃的不只是岁月，连同我对你的爱恋和信任。

外面的世界总是过于精彩。在冬天，你忘记给我取暖；夏日里，你又是燥热难耐，

不让我呼吸一点清凉。你可知道，对于一个痴心女子，她不盼荣华富贵，不盼阿谀献媚，她要的不过是你温柔的停留。

而你，贪欲过多，揉碎我的青春，却无心回报。

初读《我行其野》时，也曾摩拳擦掌为主人公抱不平，觉得她凄凄楚楚，可怜至极。

直至读到李季兰的《八至》，才恍惚明白，所谓夫妻不过如此："至近至远东西，至深至浅清溪。至高至明日月，至亲至疏夫妻。"

这首语淡意深的小诗，给了痴男怨女们一个极大的嘲讽，也难怪会有人把婚姻比成爱情的坟墓。走过岁月，历经沧桑，不再对情事抱纯真的幻想，便总结出了这句满心苍凉的话来。当这句真理推显出来时，她一样能面对自己的"人道海水深，不抵相思半，海水尚有涯，相思渺无畔"。出自同一个人，对人间情爱的感悟却如此悬殊，我们不必是此否比，无论怎样的心情，都是一个人曾经沧海的收获。

此诗里，女子指责负心郎也好，决意另寻新欢图舒心也好，都不过是人性中快乐原则在作怪。每个人，都是这美丽世界里的孤儿，对于生而孤独，我们逃避不了，也无须逃避。

诗，本是写出来供人猜的，谁能确切地明白彼时彼人是一个什么样的心境，有时糊涂要比清醒来得舒服，较真于事也是无意的。倒不如，放爱一条生路，各自寻找自己的拼图，从此两不相干。

而世间的痴男怨女往往不能解读李季兰的良苦用心，等到失去时非要讨一个公道来。听说一个女孩失恋了，跑到男孩子家门口哭，非要让男孩给个理由。不说这种做法的意义如何，但就这一点，她已经将自己屈从。爱或不爱，本是两个人的事。离开或不离开，就是一个人的事了。

人性里总会有恶的念头攒动。有时候，你越弯下腰身去爱，你就越抬不起头来。爱到卑微，对方却毫不领情。这也怪不得别人，有时候也许，不是他给或不给的问题，只是，给不了也无心给。

女性主义者，往往会先去要尊严再去爱。也许，只有自爱者，才能赢得他人的爱。爱，不是求来的，不是哭哭啼啼换来的。他若决定走了，你用十匹马都拉不回来的。反而，你优雅地放手，倒可能会让他在离开后时时念起你。再说了，对于一个心在别处的男子，你留下他的人，又有何用？

你可以"不思旧姻，求尔新特"，将自己最初的选择否定，找一个心心相印的人开始新的生活。但是，你别忘了旧姻里的他也曾是你非嫁不可的选择，谁敢保证，下一个他会至死不贰其心？

这首诗里，一个远嫁他乡的女子诉说她被丈夫遗弃之后的悲愤和痛伤，一个人在点缀着几棵檞树的原野上独行的情景，在读者眼前，栩栩如生。

对于爱情，人们总是希望能够从一而终，最初的认定就是最终的归宿。痴情是好，但也造就了无数的痴男怨女，沉浮在情海中无法超脱。

普希金就曾为这种执着而又无奈的情感写过一首诗歌：

> 我爱过你；爱情，或许还没有
> 在我的心底完全熄灭。
> 但我已不愿再让它打扰你，
> 不愿再引起你丝毫悲切。
> 我曾默默地、无望地爱过你，
> 折磨我的，时而是嫉妒，时而是羞怯。
> 我是那么真诚那么温柔地爱过你，
> 愿上帝赐你别的人也似我这般坚贞似铁。

聪明的女人，不会反复地更换求欢的对象，与其不停地否定自己的选择，倒不如一锤子敲定一生，用心经营一份爱。不用改变自己去适应对方，也不必把自己的喜好灌输给他，就这样，两人同行，至近至远，又离不开。

多情女子空余恨

往事如烟，将前生的记忆纷纷飘落，散落一地的忧伤，如同翩跹的蝴蝶一样掠过满心的惆怅，谁是谁的过客，如果爱情是一场旷日持久的烟花盛会，那么为何在尘世中翻滚了多时，最后受伤的总是女子？这些男人的记忆在被时间的潮水洗刷之后，他们已经忘记，曾经陪伴左右的那个韶华女子。

当爱远去，重拾自己

日居月诸，照临下土。乃如之人兮，逝不古处。胡能有定，宁不我顾。

日居月诸，下土是冒。乃如之人兮，逝不相好。胡能有定，宁不我报。

日居月诸，出自东方。乃如之人兮，德音无良。胡能有定，俾也可忘。

日居月诸，东方自出。父兮母兮，畜我不卒。胡能有定，报我不述。

——《邶风·日月》

女人的生命中，会出现这样那样的男人，有些来了又去，不做停留；有些蜻蜓点水般地停住，但不久后还是会走。这些男人，不会在女人的生命中掀起多大的波澜，独独是那些将女人生命搅得天翻地覆、不得安宁的男人，让女人们愤懑难休，千言万语却欲说还休。

《日月》就是这样一首弃妇诗。诗中描写被男子抛弃的女子，对自己不幸遭遇的倾诉，渴望结束这种痛苦生活的哀叹。

《毛诗序》曰："《日月》，卫庄姜伤己也。遭州吁之难，伤己不见答于先君，以至穷困之诗也。"或许是因为此诗以女子的口吻来写，而庄姜恰又是当时有名的女诗人。所以，被认为这是庄姜的抱怨之作。

提到这里，就不免要介绍一下庄姜，她在《诗经》中出现过许多次，许多诗歌中都或多或少提到过她。

庄姜是春秋时期齐国的公主，姜是齐国皇族的姓氏，后来因为她嫁给了卫国的国君卫庄公，所以后人称之"庄姜"。

她是《诗经》中的美人，在《硕人》中就对她有所提及："手如柔荑，肤如凝脂，领如蝤蛴，齿如瓠犀，螓首蛾眉，巧笑倩兮，美目盼兮。"

出身高贵，才德兼备，且美丽非凡，这样的女子集万千宠爱为一身。后来，庄姜风光出嫁，一份门当户对的婚约，让她的完美进一步升级了。女人拥有才华和美好，同时还拥有一个令人羡慕的婚姻，这样的女人，真该算是一生圆满了。

但上天似乎真的对庄姜有些嫉妒。不多时，便让她的完美人生出现缺憾的罅隙。嫁去卫国后，因为庄姜婚后无子，人又清高，渐渐遭到冷落，卫庄公逐渐对她没了兴趣。

后宫里从来就是母凭子贵，就算是再得宠，没有后嗣，也无法将尊贵的地位维持下去。后来，卫庄公接连又娶了陈国之女厉妫，再娶了厉妫的妹妹戴妫。此时，左拥右抱的卫庄公，哪还会惦记起当日曾锣鼓喧鸣、风光大娶迎回来的庄姜。更何况，卫庄公的脾气暴戾，为人喜怒无常，庄姜品性端庄，不会讨巧侍奉，更是不得喜爱了。

于是，漫漫长夜，孤灯苦影，庄姜只能独守在凄冷的深宫之中了。

庄姜的故事的确值得同情，朱熹《诗集传》说："庄姜不见答于庄公，故呼日月而诉之。言日月之照临下土久矣，今乃有如是之人，而不以古道相处，是其心志回惑，亦何能有定哉？"

虽然大家都在拼命地为庄姜抱不平，但这首《日月》是否真的为庄姜所做，却不能十分确定。诗中的弃妇申诉愤懑，倾诉满心委屈，埋怨父母，埋怨丈夫，如若庄姜有这番心思，那何必独守冷宫，只消动动心思，便能重得宠爱了。如此想来，庄姜是不会写这样基调的诗来哀叹自身的。

不管怎么说，这是一首弃妇诗便是了。本是想找一位能够终身依靠的丈夫，岂料他却背弃了自己，想要回到父母身边得到安慰，可是父母却又远在他乡，路途漫漫，一时之间无法举步，故而这苦，还只能是自己受着。

故而在诗中每章的开头都直呼日月，似乎是要这日月来为自己做主。在白昼或是深夜，这位妇人总是在她的屋旁边对天申诉：天上的太阳和月亮，你们的光辉照耀着大地，可是你们有没有看到，这人世间竟然还有像我丈夫这样的人。他花言巧语把我哄骗到手之后，便开始不再珍惜我。

他开始嫌弃我，开始出去外面放浪形骸，对我不管不顾，我本还打算和他携手一生的，可是他却在半路上就将我甩掉了。父母啊，这就是你们为我找的好夫婿，看看他是如何对待我的吧。

悲痛欲绝了半天，日和月还是照常升起落下，这位妇人的日子，也并未因为她的诉求，而发生丝毫的变化。

既然知道丈夫已经对自己毫无留恋了，那何必还要对这变心的人抱有期望呢？他的心思，就如同这日升月落一样，早已变化去他处了。

妇人嘴里口口声声地说这个男人是如何卑鄙低级，但她就是舍不得彻底与男子断绝来往。她还心心念念想着她和男子在最初时立下的誓言。可是，她却未曾想过，男子早就在转头去爱别人之时，将和她有关的一切抛之脑后了。

女人们总是在爱情离去之后，哭问男子："难道不记得了……"

是的，他们不记得了昔日种种。即便记得，而今爱已走远，花已开败，一切都失去了最初的意义。所以，女人不要总是去要求别人记住自己的梦想和愿望。不要去像《日月》里的这位悲悲戚戚的妇女一样，明明知道自己不可能再被接纳，却依然要毫无骨气地怨天尤人。

与其抱怨，倒不如重拾自己，坚强站起来。一味将自己困在已经死去的情感里，即便是拥有和庄姜一样倾城倾国的容貌，又能如何呢？

等你至殇

匏有苦叶，济有深涉。深则厉，浅则揭。

有渳济盈，有鹭雉鸣。济盈不濡轨，雉鸣求其牡。

雝雝鸣雁，旭日始旦。士如归妻，迨冰未泮。

招招舟子，人涉卬否。人涉卬否，卬须我友。

——《邶风·匏有苦叶》

等待，大抵可以分为三种：第一种：期盼的，充满喜悦的。第二种：绝望的，毫无希望的。第三种：焦躁的，不知结果的。

期盼的等待是能够预知结果必然是喜悦的，这种等待的过程，始终是享受其中的。而绝望的等待，明知等下去也是无济于事，却依然执着地让自己化身为望夫石上的一尊塑像，生生把日月盼老。

最为恼人心绪的，当属第三种，既饱含热情，又担心等来的是一无所获的结果，这样的等待简直愁煞人。

就像这首诗所歌咏的女子一般，在河边苦苦地踱步，等待着爱人前来接她，去完成婚礼，去迎接新的人生。一切都是说好的，但是爱人却始终没有露面，女子不愿相信自己被放了鸽子，她坚持认为，自己是能够等来幸福的。

期盼的爱情充满了喜悦，而爱情的等待却又令人焦躁。这焦躁的等待就发生在济水渡口。诗以"匏有苦叶"起兴，暗示了这番等待与婚嫁有关。

在古代，婚嫁迎娶之中总是要用剖开的匏瓜，做"合卺"喝的酒器，寓意着百年好合、长长久久的美满祝福。

"匏有苦叶，济有深涉。"开篇的第一句，写到了匏瓜的叶儿已枯，则正当秋令嫁娶之时。此时的女子，披上嫁衣，满心期待地在一大清早，天还蒙蒙亮之时，就前来河边等待，等待幸福马车的驾临。

"深则厉，浅则揭。"短短的、平淡无奇的六个字，揭露出女子的急切：水浅则提衣过来，水深就垂衣来会，不必犹豫了。这看似普通的叮咛，一面显露出女子的深情，一面也流露出了女子的焦急。

对于婚事嫁娶，女子表现得总是比男子更为急迫，这是一个很奇怪的规律。在恋爱还未进行时，总是男子急于主动出击，想尽各种办法要去获得女子的芳心，而这时的女子是高高在上，处于主动地位的。可一旦论及婚嫁，男子便与女子换了位置，《诗经》中不少诗歌便是写这番景象的。女子对婚事再三嘱托，希望男子重视，可男子却开始推三推四，三心二意起来。

在天渐渐大亮，旭日高升起来，男子依然未来到的时候，女子听闻"雕雕"那样欢快地鸣叫，心底虽然抑制不住地想要去怀疑男子到底会不会来，可对男子深厚的爱，还是让她继续等了下去。

但她内心对男子的质疑也是更加增添了几分。因为当大雁南飞，群鸟南渡的时候，预示着冬日的降临，而当济水结冰的时候，按古代的规矩便得停办嫁娶之事了。也便是所谓"霜降而妇功成，嫁娶者行焉；冰泮而农桑起，婚礼而杀于此"（《孔子家语》），这是古时的习俗。

"你是否想拖延时间，好名正言顺地不来娶我，让我的希望落空？"女子委屈地想，却依然不放弃等待的决心。诗歌最后一章，峰回路转，远处驶来了渡船，就在女子以为自己的诚意感动了上天时，那远处的渡船渐渐靠近，却是一艘客船。

船头的艄公还热情地招呼女子上船，他认为女子是一个焦急的乘客。"招招舟子，人涉卬否。人涉卬否，卬须我友。"女子对好客的艄公羞涩地解释，自己所要等待的并非一艘普通无奇的客船，而是一艘可以接自己前往婚姻彼岸的人生帆船。

然而，男子到底还是爽约了。

到底男子最后迎娶的会不会还是这位执着等待在岸边的女子，其实已经不重要了。多少时候，我们也曾以为眼前的这个人是自己非他不嫁的人，可是到最后，嫁的却并非此人。

天长地久的誓言让我们都在爱情中昏了头，以为注定了就是长长久久走下去的那一对，但最后执手白头的，却总是别人。看过太多的风景后才知道，自己未必是对方生命里的主角，有时不过是命中的匆匆一笔罢了。

痴心的等待，想要收获最初的爱情，然后至死不渝。但往往，最后等来的却是一身伤痕。当爱情早已注定无法走入天长地久的誓言中时，最好还是各奔前程，两两相忘。

往事如烟，将前生的记忆纷纷飘落，散落一地的忧伤，如同翩跹的蝴蝶一样掠过满心的惆怅。

上对花轿嫁错郎

新台有泚，河水沵沵。燕婉之求，籧篨不鲜。

新台有洒，河水浼浼。燕婉之求，籧篨不殄。

鱼网之设，鸿则离之。燕婉之求，得此戚施。

——《邶风·新台》

宣姜的传奇故事，开始于卫宣公的荒唐之举。这个男人，身为一国之君，却不做国君之事，反而是竭尽荒淫之事，误国误民，更是误了宣姜一生。

在卫宣公姬晋还是太子的时候，他就十分好色，但凡貌美的女子，他都是会想尽办法弄到手。那个时候，他看上了父亲卫庄公的小妾夷姜，在他的甜言蜜语之下，二人私通多年，最后还诞下一名男婴。

因为怕父亲怪罪和怕国人耻笑，卫宣公偷偷地命人将这名男婴放于民间寄养，取名伋子。后来，他登基成为国主，自然没人可以管得了他。当日的私生子，今日也可以名正言顺给一个名分了。于是，伋子因是长子而顺理成章地做了太子。

转眼，伋子长大成人，到了应当婚配的年纪。卫宣公听从了大臣的建议，派人去齐国提亲，想要为儿子娶宣姜。

一来宣姜貌美，国人皆知，卫国如能娶到如此的儿媳妇，也算是为国挣得了脸面。二来，出于卫齐两国政治联姻对彼此都有好处的目的，卫宣公觉得这是一桩利人利己的好婚事，而齐僖公也是觉得这桩婚事对齐国有利，便定下了婚期。

此时的宣姜，还是一个快乐无忧、懵懵懂懂的女孩子，她只知道自己马上就要嫁给卫国的太子，会成为下一任的国君夫人。地位的荣耀并不是她真正关心的，她是听人说，太子容貌英俊，为人厚道，这样的男子，会是一个合格的丈夫吧。

怀着对未来婚姻的向往，宣姜披上了美艳的礼服。而卫国这头却在进行着一桩见不得人的勾当。

原来，自从自己儿子与宣姜的婚期定下后，卫宣公每日都听人说宣姜如何貌美，如何似仙人般不可方物，卫宣公便起了歹意。他不再想让儿子娶宣姜了，这样的美人儿做自己的儿媳妇，想想怎么都不甘心。

于是，他打着为儿子修建新婚行宫的名义大兴土木，在淇水河边修建了一所豪华的行宫，命名为"新台"，当作是庆贺太子大婚的礼物。父亲这样为自己考虑，太子自然是感恩戴德。所以，当卫宣公命他前往外地公干之时，他自然义不容辞。

太子如何能够想到，他这一去，便是彻底与宣姜擦肩而过了。

太子走后不久，宣姜就被齐国送来，一路上锣鼓喧天，热闹非凡，人们都非常羡慕地看着她出嫁。宣姜自己也是有些焦急，这位太子爷，究竟是何种人呢，到底有没有外人所夸赞的那样好。

答案在当夜便揭晓开来。当宣姜被喜娘搀扶进"新台"的婚房后，当大红的盖头被掀起后，宣姜这才知道，原来一切的幻想不过是美丽的泡沫。

眼前的这个男子，满面胡茬，年纪大得足以可以做自己的父亲，与之前听闻的太子形象一点也不符合，丝毫看不出像人们说的那样好。这样的德行，哪还是自己所期盼的郎君。一夜过去，卫宣公心满意足，可是宣姜，却是流尽了这一生的眼泪。但是，事情已成定局，她的满腹委屈，该向何人去诉呢？

新台的辉煌豪华，丝毫不能让我欣慰，本想跨过河水，是要嫁给一位如意郎君，可怎么能想到却是嫁给了一个如同蟾蜍般长相的老头。

全诗三章，前两章叠咏。叠咏的两章前二句是兴语，诗歌越是夸赞新台的辉煌，便越是在讽刺卫宣公做的这件丑事有多么不堪。反形修辞的运用，美愈美，则丑愈丑。

诗中"河水弥弥""河水浼浼"暗喻了宣姜日日哭泣、泪流不止的意思。被人用这样卑鄙的行为骗婚，女子是无法忍耐的。可是宣姜却只能默默承受，这本就是一桩政治婚姻，是为了两国交好才定下的。

如若自己大吵大闹地搅翻了卫国的脸面，只怕齐卫两国又要开战，民不聊生的日子便不远了。宣姜应当是抱着牺牲小我、成全大我的念头，在新台勉勉强强伺候着卫宣公。

旧时女子，遇上这档子事，除了任命，也是没有任何的法子了。

后来，伋子归来，卫宣公将其招到新台，恐怕是出于示威的心理，第一件事情就是让儿子向自己的新婚妻子行大礼。本该是自己的妻子，却成了继母，伋子的心里五味杂陈。

但作为有涵养的国君继承人，他规规矩矩地拜见了新母，祝贺了父亲的大婚。卫宣公得意地笑了。可是他却没有注意到，宣姜眼角所泛起的泪花和伋子那飘忽不定的眼神。

　　出于安慰，卫宣公将自己后宫中一个平凡不得宠的女子送给儿子做太子妃。在卫宣公看来，这是一场平等的交换，不过是一个女子罢了，有什么大不了的。

　　此后，卫宣公依然夜夜在新台寻欢，这一场错位的婚姻，逐渐被人们传开，看不过眼的人，便写了这首《新台》，讽刺卫宣公的荒唐行径。只是悲剧已经酿成，荒唐之事已然做下，任凭后人如何讽喻或同情，宣姜的命运，都无法再从泥潭中跳出来了。

　　女子出嫁，都是想嫁得如意，嫁得幸福，但一朝嫁错人，自己的人生，就会彻底发生了逆转。

身不由己的红颜祸水

君子偕老，副笄六珈。委委佗佗，如山如河。象服是宜，子之不淑，云如之何。

玼兮玼兮，其之翟也。鬒发如云，不屑髢也。玉之瑱也，象之揥也，扬且之皙也。胡然而天也，胡然而帝也。

瑳兮瑳兮，其之展也。蒙彼绉绤，是绁袢也。子之清扬，扬且之颜也。展如之人兮，邦之媛也。

——《鄘风·君子偕老》

美人如诗，句句斑斓。美人如酒，口口余香。美人似画，笔笔传神，美人是梦，翩跹云端。

在《鄘风·君子偕老》中，便有这样一位美人，她犹如画中走出，好像云中飘下、落入凡尘的仙女，只是这位女子却并没有偶遇奇缘，反而是一生蹉跎，到头来物是人非，空留余恨。

君子终身相伴者，步摇玉簪多婆娑。举止行动多自得，凝重如山深如河。穿着画袍也适合。可是行为太丑陋，对她又能说什么！

鲜艳礼服画翟雉。乌黑头发如云绮，根本不用假发髻。塞耳美玉垂两耳，象牙簪子插鬓里，一张脸庞白又美。莫非天神和帝子？

艳丽轻薄细纱衣。蒙着细夏布如轻丝。女子面美好眼眉。穿着单衣这女子，能是倾国的美人？

她的举止雍容又华贵，服饰明丽又鲜艳，玉簪首饰插满头，似乎真是仙女到了人间。这首《鄘风·君子偕老》用服饰容貌的盛美却来讽刺一个女子内心的肮脏与行为的污秽。

这个女子就是宣姜。

美丽的宣姜本来是要嫁给卫国太子姬伋，结果却被姬伋的父亲卫宣公看中，便将姬伋支走，在淇水上建立新台迎娶宣姜，做了自己的夫人。对于宣姜的父亲齐僖公来说，这消息当然也让他愤怒了一阵子。不过从政治上来说，他也没有实际的坏处，女儿提前当上了王后，政治局势倾向于对自己更加有利的方向，所以他也就笑纳了这个老女婿。

宣姜本就美似天仙，现在经过如此艳丽的装扮，身着明艳如花的服饰，锦衣上绣有山鸡，还有那一身璀璨的珠宝，令她摄人魂魄，这样的女子自然是任何一个男人都想得到的尤物。

但是，自始至终都没有人问过宣姜的意愿，按照正常心理来分析，她当然是想嫁给与自己相当年龄的太子。中国历代的史官只重写史记事，刻意回避人物心理的分析。尤其是这些历史事件中的女性，她们的心灵空间从未被史官关注过。她们只是历史的附带品，就必然充满着悲剧色彩。不遂心愿，但生活还是要继续，宣姜与卫宣公有了两个儿子。

十五年时光一晃而过，宣姜的两个儿子都长大了。一般来说，同时长大的两兄弟性格差异会很大，宣姜的两个儿子算是印证了这一点。长子寿，是个清秀善良之人，而次子朔与哥哥相反，心胸狭窄，野心很大。

姬朔嫉妒公子寿与太子交好，在父母面前屡进谗言，中伤太子。卫宣公终于起了杀心，假意派姬伋出使他国，暗中埋伏下刺客，准备将其杀掉。公子寿得知阴谋之后，忙向姬伋通风报信，但姬伋却不肯逃离。为了保全姬伋，寿假意为他饯行，将其灌醉，自己扮成姬伋，被埋伏在河岸边的刺客杀死了。姬伋醒来之后，明白了一切，急忙追赶上去。他趴在寿的尸体上大哭，对刺客承认了自己的身份，让刺客把自己杀了，兄弟二人倒在血泊之中。

宣姜没有想到事情会发展到这一步，她根本不愿意看到有谁死去，更不愿意看到姬伋、自己的儿子死去，宣姜痛苦得几乎昏死。在整个杀戮过程中，胜利者姬朔冷眼旁观，对母亲没有丝毫同情，也达到了他最终的目的——父亲死之后登上王位，不过他也没有高兴多久，就被卫国贵族们推翻。

就这样在公元前七世纪的齐鲁大地上，一个女子的婚恋引发历史的变更，理所当然地被视为红颜祸水。作为卫国统治变更始作俑者的"红颜祸水"，死也许是她最好的归宿，此时的宣姜，也只想死了，但却求死不能。此时她的老家齐国的国君是她哥哥齐襄公，为了齐、卫两国的共同利益，"红颜祸水"还得继续苟活下去。

那时的宣姜虽然已经年逾三十，但想来依然风貌不减当年，不然也不会被昭伯青睐，这位当日身着艳丽服装，披着轻纱为外衣的清秀女子，今日再次披上嫁衣，作为政治的牺牲品，嫁给一个她并不爱的人。这位世间难求的女子，竟然就这样在男人们的权利欲望中，辗转漂泊。

宣姜再次下嫁给姬伋的同母弟弟昭伯，以安慰亡灵的名义，巩固两国交好。宣姜自然是不愿意的，卫国人现在对自己已经是咬牙切齿了，再嫁岂不是更"不齿"？不过这不是她能够反对的，史书上记载："不可，强之。"意思是强迫了宣姜与昭伯同房。

女子宣姜，就这样，再嫁了前夫的儿子，尽管她痛苦不堪，内心一次次发出反抗的声音，可儒学经学家们没有一个同情她的，给她冠上"淫妇"的名号。在《诗经》中也有了一系列影射宣姜的诗歌，如《新台》《墙有茨》《鹑之奔奔》等。

　　　　鹑之奔奔，鹊之彊彊。
　　　　人之无良，我以为兄。
　　　　鹊之彊彊，鹑之奔奔。
　　　　人之无良，我以为君。

这首《鄘风·鹑之奔奔》意思是说：鹑鹑家居常匹配，喜鹊双飞紧相随，人君不端无德行，为何要称他为兄台呢？女子不贞无德行，何必还当她是知音呢？讽刺宣姜先嫁卫宣公，后又嫁昭伯。一个女人，遭受这么多风波，不能左右自己的人生，不断成为一个个男人的棋子，落得个淫妇的骂名，名誉低到了极点。但她依旧活了下来，生下五个子女：公子齐子、卫戴公、卫文公、宋桓公夫人、许穆夫人。风光不再，少言寡欲，只有那些过往的事实，让人评论。

宣姜与她女儿许穆夫人不一样，许穆夫人在卫国遭难时奔走呼号，留下了传诵千古的诗作赢得声名，而宣姜从来没有想过要做女英雄，只想做个贤良淑德、相夫教子的平凡女人，以后的岁月中她也一直朝这个方向努力，看她教育出来的孩子，个个贤能：许穆夫人不用说；齐子早死也不说；卫国亡时，卫国遗民拥立卫戴公当了国君，可见贤德；卫文公更使卫国中兴；历史上尽管没有宋桓公夫人的记载，但宋桓公能在卫亡之后第一时间救卫，可想宋桓公夫人的作用。

鲁迅说，封建社会是吃人的社会，的确，封建社会确实不把人当人的，尤其不把女人当人。在封建礼教的枷锁下，备受戕害，人性被扭曲。红颜薄命，被当作玩物一样无奈地卷入祸乱，被男性挣来抢去，失去了自己的人格尊严，更无奈地落下骂名。

同时期的还有褒姒，周亡后都把她当作祸水，而忘记了她只是一个身世坎坷的少女。褒姒原是一名弃婴，被一对做小买卖的夫妻收养，被献给了周幽王。或许是年少多舛的命运所致，忧郁一直在她的眉头，偏偏周幽王喜欢她的笑容，挖空心思想出"烽火戏诸侯"的游戏来逗她一笑，而褒姒只不过笑了一下，便从此被钉在了历史的耻辱柱上。女子，这些美丽的生命，供人欢乐，而死去后，败国淫乱，都是她们的罪！

历史是任人打扮的小姑娘，说也说不清楚。乾隆可以被戏说成风流天子，李白可以被说成浪迹剑客，真相在传诵中丢失。宣姜在诗歌的传诵中成了为人不齿的女子，活着的时候不能平平静静地活着，死了之后依然不得安宁。

王子公主，最后竟然是这样的结局，和童话不一样的残酷令各位历史看官都不禁摇头叹息，其实人生多半也就是如此，纵使你有倾城的容颜，当你错走了第一步的时候，身后早已是无法回头的悬崖峭壁。

倾城才女的悲情故事

　　硕人其颀，衣锦褧衣。齐侯之子，卫侯之妻，东宫之妹，邢侯之姨，谭公维私。

　　手如柔荑，肤如凝脂，领如蝤蛴，齿如瓠犀，螓首蛾眉，巧笑倩兮，美目盼兮。

　　硕人敖敖，说于农郊。四牡有骄，朱帻镳镳，翟茀以朝。大夫夙退，无使君劳。

　　河水洋洋，北流活活，施罛濊濊，鳣鲔发发，葭菼揭揭，庶姜孽孽，庶士有朅。

　　　　　　　　　　　　　　　——《卫风·硕人》

西施浣纱，鱼儿惊其艳丽，跌落池底。

昭君抚琴，飞雁感于曲调幽怨，掉落在地。

貂蝉拜月，顿时明月无光，彩云遮月，仿若不忍露面似的。

玉环赏花，轻抚花瓣，哭诉身世，岂料花朵收敛美艳，枝叶垂下。

后人有言这四人的美貌为"沉鱼落雁，闭月羞花"，但凡论起古代美女，总是要以她们四人马首是瞻。然而在那悠悠的上古和风之中，还有一位女子，风翩跹其裙角，水拂过其脚背，她的美犹如雕琢的玉石，剔透玲珑，记录于文字中。

高个儿美人身材修长，麻纱罩衫披在锦衣上。她是齐侯的女儿，卫侯的娇妻。齐国太子的胞妹，邢侯的小姨，谭国国君是她的姐夫。

手指纤纤如嫩荑，皮肤白润如凝脂。脖子雪白柔长如蝤蛴，牙齿洁白整齐有如葫芦子。蟒一样方正的前额还有弯弯蛾眉，一笑酒窝显妩媚，秋水般的眼波顾盼有情。

高个儿美人身材苗条，停下车马歇息在城郊。驾车的四马高大娇健，马嚼子的红绸随风飘飘，乘坐饰满雉羽的华车去上朝。大臣们早早告退，以免国君太辛劳。

河水浩浩荡荡，滔滔奔流向北方。撒下渔网呼呼作响，黄鱼鳟鱼蹦跳乱闯，芦苇荻花细细长长。陪嫁的姑娘颀长美丽，护送的武士威武雄壮。

诗中所赞女子便是庄姜，虽然这首《卫风·硕人》并没有具体描写到庄姜的容貌身段，对她的描述宽泛笼统犹如河面上氤氲升腾而起的雾气，在诗歌的一开始，这位女子便拥有如同女神一般完美修长的身躯，身着锦衣地嫁去了他乡。

庄姜和太子一奶同胞，是邢侯的小姨妹，也是谭公的小姨子，这样尊贵的身份，庄姜自然是养尊处优，所以她双手白嫩、皮肤细滑也是情理之中，少了民家女子的劳作和辛苦，庄姜自然懂得修饰自己，如何保持令男人一见倾心的容颜。

庄姜的出嫁是隆重的，她的马车停在城郊，她的马匹雄壮有力，不但如此，随行人员也是英武高大，所带嫁妆同样华美奢侈，那稠密的芦苇挺拔而坚固，那奔腾的黄河水奔流不息，这等的美人，怎么能让她多等待，君主应当及早下朝，前来迎接。

这些灵气十足的诗句像一朵朵永不凋谢的百合，穿越几千年依然静静绽放，散发着弥人清甜的清香。庄姜的"肤如凝脂，领如蝤蛴，齿如瓠犀。螓首蛾眉，巧笑倩兮，美目盼兮"，还有谁的美能比得上？可以说庄姜确立了千百年来美女的标准，她也配得上这个称号。

"硕人其颀，衣锦褧衣。""硕人"就是美人的意思。它的原意是高大白胖的人，由此可以想见几千年前的春秋时代，人们喜欢一种健康美——高大丰满、皮肤白皙作为评析美人的标准。

这种观念，千百年来一直被我们承认、追求，明末清初著名戏曲家李渔在《闲情偶寄》"声容部"中就说："……妇人本质，惟白最难。多受精血而成胎者，其人生出必白……"李敖在阐述女孩子美的五个字中就有一个"白"字。可见，"白"是中国一贯千年的审美观。作为齐国的公主，《硕人》中说了庄姜美的符合高大丰满、皮肤白皙这些特点，出身贵族、吃喝好，自然发育成长为高大，她不用去室外劳动，从来不经风吹日晒，自然白皙。如此说来，这在当时也是一种贵族的美。

贵族一般喜欢选择门当户对的婚姻，想让自己的女儿将来过得好，过得幸福。中国自古都有这一风俗，至今还被流行着。作为齐国的统治者，庄姜的父亲就给她找了门好亲事，嫁给卫国的卫庄公，依然是荣华富贵的生活。

娇贵的身份决定出嫁的排场，一国之君的爱女出嫁，肯定是一国最高规格的排场，《硕人》中的豪华场景就出现了，四匹雄健的宝马拉着装饰高级的车子驶往朝堂，连马嚼上都系着挂金的红绸，到处喜气洋洋，一路敲锣打鼓，陪同的女侍男傧都是从全国各地挑选出来的帅哥美女，汇聚成一条庞大的送亲长龙……

庄姜不但出身高贵，还很有着惊人的才华，这在先秦时候是难得的，也是少数以诗歌留名的女子之一。《诗经》中的《燕燕》《柏舟》《日月》等，据说都是庄姜所作。美女与才女说起来虽然只有一字之差，但差别却是很远，而她却同时拥有了。

不过自古红颜多薄命，历来有才有貌的女子后半辈子的生活过得都并不好，几分落寞几多忧愁。宋代大词人李清照就是代表，前半生幸福美满，后半生带着夫君赵诚明的记忆与遗物颠沛流离，没有归宿。

有人说上天是公平的，在给一个人幸福的同时也给了不幸福，尤其是对才色双全的女子。庄姜也没有摆脱这个怪圈。嫁到卫国之后就因为不能生孩子被卫庄公冷落，撇下她一个人在冷宫之中不管不问，和当时迎娶时的风光天差地别。当时的豪华阵容只能博得更多人的羡慕，哪会想到这场奢华的婚礼之后就是无比凄凉的命运。

虽依然高贵，但生活并不是高贵的身份就有了一切。似乎上天真是跟她开了一个玩笑，把所拥有的统统收回。

命运的安排如此，当繁华褪尽之时，庄姜坚强地以写诗来慰藉自己，度过以后的许多岁月。不知这时候她有没有后悔生在贵族家，或者如果时间可以倒流，可以让她再做一次选择，她会不会选择远嫁到卫国？但人的命运无法掌控，特别是对古代的女子而言，命运没有选择的余地，时间也不会倒流。她已经走进了历史之中，完成了自己的命运。

如花美眷，敌不过似水流年

氓之蚩蚩，抱布贸丝。匪来贸丝，来即我谋。送子涉淇，至于顿丘。匪我愆期，子无良媒。将子无怒，秋以为期。

乘彼垝垣，以望复关。不见复关，泣涕涟涟。既见复关，载笑载言。尔卜尔筮，体无咎言。以尔车来，以我贿迁。

桑之未落，其叶沃若。于嗟鸠兮，无食桑葚。于嗟女兮，无与士耽。士之耽兮，犹可说也。女之耽兮，不可说也。

桑之落矣，其黄而陨。自我徂尔，三岁食贫。淇水汤汤，渐车帷裳。女也不爽，士贰其行。士也罔极，二三其德。

三岁为妇，靡室劳矣。夙兴夜寐，靡有朝矣。言既遂矣，至于暴矣。兄弟不知，咥其笑矣。静言思之，躬自悼矣。

及尔偕老，老使我怨。淇则有岸，隰则有泮。总角之宴，言笑晏晏，信誓旦旦，不思其反。反是不思，亦已焉哉。

——《卫风·氓》

爱情是中国文学史上一个古老而又绵延的主题，爱情诗作为爱情的艺术结晶，歌颂真挚纯洁、坚贞不渝的爱情主旋律，美化、洁净着人类的情操，只是哪有那么多的完美结局的故事，哪有那么多的"蓦然回首，那人却在，灯火阑珊处"那样恰到好处。更多的是残酷的爱情悲剧。

氓之蚩蚩，抱布贸丝。匪来贸丝，来即我谋。送子涉淇，至于顿丘。匪我愆期，子无良媒。将子无怒，秋以为期。

乘彼垝垣，以望复关。不见复关，泣涕涟涟。既见复关，载笑载言。

尔卜尔筮，体无咎言。以尔车来，以我贿迁。

在故事的开始，似所有爱情故事的开始一样甜美，甚至带着些浪漫的气息，一个卖丝的男孩走向一个女孩了。但这个男孩并不是来卖丝的，而只是以卖丝为借口来靠近她，对她说好听的话，最后表达了自己的意愿：希望和她结为夫妻。之后的交往充满快乐，两个人在一起总觉得时间过得飞快，分开的时候彼此恋恋不舍，约定了秋天便是婚期。

这是《诗经》中最常见的青涩爱恋，男女相悦的初恋情愫在《卫风·氓》中展露无遗，这首诗一共六章，每章十节，叙述了一个古老的，至今还在无数次上演的爱情现实长诗——痴情女子负心汉。一位痴情、勤劳、善良的女子却被背信弃义、自私的男人始乱终弃。长诗之中，似乎依然可以听到这位女子悲怆的呼声。

接下来的故事便出现了逆转，女子在几经等待之后，男子依然不来接她，就在她以为男子变心的时候，爱人如期而至，原来相爱也是要经受种种等待的折磨才能成就好事的，女子怀揣着内心的幸福和忐忑坐上了男子的婚车。

新婚过后，爱情的甜美被繁杂的婚姻琐事取代，当日的青涩少年也不会再守候于城墙下那位姑娘，他们虽然结为夫妻，但却再也没有了当日花前月下的甜蜜，取而代之的是无休无止的操劳。

桑之未落，其叶沃若。于嗟鸠兮，无食桑葚。于嗟女兮，无与士耽。
士之耽兮，犹可说也。女之耽兮，不可说也。

> 桑之落矣，其黄而陨。自我徂尔，三岁食贫。
> 淇水汤汤，渐车帷裳。女也不爽，士贰其行。士也罔
> 极，二三其德。

在这段时间里他们还在自家的庭院桑树下许下永不分离的誓言，同时希望自家枝繁叶茂，多子多孙，幸福美满。女人守着这幸福的盟誓，每天为家庭为孩子辛苦操劳，疲惫之中也会觉得幸福，因为付出是爱情的基础吧。女人可以忍耐承受，只要夫妻和谐，荣辱与共。家庭也由于勤劳而逐渐富裕。

然而，女人没有想到，自己得到的回报是男子的变心！自从女子嫁过来以后，多年来忍受着贫苦的生活。淇水波涛汹涌，打湿了车上的帷幔。女子并没有什么差错，然而男子的感情却一变再变。

静下来，她以一个过来人的身份回忆曾经发生的点滴，她经历过《蒹葭》《静女》《桃夭》中的任何一种感情历程，以前的那些甜言蜜语、男欢女爱、花前月下、海誓山盟……似乎历历在目，而又渐渐远去。

经过了时间的打磨，现在可以说是历经沧桑，她知道，如果自己不走，留在这个是非之地，对自己更加不利，离开这里，也许会有更大的机会与希望。于是发出一声"反是不思，亦已焉哉"的深深感慨——在三千多年前可以把婚姻之事看得如此清晰透彻的女子，怕在整本《诗经》中找不到第二位。

> 三岁为妇，靡室劳矣。夙兴夜寐，靡有朝矣。
> 言既遂矣，至于暴矣。兄弟不知，咥其笑矣。静言思
> 之，躬自悼矣。
> 及尔偕老，老使我怨。淇则有岸，隰则有泮。
> 总角之宴，言笑晏晏。信誓旦旦，不思其反。反是不
> 思，亦已焉哉。

终于结束这无奈的爱情，女子无言离去。这就是人们常说的，

好花不常开，好景不长在，韶华易逝，岁月无情。任何东西都会被时光无情地带走。

在我们看到的所有童话故事的结尾都有过这么一句："从此，王子和公主过上了幸福的生活。"如果这个童话故事继续进行下去会是什么样子？如花美眷，怕也敌不过似水流年。

汉代的司马相如与卓文君在经历了"文君夜奔""当垆卖酒"的浪漫爱情之后幸福地生活在了一起，可随着时间的向前推移，司马相如却想要纳妾。完美的爱情故事就变了味道。而千古佳话梁祝故事本身就是舍身成义，在化蝶的最高潮结束，牺牲了两个人的性命，保全了完整的爱情，所以千年之后，哪怕是万年之后，依然是感人肺腑，令人向往。

不敢想象，要是故事是梁山伯与祝英台冲破重重阻碍，自此，过上了幸福的生活……他们会不会也像司马相如和卓文君一样，似水流年之中，爱情变了味，或者索然无味，感动不了后人。

究其原因，爱情专家称，是男女对待爱情的态度与观念不同。法国女作家斯达尔夫人说过，爱情对于男子只是生活中的一段插曲，而对女人则是生命的全部。男女差别太大，用一个形容就是男人把爱情当作点心，而女人把爱情当作了主食。

有多少爱情故事，就有多少爱情悲剧。男人的浓厚兴趣在于没有得到女人之前，他们会为"自是寻春去较迟，不须惆怅怨芳时"的错过而遗憾相思，而得到之后，也会为"春色满园关不住，一枝红杏出墙来"的诱惑而陶醉。这在很大程度上，决定了女人在爱情和婚姻中扮演着悲剧角色。

随着时间的流逝，欢乐结束，男人觉得爱情的失败是一次情感的经历，是一次打磨，而感情的失败对女人来说则是几乎毁灭了她的世界，残酷的现实打碎女人的梦想与憧憬，换来的只有无穷无尽的痛苦和长叹。

"琴尚在御，而新声代故。"女人面对旧物只能是"物是人非事事休，欲语泪先流"的感觉，她们要的不过是一个男人可以陪自己白首到老。但是，当在时间的洗刷中，容颜衰老，只能剩下"千金纵买相如赋，脉脉此情谁诉"的情怀了。

落花有意，流水无情，婚姻当真是要比恋情多了几分辗转，人和人之间的情感就是这样奇怪，不是当初的一语空言就可以约定终生的。当日你侬我侬，今日也可以淡漠视之，这里完全没有公平可言，谁叫爱情的发生和结束同样仓促呢。

怪只能怪经年之后，华颜不再，谁比谁残酷，谁便是最后从爱情潮水中全身而退的赢家。

所恋非人

载驱薄薄，簟茀朱鞹。鲁道有荡，齐子发夕。

四骊济济，垂辔濔濔。鲁道有荡，齐子岂弟。

汶水汤汤，行人彭彭。鲁道有荡，齐子翱翔。

汶水滔滔，行人儦儦，鲁道有荡，齐子游敖。

——《齐风·载驱》

这是一首描写文姜回齐的诗歌。从诗句中可以看出，文姜回国排场华丽，所到之处引得人们驻足围观。

想要读懂这首诗，就先要了解那段关于文姜的历史。春秋时期，齐国国君齐僖公年过半百得一女，起名文姜。

文姜自幼就生得极美，面如桃花，眼似秋波，《诗经》中一篇《有女同车》便对文姜的美貌进行了刻画。"有女同车，颜如舜华。将翱将翔，佩玉琼琚。彼美孟姜，洵美且都。有女同车，颜如舜华。将翱将翔，佩玉将将。彼美孟姜，德音不忘。"

更难得的是她有着一般女子没有的聪慧才智，时常可以出口成章，齐僖公对她甚是喜爱。在齐僖公的溺爱下，文姜渐渐养成了轻浮放荡、任性而为的性格。

转眼间，文姜出落成亭亭玉立的少女。此时，比她年长两岁，同父异母的哥哥，也便是齐国世子诸儿，贪恋文姜美色，便引诱她做下了乱伦之事。二人整日耳鬓厮磨，真的就如夫妻般谈起了情爱。

可惜，好景不长，及至成年，齐僖公为他二人选择了配偶，文姜被许配给了鲁国的国君鲁桓公，兄妹二人虽依依不舍，不忍离别，可到底也是不敢违抗父命。就这样，文姜与她的胞兄诸儿劳燕分飞。

嫁到鲁国后，鲁桓公对文姜虽然疼爱有加，但文姜偏偏旧情难忘，日思夜想着远在齐国的哥哥。

　　齐僖公死后，世子登基，自己的哥哥也便名正言顺成了齐襄公。齐襄公自觉已是一国之君，无人可以干涉，便派使者到鲁国，迎鲁桓公与文姜来齐国小聚。一向宠溺妻子的鲁桓公欣然陪同前往，可文姜一到齐国，便全然顾不上他了，整日与齐襄公厮混在一起，时常夜夜不归。鲁桓公起了疑心，便派人暗查，发现了妻子的私情。他大为气恼，与文姜争执起来。

　　眼见私情败露，齐襄公和文姜便狠下心来，将鲁桓公灌醉后杀害了。

　　鲁桓公死后，文姜的儿子鲁庄公继任鲁国国君。于是，派人来齐接母亲回鲁。于情于理，文姜都不得不回去。可是，丈夫因自己而死，回去的日子一定难熬。而且她也难舍齐僖公，于是，二人合计，便在齐国与鲁国的交界处住下了。

　　安顿下来的文姜，依旧照常与齐襄公私会。兄妹二人之间的不伦之恋，早已随着鲁桓公的死传遍全国。可是，即便出了这等丑事，二人也是丝毫不避讳，这首《载驱》描写的便是文姜与兄长通奸的丑事败露后，她依然大张旗鼓地驾车回国。

　　　　马车疾驰声隆隆作响，车身十分豪华有竹帘低垂。鲁国的大道又宽又平，文姜赶路夜以继日。

　　　　四匹极品黑马看起来十分雄健，缰绳在它们柔软的鬃毛处上下摆动。鲁国的大道又宽又平，文姜丝毫不觉得赶路劳累。

　　　　汶水哗哗流淌，路上的行人纷纷驻足观望。鲁国的大道又宽又平，文姜这是要赶回齐国去。

　　　　汶水的流水滔滔不绝，路上的行人议论纷纷。鲁国的大道又宽又平，文姜这是要赶回齐国去。

对文姜回国排场的渲染，其实是暗地讥讽她与齐襄公淫乱的事实。方玉润在《诗经原始》中解析得更为细致："此诗以专刺文姜为主，不必牵涉襄公，而襄公之恶自不可掩。夫人之疾驱夕发以如齐者，果谁为乎？为襄公也。夫人为襄公而如齐，则刺夫人即以刺襄公，又何必如旧说'公盛车服与文姜播淫于万民'而后谓之刺乎？"

因为文姜一个人，惹得齐鲁两国不得安生，危机四伏，随时都有打仗的可能。百姓自然是对文姜恼恨不已。早先便有人写下《敝笱》一首讽刺意味极强的诗歌来专讽文姜的祸害，在这一首诗歌中，虽然不见那么辛辣的讽刺意味，但细读之下，也是能感觉到旁敲侧击的讽刺。从文姜回国的张扬与无所顾忌入手写起，将一件本来无耻之事写得那么明丽堂皇，对比手法在诗歌的四章描写下，不断地叠咏和渲染，用相同的句式、相似的文笔，起到了强化的效果。

作为鲁国去世国君的遗孀，文姜本该深居简出才是，可她偏偏频繁地去齐国约会齐襄公。文姜本是尤物，却因放任心性变成了人们口中无法原谅的放荡之妇。与哥哥之间那段不伦之恋，本就该早早终止。

可为何，在文姜嫁与鲁恒公，原本可以终止这个错误继续下去之后，她依然旧事重拾，和齐襄公重修旧好？

作为皇家后人，她自然不会不明白，因为自己的这个举动，会为两个国家带来多大的危机，两国国君一旦交恶，祸事自然是不可避免的。到时候生灵涂炭，民不聊生，可都是因为自己的一己私欲才引起的。

难道在文姜心中，情欲的向往，真的要比天下黎民百姓重要得多？

思来想去，也无法探知文姜那时的心态，也许是后人将文姜架得太高了，脱去华丽的修饰，她不过就是一个需要爱的平凡女人罢了。只是可惜，她爱上的是自己的哥哥，为天下所不容的恋情，让她在辛苦的坚持下，渐渐酿成了大错。

女人不怕爱上别人，怕的只是所恋非人，在周礼森严的那个时代，

　　说不清楚未来在哪里的女子，会在男子不清不楚的"搁置"中日渐老去，同时老去的，还有她原本赋予男子的爱。

　　对于绝大多数女子来说，嫁鸡随鸡，嫁狗随狗，哪里还懂得去争取真正属于自己的爱情呢，但是文姜做到了。她一生都在为爱情做努力。

　　在最好的时光里遇到了心爱的男人，可却没有过上一天心安的日子。一开始，是因为爱的是自己的哥哥，怕事情败露。而如今，好不容易可以在一起，但全天下人用那轻薄的态度，让文姜神伤。

　　文姜是何等女子，她怎能甘心就在那小小的行宫中虚度光阴，傻等着男人回头来找她，要知道，女人是最禁不起等待的，随着日子一天一天地过去，与等待一起发酵变质的，还有他们的爱情。

　　所以，文姜频频回到齐国，她要找的不是虚无的荣华，而是真切的爱情。

幸福的痛点

习习谷风，维风及雨。将恐将惧，维予与女。将安将乐，女转弃予。

习习谷风，维风及颓。将恐将惧，寘予于怀。将安将乐，弃予如遗。

习习谷风，维山崔嵬。无草不死，无木不萎。忘我大德，思我小怨。

——《小雅·谷风》

在《诗经》中也有许多篇章是描述弃妇悲凉的，但《谷风》中的这位弃妇虽同样面临被抛弃的命运，但还是念着昔日的情意，希望丈夫能够回心转意接纳她。而那似痛诉家事的背后实在藏着许多令人难以察觉的隐语。

诗歌以风雨起兴，这手法同《邶风》中的那一篇同名《谷风》如出一辙，而且这两首诗歌的主题也是完全相同，都是弃妇诉苦，说自己遭到丈夫抛弃的。

以风雨起兴，或许是那时的人们认为，风雨交加的时候，更容易引起人们潜藏于内心的悲悯之情。诗中的妇女，面对凄风苦雨，更会增添无穷的伤怀愁绪，发出声声哀叹，让世人为她们流下同情的眼泪。

世间百态，看过了多少痴男怨女的故事里凄凄楚楚地诉说着"可以共患难，却难共享福"的怨怼。难解的是，哭诉的主体往往是用情至深的女子，更让人费解的是，曾经是他许诺非她不娶，海誓山盟慢慢侵占她的心，她才在他一贫如洗寒窗苦读时爱上他。

可是，时光踩着季节的脊背转过青春年少，在他金榜题名日子富足时却宣布了她的命运。面对这样并不新鲜的故事，立场不同的人，会给出不同的解释。人心本是如此，会为自己的选择找到千般理由，也会为自己的放弃找到各种借口。但故事演绎者的命运，没有谁能更改得了。所谓同情，也是无济于事的。

此时，她什么都不需要了。她只是不敢相信在那些风雨满楼的日子，他们曾是那么地心心相印，看着他受苦受累她就心疼得不得了，亲手为他端上自制的美味，他孩子气地看着她傻笑，然后许她荣华富贵。她始终没有把所谓的富贵荣华放在心上，为他有那份心就感动不已，心里暗暗地愿意随他颠沛流离。

那时的他们，确实一贫如洗；那时的他们，却也是幸福满溢。

慢慢地，财富堆积了，但幸福也流失了。风风雨雨都经历了，如今阳光春日般明媚，他却从他乡匆匆赶来，宣布他们的爱已经不在。不想追问，也不愿指责，她用沉默作为抵抗的方式。而这一切来得那么可笑，一切走得那么可悲。爱在时，任你撒娇耍小性子；不爱时，你就要学着知趣地走开。可是，滚滚红尘，到底是谁给谁喝下了爱的蛊，谁又将谁深深辜负？

千辛万苦的操持，为这个家赢得了好日子。我倾其所有待你，付出了一个女人一生中最宝贵的东西。原以为你会念起旧情将我留下，哪怕只是给我一个栖身之所，我也会对你感恩。可是，你依然坚持赶我离去，只为博取你新妇的欢喜。多年的枕边情被遗弃，这就是我的回报吗？

糟糠之妻遭到嫌弃，前夫狠心地不留她一丝容身之地，宁肯让她露宿野外，也不愿再看她一眼。真是句句悲鸣。

　　她实在是想不通，为什么男人的心可以坚硬到如此地步。自己好年华时，他对自己口口声声许下的诺言，难道都是空话？贫贱夫妻尚能携手，为什么富贵之后，却不能共枕？

　　这首诗的主题，旧说大体相同。《毛诗序》说："《谷风》，刺幽王也。天下俗薄，朋友道绝焉。"朱熹《诗集传》也说："此朋友相怨之诗，故言'习习谷风'，则'维风及雨'矣，'将恐将惧'之时，则'维予与女'矣，奈何'将安将乐'而'女转弃予哉'。"女子千辛万苦地帮助丈夫铸造了一个安稳富裕的家，可是到头来，丈夫不但不思感恩，反而不念夫妻情分，将妻子踢出家门。这样的男人，真是天下所有女人所公愤的。
　　诗歌用风雨起兴，语言凄恻而婉转，虽是一首弃妇诗，但并未言辞激烈，大肆抱怨，而是娓娓道来，将整个被遗弃的前因后果讲得十分透彻。

　　关于爱情，世世代代的话题大同小异。都说男人是视觉的动物，任你当初怎样陪他风雨无阻，等他事业有成，而你已半老徐娘时，他总会有离开的理由。最过分的是，他会打着爱的名义离开。新人不一定是貌美如花，也至少要更年轻。
　　世世代代里不同的是，在往昔，一旦男子宣布了爱的结束，就等于宣布了糟糠之妻的死亡。
　　"忘我大德，思我小怨。"当不爱之时，男了就变得铁石心肠，他早已忘记女子与自己多年的情谊，在乎的只剩下女子身上那些微不足道的缺点。男子以此为借口，抛弃女子，可怜女子为了男子倾其所有，付出一切，到头来，却只能落得如此下场。
　　我们要生生世世，生死相依，两不相忘，这是男子对她最初的承诺。她以为，这会是一个长长久久的承诺；岂能想到，男子的承诺，会变化得这样快。《谷风》中的女子无法淡忘昔日男子的好，所以，她更无法接受今日男子的狠。
　　难道，所谓的天荒地老，到头来，真的只是一片荒芜，无法泛青？

　　时光会让草木成灰，如果我们随着时光的魔掌慢慢忘记别人的付出，只记得自己的需求，恨怨欢喜都会化作云烟，那生命的历程也是虚空的集连。这是人类自身不自觉的追求，拼命争取，又拼命将自己否定，生生浪费了几世的修行。

　　且爱，且行，且失去，莫将诺言空轻许。
　　且爱，且惜，且莫悔，勿让他人空白首。

人生是一场悖论

人生好像一场悖论，初次探讨的时候仿佛看见明晰的伦理在眼前展开，泾渭分明，但越过时间，发现所论述的不过是一个人生的怪圈，其中命题难定。人生就是这样不可理喻，世间的一切，不过繁华梦一场，只要懵懂行走其中，便不会自知，这只是一场不明的镜花水月。

人生好像一场悖论，初次探讨的时候仿佛看见明晰的伦理在眼前展开，泾渭分明，但越过时间，发现所论述的不过是一个人生的怪圈，其中命题难定。

转身离开这场意外

式微，式微，胡不归？微君之故，胡为乎中露！

式微，式微，胡不归？微君之躬，胡为乎泥中！

——《邶风·式微》

关于《式微》的主旨，解释有许多，但多和黎国庄公有关。

《毛诗序》说是黎侯为狄所逐，流亡于卫，其臣作此劝他归国。

开篇"式微，式微，胡不归"则是用臣子的口吻，惆怅自叹："君主啊，君主，天马上就要黑了，您怎么还不回来？"

天色即将黯淡下去，表示了国家也正逢黑暗之时，没有明君来指引大家继续前行，人民将处在黑暗之中。

刘向《列女传·贞顺篇》中说是卫侯之女嫁黎国庄公，但却不知何故，始终得不到宠爱，日子过得郁郁不得志。这时，有人就劝她回国，早些脱离这种没有尽头的日子，可是她却回道："终执贞一，不违妇道，以俟君命。"

即便是得不到君王的爱，也绝不离开。既然我已经来到了这里，那这里就是我的家，我会每日等在家中，等我的丈夫，回心转意。

黎庄夫人为了明志，写下了这首《式微》表明态度。所以说，在刘向看来，这是一首被冷落的妇人等候丈夫的爱情诗歌。

诗意究竟何为，无法探究。如果真要论出个一二三来，倒还是愿意将其看作是第二种解释。黎庄夫人的一片痴等，总好过一个国家的倾覆，看得让人不那么心焦。

男女相悦，靠的是彼此的眼法和缘分，黎庄夫人不得宠，可能真的是她和黎庄公之间没有缘分。这位黎庄夫人应该不丑，不然也不会被嫁与国君为妻。没准，她有着极秀美的眉目，极温顺的性子，极聪慧的头脑。

但就算她是人间极品女子，也偏偏得不到丈夫一丝一毫的爱恋，男人有时无情起来，真的是决绝得很。

掩卷细想，在一个偌大的后宫，妃嫔们相互之间为了掠夺君王之爱，成日里只顾争风吃醋。这黎庄夫人，在那锦衣玉食的金銮殿中，除了一副华丽的外壳，恐怕内心，早已是荒草丛生，寂寥得很了。

没有朋友相伴，没有爱侣跟随，女人将自己一生中最好的年华，统统葬送在了这宫殿之中。想想就觉得可怕，既然如此，为何黎庄夫人还不肯离开呢，离开这里，就算迎不来更好的生活，只怕也不会更坏。

可是，女人有时就是这样奇怪，明明是守着一潭死水般，看起来毫无改变的生活，可偏偏就是不放手。从大义上来讲，黎庄夫人是为了两国安稳，她的这次政治联姻，牵扯到百姓的安危，她不能随意，由着自己的性子胡来。

所以，牺牲自己的幸福，在她看来，也是值得的。

往细里想，女子的爱，往往如此，相见不得见时怨由中生，而在下一秒就会发生转变，便开始担心起他来，为他找了很多不能赴约的理由。至此还不够，于是，心神不宁也开始蔓延开去，担心他可否安好，不是被什么事羁绊了也就知足。

黎庄夫人对黎庄公那份既爱既恨的情绪，在诗歌的字里行间，油然而生。在黎庄夫人的记忆里，黎庄公是她这一生第一个，也是唯一一个男人，她为了他，甘愿守住这难耐的寂寞，只等他回过头来，依然能够看到自己如花的笑颜。

后宫女子，哪个会付出真心实意？有朝一日，你如若被无情女子所伤，但凡还能记得起我这里，有一份真情在候着你，那也足够了。

只是，现在，我在寂寞中忍受这最痛之痛。不过，只要，君心似我心，我愿意独自担起这相思的重负，等你在下一秒出现。

爱，本是心甘情愿地沦陷。毫无理由，也毫无分寸。

诗凡二章，都以"式微，式微，胡不归"起调。第二章最后结尾处写道："微君之躬，胡为乎泥中！"如果不是为了君主，我们为何还在这泥浆之中呢？如若按照《毛诗序》中所讲之意，为了君主的事情，百姓们才不得不终年夜以继日地在露水和泥浆之中劳作和奔波，辛苦至极。

可是如果从黎庄夫人这个角度来讲，女人在无法等来爱情的时候，她的心，不也同样是在一片泥泞之中挣扎吗？时时不忘对着铜镜整理妆容，眼睁睁地看着自己如花美眷的年华，在日复一日的等待中流逝。那俏媚的姿态，就好像秋日烟雨一般，细细密密地落入空气中，消失得无声无息。

所以，诗歌的语调里多了些许的哀愁和悲痛，随着诗歌的演绎，逐渐到了无以复加的地步。思念，一向是女人的弱点，她们总是有过多的愁绪，无处寄托。只有放于思绪中，让自己慢慢地消化。

可是，这却又是一个独自苦痛的过程，无人能知晓，只有自己聊以自慰。

黎庄夫人不停地等待，只为能够瞻望到君子归来。但时日一日一日过去，君子似乎毫无来到的迹象。

身边有这样的朋友，可以不求外表的奢华，不求果腹的名贵，只为省下一张电话卡，拨出他的号码，听到他的声音，就欢喜得不得了。而他们没有你侬我侬的缠绵，只是叮嘱一日三餐和宽慰对方生活中遇到的千头百绪。倘若，哪一天，对方有特殊事情，没法打电话，整个人儿就会瞬间困顿下来，丝丝纠结，在细眉名目处堆积成愁。

不幸的婚姻，对于向往婚姻生活的女子来说，都可看作是一场生活的意外。一声叹息之后，离开便可。此时，别人的看法已经不重要了，重要的是，你的幸福，是否还能够由你自己来把握。

只是，谁能够在那时，对着黎庄夫人道出这声玄机，让她也能够真心地，为自己的幸福活一次。

丑闻满天飞

墙有茨，不可埽也。中冓之言，不可道也。所可道
也，言之丑也。

墙有茨，不可襄也。中冓之言，不可详也。所可详
也，言之长也。

墙有茨，不可束也。中冓之言，不可读也。所可读
也，言之辱也。

——《鄘风·墙有茨》

茨，就是我们在路边或者墙头常见的蒺藜，一种果实带刺的植物，它的生命力极强，耐旱，一旦墙上长，就很难清除，谁去除掉它都会被刺伤。《鄘风·墙有茨》这首诗歌中说蒺藜长在墙壁上，很难拔去。高墙大院内室里的话，不能够传扬出来，若是被外人知道了，污秽言语不能入耳。

《墙有茨》是讥讽卫宣王私通母妃，霸占儿媳宣姜、父子兄弟相残，而后宣姜再嫁这些丑事。王室的丑闻，瞎说乱传会招惹是非的。可是大家还都是知道了，甚至于卫国人还编成歌曲来唱着，以表示这事是对整体卫国人的侮辱。

自古高墙大院中多有见不得人的丑事，夺利争权，争风吃醋，纷纷扰扰数千年。卫宣公的那些事可以说是登峰造极了。史书上记载，卫宣公派出的杀手杀掉自己的两个儿子姬伋与寿，然后自己也在不久也死去。他大概不会为杀了自己的两个亲生儿子伤心后悔，乱伦如他，可能都不知道自己几个孩子，还不及一些路人，当时有人作诗一首歌颂兄弟二人争相为死的情深：二子乘舟，泛泛其逝。愿言思子，不瑕有害！意思是说你们俩乘船走了，船影渐远渐没。多么思念你，千万不要遭遇灾祸啊！满是对二子安危的关怀与祝福。

卫宣公杀两个儿子的时候，朔躲在暗处盯着暗喜，在这之后，胜利者朔登上了王位，

就是卫惠公。好景不长，卫国人就发动了政变，贵族们不能忍受一个坏蛋做自己的国王，朔被赶到了母亲宣姜的老家齐国。宣姜没有被赶走，不过她落在了卫国的贵族手里，贵族们也不敢拿她怎么样，她是齐国的公主，此时齐国的国君是宣姜的哥哥。为了不伤两国的和气，商量了一个好办法——让死去的卫太子姬伋的同母弟弟昭伯，迎娶宣姜，两国重修于好。宣姜在这里就是一个政治玩物，被强行举行了婚礼，两个人还有了五个孩子，即公子、齐子、卫戴公、卫文公、宋桓公夫人，以及后来以诗歌闻名后世的许穆夫人。

　　故事到了这里，宣姜一人就有了多重的身份，荒唐的婚恋故事在她身上上演，这种事情不用谁说，当然妇孺皆知。这首《墙有茨》，八卦得可以，一再地说"不可道也""不可详也"，内室里的话儿，不可细讲，要是细讲，说来那话就长了。内室里的话儿，不可说出来，要是说出来，那可真的羞煞人呢！隔着近三千年的时光，我们似乎还能看到当时人们的交头接耳、神神秘秘诉说的情景。

　　《红楼梦》中，曹雪芹借贾元春之口把宫廷说成是"见不得天日"的地方。上层统治者以为自己高大的院墙，能阻挡住了语言的流动，隐瞒事情，殊不知，在民间的民众，他们很有兴趣了解高墙大院之中发生的趣事。

　　还有一点就是，当时还是有一定的舆论新闻自由。政府还设置有采诗官，采集各种事情制作成歌谣传唱，通过民歌的传唱，引发社会舆论，促进统治者某些政策的改变。最初周公制定有制度，要求后代都要遵循，周朝当时礼法观念还是较强的，卫宣公的行为是严重违背礼法，即使他贵为王侯，同样要受到舆论的谴责。《诗经》中，有好几首都与卫宣王的乱伦丑闻有关，他也绝对没有想过自己的丑事会成为《诗经》的素材。

相鼠有皮，何况人乎

相鼠有皮，人而无仪。人而无仪，不死何为？

相鼠有齿，人而无止。人而无止，不死何俟？

相鼠有体，人而无礼。人而无礼，胡不遄死？

——《鄘风·相鼠》

硕鼠硕鼠，无食我黍！三岁贯女，莫我肯顾。逝将去女，适彼乐土。乐土乐土，爰得我所！

硕鼠硕鼠，无食我麦！三岁贯女，莫我肯德。逝将去女，适彼乐国。乐国乐国，爰得我直！

硕鼠硕鼠，无食我苗！三岁贯女，莫我肯劳。逝将去女，适彼乐郊。乐郊乐郊，谁之永号！

《魏风·硕鼠》这首民歌因为选入中学教材而被耳熟能详，《毛诗序》中说："硕鼠，刺重敛也。国人刺其君重敛，蚕食于民。不修其政，贪而畏人，若大鼠也。"它和《伐檀》一样，都是反剥削反压迫的诗篇。

不过，读起来比《伐檀》更有战斗力。《伐檀》中只有直呼其名的愤怒，并没有具体的反抗措施，而《硕鼠》不但有愤怒，还有反抗："硕鼠硕鼠，无食我黍！"贪婪的大老鼠，不要再吃的我粮食了！反映着奴隶们捍卫劳动成果的正义要求，提出了要求，就如后代那么多次农民起义都有自己的革命要求一样，有着深刻的进步意义。

同时也形象地刻画剥削者的丑恶

面目，"三岁贯汝，莫我肯顾"，奴隶们长年的劳动，用自己的血汗养活了奴隶主，而奴隶主却没有丝毫的同情和怜悯，残忍无情，得寸进尺，剥削的程度愈来愈强。"逝将去汝，适彼乐土"到"乐国"，再到"乐郊"，奴隶们似乎已经有了对自由和幸福的向往，幻想着能找到一块理想的国土，自此摆脱严重的剥削，再也不用哀伤叹息地过日子了。这是人间理想在神话中的呈现，有点像东晋大诗人陶渊明的《桃花源记》所设想的乐土。

中学学习，大家记得了对剥削阶级"硕鼠"的痛恨，而《诗经》中，老鼠的面子似乎特别大，作为一种不讨人喜欢的动物，写到"鼠"的诗歌就有五首之多，不过都像《硕鼠》一样，把鼠作为痛斥或驱赶的对象，给后世留下的印象就是"老鼠过街，人人喊打"。其中一首给老鼠的面子最大——老鼠和礼仪沾上了边。这就是《鄘风·相鼠》。

> 大老鼠呀大老鼠，不要吃我的黄黍。多少年辛苦侍奉你，我的生活你不顾。如今我们誓将离开，去寻找那理想的乐土。乐土呀乐土，是我们的安居处！
>
> 大老鼠呀大老鼠，不要吃我的麦子。多少年辛苦侍奉你，你却从不对我施恩惠。如今我们誓将离开，去寻找那理想的乐国。乐国呀乐国，劳动价值归自己！
>
> 大老鼠呀大老鼠，不要吃我的禾苗。多少年辛苦侍奉你，你却从不慰劳我，如今我们誓将离开，去寻找那理想的乐郊。乐郊呀乐郊，谁还会长哭哀号！

作者借着老鼠和人的对比，好生出了一口恶气，他认为老鼠都有张皮，人却不讲礼仪，这样的人还不如死掉算了。老鼠都有牙齿，人却不懂得廉耻，这样的人如何能继续活在世上？老鼠都四体健全，人却不懂得礼数，要是这样，不如现在就死掉算了。

不要看是和礼仪沾上边，其实是骂那些奸佞小人的，看骂得多过瘾。用丑陋、凶狠无度的老鼠与当时卫国的"在位者"作对比，这还不仅仅是痛斥，简直就是诅咒啊，诅咒他们一个个早早死去，以免玷污"人"这个崇高的字眼。至于讽刺的"在位者"是哪一位？讽刺的是哪一件事？历来有多种说法，但是翻开卫国的历史，不难发现当时在位的做的无耻事情太多了，比如卫宣公强娶太子的未婚妻自己享用，卫宣公派杀手杀死自己的两个儿子，昭伯与后母宣姜乱伦，等等，没有一件能说得出口。当时的民歌唱出《相鼠》来讽刺这些人的禽兽不如确实得当。

《相鼠》也可以看到孔子删改《诗》的影子，留下这首《相鼠》明确地提求讲求礼义廉耻的重要性。"相鼠有皮，人而无仪。人而无仪，不死何为？相鼠有齿，人而无止。人而无止，人死何俟？相鼠有体，人而无礼。人而无礼，胡不遄死？"

口气一句比一句重，骂老鼠去死，不死活着还干什么？逐句强调礼仪的重要程度。后世也就都遵循着他删改的史书等学习，注重礼仪，强化入世，给社会带来了井然的秩序和强大的内聚力，使华夏文化历经数千年一脉相承。不过有些儒者却从中悟出了另外的道理，那就是秦国的李斯。

《史记》中这样记载他的悟道经历："年少时，为郡小吏，见吏舍厕中鼠，食不絜，近人犬，数惊恐之。斯入仓，观仓中鼠，食积粟，居大庑之下，不见人犬之忧。于是李斯乃叹曰：'人之贤不肖譬如鼠矣，在所自处耳！'"

李斯起初是做小吏的，有一次去方便，看到厕所里的老鼠都是小个，吃的是人拉出来的便物，还十分怕人，一天之中屡次受到人的惊吓。而他去粮仓中见到的老鼠就不一样了，那里的老鼠吃的是大米，住的当然是大粮仓了，而且还不怕人。于是，李斯对比之下悟出了道理：做人和做老鼠原来是一样啊，有没有出息，就看他活的地方，是生活在厕所还是生活在谷仓啊！李斯顿时醍醐灌顶，从此奋发向上，果然成了大器，帮助秦始皇灭了六国，官至宰相，位列诸侯。

他的言论也就是著名的"老鼠哲学"，都有了哲学意味，老鼠的面子确实够大。中国浩荡的历史大海中还有着几只比较特殊的老鼠：唐代文人曹邺的《官仓鼠》中继承着《硕鼠》的理念继续把鼠比喻成贪官污吏；唐代文人王度的《古镜记》则写了一只成精的老鼠，让老鼠与人结婚，吓着了不少人；到了《西游记》中，就有了无底洞中的老鼠精逼唐僧成亲的故事；而清代传奇故事《十五贯》中的娄阿鼠既是鼠窃狗偷之徒，又是杀人凶手。

其实在那个时代，不论是王族世家还是平头百姓，他们都一样只是为了生存而活着，在那天比人大的世界里，有时候的钻营却也是为了生存而必需的，只不过，鼠有鼠道，人有人格，鼠尚且有皮，何况人乎？

文姜美不美

有女同车，颜如舜华。将翱将翔，佩玉琼琚。彼美孟姜，洵美且都。

有女同行，颜如舜英。将翱将翔，佩玉将将。彼美孟姜，德音不忘。

——《郑风·有女同车》

清朝词人纳兰容若讲究写词要抒写"性灵"，又要有文风贯穿始终，诗经中一首《郑风·有女同车》便是活例，这首诗歌言辞简练，情意缓缓而出，毫不堆砌，语境浅白，完全符合容若性灵之说。而且，这首千年之前的诗歌，更是给人以当空明月、繁星耀眼的轻灵之感。

我与这位女子同车而行，她容颜好似的绽放的木槿。再配上腰间的环佩叮当，仿佛鸟儿要飞翔。美丽而端庄的人儿，你就是孟姜。

我与这位女子同车而行，她容颜好似的绽放的木槿。再配上腰间的环佩叮当，仿佛鸟儿要飞翔。品德高尚的人儿，你就是孟姜。

时值夏秋之交，草儿茂盛，木槿花开，柔和的阳光里到处是花草的淡静世界，一辆宽敞华美的马车行走在大路之上，车上坐着出外游玩的姜家姑娘和她的情郎，男女两人一同出游。诗中洋溢着欢乐去情绪，明快的节奏，令人心旷神怡。

其中对姜家姑娘的美丽多有描写，她旁边俊美的情郎哪有心思去观看欣赏车外的花草阳光，只是一门心思看着身边的姑娘，她的容貌颜如木槿花一样红里透着白，粉粉地透着嫩。而聪明的姜家姑娘一定觉察到了投向自己脸上那炽热的目光，心中暗暗羞赧一下，笑起来。

这一笑，万千情思无处躲藏，躲避的脸胜过最灿烂的那束木槿花。所谓美人，应该就是姜家姑娘这个样子。秀外慧中的女子怎么不令人倾慕？只是同车而行的男子才有此福分，这种缘分让他神魂颠倒，欣赏着姜家姑娘青春美丽。她走起路来步履轻盈，身上的配饰晶莹剔透，叮当作响。举手投足之间，还尽显着德行高尚与幽雅贤淑。

俗话说："情人眼里出西施。"情郎眼里的姜家姑娘是最美的，"颜如舜华""颜如舜英"，尽管对姜家姑娘的美着墨不多，却意蕴无限。"至言则无言"说的就是这个道理。既然如此，言不能尽，不说或少说即为最妙。

说起姜家姑娘，其实就是齐僖公的小女儿文姜。当时主政春秋各国政事的齐国十分强大，国君的两个女儿也成为当时各诸侯国竞争的对象，结成姻亲对自己有很大的好处的。在众多的追求者中，文姜特别看好郑国的太子姬忽，人长得帅又比较健谈。于是，父亲就与郑国缔结了儿女亲事。

郑国人很高兴，所以专门创作了《有女同车》来表达对这位未来的君夫人的期待，传诵大地："有女同车，颜如舜华。将翱将翔，佩玉琼琚。彼美孟姜，洵美且都……"世界著名雕塑家罗丹说过，美到处都有，对于我们的眼睛来说，不是缺少美，而是缺少发现。我们的先人就有这样发现美的眼睛。用尽词汇形容木槿花一样美丽的姑娘，天生丽质，德行又如玉般温润。叫人如何不爱她？

不过郑国人没有好运气，没有盼来这位大美女。因为太子郑忽很快就以"齐大非偶"为由，退掉了这门亲事。每个人都有自己适合的配偶，文姜是大国的公主，不适合做我这个小国之君的配偶吧？其实这是他的一个借口，他退亲的真正原因是他知道文姜在齐国有私情，并且她的情人还是她的胞兄诸儿。

本来是一门好亲事，现在却被一个小国的太子退婚，被退婚在当时是很丢人的事情。这对大国公主大美女文姜来说简直就是晴天霹雳，愤愤不平，然后怏怏成病，再然后就是顾影自怜，在胞兄那里寻求安慰。文姜与胞兄诸儿确实有私情，两人从小一起长大，年长之后依然在一块相处，天长日久，产生感情在所难免，二人私会的事情，不知怎么传到郑国郑忽那儿去了。春秋之时，伦理道德尚未形成，男女关系本来就十分随便，然而血缘直系发生私情，终不能被承认，父亲齐僖公知道后当然大惊失色，定好的亲事被推掉本来就丢了脸，现在家丑要是越传越开，自己脸上更没有面子，只好匆匆为文姜重新择配。

此时邻国鲁桓公新立，想要缔婚大国拉拉关系，就来提亲了，齐僖公当即答应，还定下了良辰吉日成亲。于是选择吉期，齐僖公亲自把文姜送到鲁国成亲。胞兄诸儿自然郁闷，不知道此次一别何日再见，于是在文姜出嫁的前一夜，他于竹简上刻了一首诗辗转递到妹妹那里：桃树有华，灿灿其霞，当户不折，飘而为直，吁嗟复吁嗟！

这是一首情诗，说了文姜美艳似桃花一般，只是要飘落到鲁国去了，然后自己做了一番叹息。谁知道文姜看了之后不是像一般女子样叹息，而是也做了一首情诗，并加重了自己的乱伦程度：桃树有英，烨烨其灵，今兹不折，证无来者？叮咛兮复叮咛！

不过嫁人还是要嫁的，文姜成了鲁桓公的夫人，就是国君夫人了。身在鲁国，自然没有再和胞兄见过，与鲁桓公生下了两个儿子，长子叫姬同，次子叫姬季友。在往后的日子里，灿若桃花或者木槿花的文姜会安心做好自己的国君夫人了吧？鲁桓公这样想，他对自己这位背景雄厚的妻子十分满意。然而文姜真的会如他所愿么？鲁桓公哪里会预料到自己会为这个女人丧命，并引发一系列的政治纷争。早知如此，怕是不会觉得文姜是个美人了。

尽管文姜的行为如此，郑国的臣民也没有对文姜热辣辛讽。郑国在春秋时代是最开化的地方，淫风最炽，在他们看来，文姜的淫荡行径并不可鄙。相反地，他们认为自己的太子郑忽没有把文姜娶到家是很大的失败。《有女同车》的歌儿依然在郑国广为传唱，怀念文姜的美貌，那似木瑾花一样绽放的美丽……

> 有位姑娘和我在一辆车上，
> 脸儿好像木槿花开放。
> 跑啊跑啊似在飞行，
> 身佩着美玉晶莹闪亮。
> 姜家大姐不寻常，
> 真正美丽又漂亮。
>
> 有位姑娘与我一路同行，
> 脸儿像木槿花水灵灵。
> 跑啊跑啊似在飞翔，
> 身上的玉佩叮当响不停。
> 姜家大姐真多情，
> 美好品德我常记心中。

春秋时期的"鸿门宴"

南山崔崔，雄狐绥绥。鲁道有荡，齐子由归。既曰归
止，曷又怀止？

葛屦五两，冠緌双止。鲁道有荡，齐子庸止。既曰庸
止，曷又从止？

艺麻如之何？衡从其亩。取妻如之何？必告父母。既
曰告止，曷又鞠止？

析薪如之何？匪斧不克。取妻如之何？匪媒不得。既
曰得止，曷又极止？

——《齐风·南山》

"有女同车，颜如舜华。将翱将翔，佩玉琼琚。彼美孟姜，洵美且都。有女同行，颜如舜英。将翱将翔，佩玉将将。彼美孟姜，德音不忘。"

歌中女子，便是齐僖公的小女儿文姜。她姿容绝代，艳冠天下，是各国诸侯、世子追慕的对象。而文姜心比天高，被许给郑国的太子，婚期在即，本该是天偶佳成，却没料到成了令当时的齐僖公无法抬头的笑料。

因为文姜的婚姻生活比起姐姐宣姜来，在春秋时候引起的轰动效应不在其下。当时的齐国，是春秋强国之一。这两个貌若天仙的公主，自然是诸国求婚的好对象，宣姜被骗嫁给了卫灵公，而文姜本来要嫁给郑国太子郑忽，结果被人家以"齐大非偶"的流言为由单方面解除了婚约。文姜自小自负美貌，怎么也想不到会被男人抛弃，而且又与胞兄诸儿生出私情。父亲齐僖公为了遮家丑也就匆匆将其嫁给鲁桓公了。

作为父亲，齐僖公对这两个给自己丢脸的女儿又羞又恼。自己堂堂春秋霸主，大女儿被一个老头子骗娶，小女儿又和胞兄搞私情，自己的脸面往哪儿搁。于是拒绝两个女儿的

归省之路。其实也是生怕诸儿、文姜再续前缘，给自己丢人现眼。齐文姜15年不得归国，也只得安心做她的国君夫人。她为鲁桓公生下了两个儿子：姬同与姬季友。鲁桓公十四年，父亲齐僖公归西，胞兄诸儿当上了齐国的国君，就是齐襄公。文姜就想以前往齐国贺喜为借口，取得丈夫鲁桓公同意，来到阔别十八年的故乡，看望胞兄。

一直对文姜念念不忘的齐襄公听说她要回来，大喜过望，亲自到郊野三十里外迎接，此时齐襄公满身成熟气息，而文姜三十来岁的丰腴更如盛开的桃花，吸引得齐襄公心荡神驰。

当晚，两人就迫不及待做他们十八年没有做过的事情。当然，齐襄公找了很多借口，比如说后宫的妃嫔们想与小姑见面等，丢鲁桓公一个人住在驿馆里，冷衾孤枕，而等他再见到妻子文姜时，受不了她的春风满面，醉眼淫荡，怒从心起，狠狠地掴了她一巴掌，又说了几句狠话，大概就是你以为我不知道你们兄妹的奸情么？看我回去怎么收拾你。他吩咐随从即日启程回国，不再做一刻停留。

文姜挨打是轻，但听到回去收拾自己自然大惊，连忙让人给兄长齐襄公说了。齐襄公脑袋一热，顿起杀机，他的借口信手拈来——设宴相送。在别人的地盘上，鲁桓公无奈，只得前来，在这场"鸿门宴"上，鲁桓公被齐国群臣灌得酩酊大醉。自然，宴席一散，齐襄公安排的一个叫彭生的人就对鲁桓公下手了。

一国国君杀死另外一国国君，在当时绝无仅有。齐国对外宣称是鲁桓公饮酒过度暴病。消息传来，鲁国悲痛，明知是被奸夫淫妇所害，但是鲁弱齐强，倘若贸然出兵，犹如以卵击石。万般无奈，只好先行扶立太子姬同继位，即为鲁庄公。然后前往齐国迎回桓公的灵柩，并要求追查国君死亡的原因，要求齐国给一个交代。

追查的结果自然是彭生做了替罪羊。自古就是被利用之人出力不落好，出了什么问题屎盆子都会扣在他头上。彭生悔恨有加，临死关头，当着齐襄公、鲁国使者的面大骂襄公兄妹乱伦，害死鲁桓公，并发誓死后将变成厉鬼，向齐襄公索命。事情很快就传遍了齐都临淄，并继续往外传扬，很快整个天下就知道了。

传扬归传扬，姜氏兄妹好像并不在乎这些，等料理完鲁桓公的丧事之后，文姜仍然住在齐都临淄不回鲁国，而且夫君新丧，也不含泪守丧，依然服饰光鲜，与胞兄齐襄公共享良宵。而且还同车招摇过市，这些都被当时的诗人记录了下来，比如在《齐风·南山》。

诗中说鲁国的道路如此平坦，齐国的文姜就是从这里出嫁的，既然她已经嫁了，你为什么还想要她回来？《齐风》中都是采集于齐地的民间歌谣，都是人民的真实反映，《南山》这歌谣就是讽刺淫侯齐襄公荡妇文姜的大众心声，他们逆天乱伦，自行苟且，实属无耻。

《南山》诗歌似人们茶余饭后的闲谈笑话，带着一点市井民生的野趣味道，多少年来，有关文姜的这一段奇情艳遇，后世文人也是多在辞藻间婉转演绎，只是，都没有这首诗歌天真大方，透露出无惧无畏的清淡气息。

《齐风》还有一首《载驱》也表达着齐国人民对二人的不齿。

> 载驱薄薄，簟茀朱鞹。鲁道有荡，齐子发夕。
> 四骊济济，垂辔沵沵。鲁道有荡，齐子岂弟。
> 汶水汤汤，行人彭彭。鲁道有荡，齐子翱翔。
> 汶水滔滔，行人儦儦。鲁道有荡，齐子游敖。

四匹雄壮的黑骏马拉着轻车，装饰豪华，文姜与兄长襄公在车中欢乐，看不到路上的人，二人以为过路人也看不到他们，只顾在车中寻欢作乐，乘着车四处游玩。殊不知，全天下人都知道他们的行为，对他们的讽刺早已经满天飞了。

文姜能坚持住在齐都淄博，就是对那些讽刺的不在乎，她的婚姻则一波三折，引出谋杀国君的事件，引出那样不齿的乱伦秽行，轰动了全天下。《诗经》上留下了许多关于她的篇章，毁誉参半，她的荒唐事也足令人深思。

齐国有个外甥是庄公

猗嗟昌兮，颀而长兮。抑若扬兮，美目扬兮。巧趋跄
兮，射则臧兮。

猗嗟名兮，美目清兮。仪既成兮，终日射侯。不出正
兮，展我甥兮。

猗嗟娈兮，清扬婉兮。舞则选兮，射则贯兮。四矢反
兮，以御乱兮。

——《齐风·猗嗟》

文姜、诸儿乱伦，被父亲齐僖公嫁到鲁国，成了鲁桓公的夫人，等到诸儿即位为齐襄公时，文姜要求丈夫一起去齐国祝贺，于是兄妹旧情复燃，导致鲁桓公被杀死，造成中国历史上空前绝后的事件。

这还没完，文姜滞留齐国不归。正当文姜、齐襄公兄妹两人在齐都临淄如胶似漆缠绵时，那边鲁庄公吃不消各方非议，派遣使者来接母亲回鲁国去为父亲守寡。于礼法上，文姜新丧夫君，儿子嗣位，理应回国照顾一切，文姜拗不过公理，只得恋恋不舍地登上马车。但是心中实在舍不下胞兄，当辘辘的车轮行驶到齐鲁之间的禚地时，文姜就命令停车不进，对鲁国的大臣说："这个地不属于齐国也不属于鲁国，正是我的家呀。"

鲁庄公只好派人在禚地建造宫殿，让母亲在此居住。身为人子，也只能如此。齐襄公听说文姜滞留禚地，心领神会，也在禚地附近建了一座离宫。两处美轮美奂的宫室遥遥相对，此后，姜诸儿频频"行猎"，目的地当然都是禚地了。史书上记载的次数很多，他们的相会一次比一次光明正大，《左传》在记载这些时候毫不客气地批了句："奸也。"

虽然二人频繁相会，但齐襄公后宫没有正妻，为了中和与妹妹的风流韵事带来的非议问题，他决定向周王室请婚，求娶当时周庄王的妹妹。周王室尽管败萎，但是规则还是有很多要坚持的，礼制上规定，王室的婚嫁要有同姓公侯来主持。四处搜寻，这项

任务就落在了同为姬姓的鲁庄公头上。

鲁庄公会为他主持么？他的身份很是特殊：齐襄公是自己的舅舅，也是母亲的奸夫，同时还是他的杀父仇人，这使得他在婚礼上很是尴尬，别人会怎么看待他？但母亲坚持让他主持，鲁庄公一时成为诸侯之间的笑料。

笑就笑呗！此后不久，鲁庄公得到了好处。就是齐襄公邀请他一起去讨伐卫国，也就出兵了，打赢之后，齐襄公把战利品全部送给了鲁庄公。这是拉拢措施，鲁庄公年少无知，顿时觉得舅舅待自己这么好，就把杀父之仇、母亲通奸给自己带来的困扰全抛到了脑后。

对此，鲁国人还没有说什么，齐国人就对他们的国甥看不过去了，作了这首《齐风·猗嗟》来讽刺鲁庄公。

猗嗟昌兮，颀而长兮。抑若扬兮，美目扬兮。巧趋跄兮，射则臧兮。
猗嗟名兮，美目清兮。仪既成兮，终日射侯。不出正兮，展我甥兮。
猗嗟娈，清扬婉兮。舞则选兮，射则贯兮。四矢反兮，以御乱兮。

初看诗歌，全是对鲁庄公的赞美。他生得多么俊美，眉宇宽又广，身体高又壮，射箭之前的舞也跳得很好，射起箭来的姿势也煞是好看，箭法也是一流，整整射了一天标靶，竟然没有一箭稍稍偏离，如此高超的技艺，一定可以力抗外患吧。好一个艺高貌美的年轻君主，齐人感叹地说："真不愧是我的外甥啊！"

齐国人的称赞颇可以玩味的。几乎全世界都知道鲁庄公母亲与舅舅的那点奸情，父亲在齐国被谋杀。父亲死后，他年少即位，没有报仇，也没有能阻止奸夫淫妇的继续交往。鲁庄公还跑去为奸夫主持婚礼，惹人嘲笑。读读诗中的话就知道是嘲讽，鲁庄公虽然英俊还威仪有加，并且擅长射箭，却不能端正家庭，反而和杀父仇人相善。那里谈得上治国安邦！对于这样一个国君，齐人还要赞美他？难怪《毛诗序》说《猗嗟》是以美为刺了。

《诗经》中还有一首《齐风·敝笱》：

> 敝笱在梁，其鱼鲂鳏。齐子归止，其从如云。
> 敝笱在梁，其鱼鲂鱮。齐子归止，其从如雨。
> 敝笱在梁，其鱼唯唯。齐子归止，其从如水。

这是说鲁庄公母亲文姜回娘家的情景，翻译一下就是，破篓拦在鱼梁上，鳊鱼鲲鱼心不惊。齐国文姜回娘家，随从人员多如云。破篓拦在鱼梁上，鳊鱼鲢鱼心不虚。齐国文姜回娘家，随从人员多如雨。破篓拦在鱼梁上，鱼儿来往不惴惴。齐国文姜回娘家，随从人员多如水。诗中的"如云""如雨""如水"，写她的风光无限，讽刺着儿子鲁庄公的软弱无能。

就这样齐襄公与文姜又乱伦了几年，两人经常四处游玩嬉戏，有时候常年不归，国政自然好不到哪去。而危机就必然在潜伏中激化。大夫鲍叔牙跟随公子姜小白出奔到莒国去了，管仲也跟着公子姜纠跑到鲁国去了。

不久，齐襄公被大夫连称和管父所杀，立公子姜无智为国君。其实两个人杀他也不是因为和他有什么深仇大恨。起因于两人奉命驻守在国土边疆，被派出去时问了下外出戍守多久，齐襄公当时正吃西瓜，随口说了明年瓜熟时候吧。

到了第二年瓜熟时期，齐襄公正与文姜在外游玩没有回来，也根本忘了戍边将士的换防约定。恰好这个时候齐国边境有不少动乱势力。连称与管父两位大夫想着该换防了怎么不换？要是出了问题是自己的还是下一届守将的？为了不担当这个责任，就私自回齐都淄博了。

但是这种军国大事，可不是说撤防就撤防的，要是齐襄公追究下来，肯定是自己的罪过，可是现在已经回来了，齐国大环境也是国君离心离德，索性一不做二不休，把漫游归来身心俱疲的齐襄公干掉。齐襄公整天与文姜玩乐，哪有还手之力，于是被杀死。

齐襄公死后的历史就很明了，鲍叔牙拥戴的公子姜小白与管仲拥戴的公子姜纠，经过一番激烈的斗争，最终小白获胜，他没有记仇，反而任用管仲为相，春秋的第一个霸主齐桓公诞生。

而这时的鲁庄公自然还是鲁庄公，年长了不少，不过政绩上并没有什么建树，值得庆幸的是，母亲文姜在禚地待不下去了，自然回到鲁国，之后也一改往昔，成为儿子鲁庄公的助手，一心一意地帮儿子鲁庄公处理国政，由于她手腕灵活，心思细密，帮助儿子处理了不少国家事务，最值得一说的是还在长勺挫败了齐桓公的进攻！

随着时间的流逝，齐国雄大无比，几乎所有的人都忙着歌颂齐桓公的霸业去了，齐襄公与文姜的那些风流往事、鲁庄公的那些丢人现眼之事，渐渐地被历史遗忘，只是长存在《诗经》中被后人翻过来覆过去地研读。

乱世佳人修炼记

胡为乎株林？从夏南？匪适株林，从夏南！

驾我乘马，说于株野。乘我乘驹，朝食于株。

——《陈风·株林》

历史上，因女人引起的风波及争议，夏姬不比任何美貌女子"逊色"，杜牧在《杜秋娘诗》中说："夏姬灭两国，逃作巫臣姬。"可见一斑。

夏姬不但毁灭了自己的家庭与国家，还使当时的霸主之国楚国陷入不可挽回的衰落之路，并最终也亡掉了。这得从最初说起。

当时陈国有个大夫叫夏御叔，是陈定公的孙子，是个高级官员，在株林地方有块封地，娶了郑穆公的女儿为妻子，他的妻子因为嫁给了自己就按习俗从了丈夫的姓，改名夏姬。

夏姬是一个美艳绝伦的女人，和先秦之时所有的美丽的女人一样，美貌必然有出轨的举动。她未出嫁时，便与自己的庶兄公子蛮私通，等嫁给夏御叔不到九个月，便生下了一个儿子，取名为夏南。虽然夏御叔有些怀疑夏南是否是自己的亲生子，但是看到妻子过于美貌撒娇就没有深究。

十二年后，夏御叔病亡，夏姬也就隐居株林。寡妇门前是非多，而夏姬又是出了名的绝色美人。夏御叔一死，那些平时在暗地里垂涎的男人就冒出来了。没有多久，经常进出株林的夏御叔好友孔宁与仪行父都成了夏姬的入幕之宾。经过两个人介绍，国君陈灵公也加入了他们的行列。夏姬知道漂亮的女人难免被权势男人视为玩物，而夏姬甘心充当这种玩物，并且反过来视权势男人为玩物，表现出了一种迥异的女性价值观。不过可耻的丑闻像是熊熊的山火在陈国肆虐蔓延，讽刺的歌谣在民间遍布流传。

胡为乎株林？从夏南？匪适株林，从夏南！驾我乘马，说于株野。乘我乘驹，朝食于株。

尽管如此，陈灵公和他的大臣们并没有就此收敛住前往株林的脚步。最初时候，陈灵公还不敢声张，总是寻找种种借口偷偷摸摸前来。毕竟，与臣子的寡妻私通对一个国君来说并不是件光彩的事，何况，夏姬的儿子夏南一天天长大。可是，日子一久，他与孔宁、仪行父就肆无忌惮，不再遮掩了。同去株林寻欢作乐，他们君臣三人沉迷酒色的淫行成了陈国公开的秘密。因为陈灵公任命夏南承袭了他父亲生前的官职与爵位，执掌兵权，

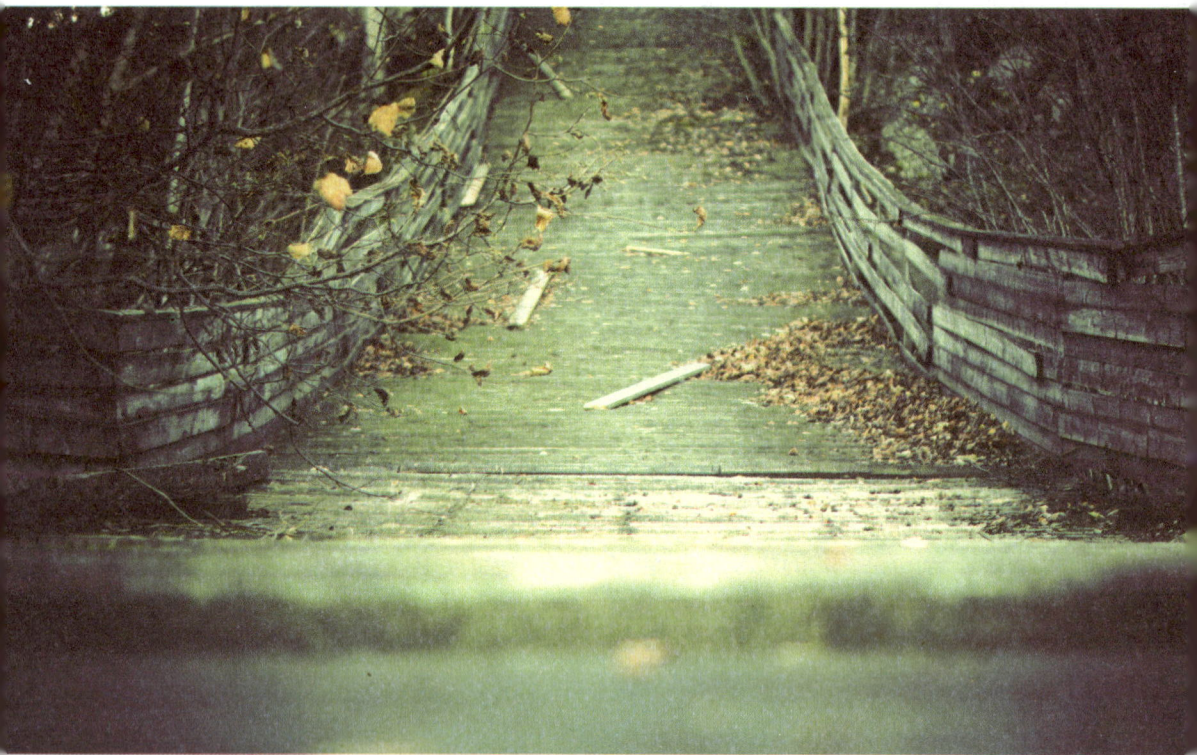

堵住了他的嘴巴和自尊心。面对君臣三人时常在朝堂上拿着夏姬的内衣嬉戏调笑，大臣们敢怒不敢言，选择视而不见。而民间的百姓可就炸开了锅，开始用歌谣嘲讽君主的失威败德，荒废国事。

"他们为什么兴冲冲地赶到株邑城外的郊野？只因为急着去见夏南。他们不是去株邑郊野吗？他们要去找夏南。驾着打车赶起四匹马，停车在株邑的郊外。架起轻车赶着四匹宝马，抵达株邑歇息吃早餐。"百姓们到

处传唱，一个个交头接耳说夏姬的这些风流事。这就刺杀了夏南的心，因而心生厌恶，在陈灵公他们又一次来株林时候退入屏后。谁知道他们这次的话挑起了夏南的火气。灵公嘲弄仪行父说："夏南长得真像你啊！"仪行父也大笑着反唇相讥："夏南长得更像你啊，主公！"说完厅中三人拍掌大笑。

夏南的羞恶之心再也遏制不住，就将夏姬锁于内室，从便门溜出来，

盼咐随行军众，把府第团团围住，口中叫道："快拿淫贼！"接着带领家丁从大门杀进去，一顿砍杀，灵公当场毙命，亏得孔宁和仪行父从狗洞及时爬出去，不敢回家就逃到楚国去了。二人隐匿了淫乱的实情，只说夏南弑君，是人神共愤的事情，请求楚庄王发兵征讨。有志于天下的楚庄王偏听一面之词，决意讨伐夏南。

夏南和大臣们立太子午为新君，就是陈成公。为了抵挡楚国可能的发兵，去求助于晋国，而当楚国军队开到陈国城下时候，晋国军队还没有到来。陈国的大臣们一向害怕楚国，不敢抵抗，就打开城门，把一切罪名全都推在夏南身上，还带领着楚军前往株林杀掉夏南，捉住夏姬，送到楚庄王跟前，请他处置。

楚庄王一见夏姬颜容妍丽，心也就痒痒了，准备收纳为妃妾。但楚王身边的巫臣发话了："不能这样。君王召集诸侯是为了讨伐罪恶，现在收纳夏姬，就表明是贪色而战，打着正义之师的旗号满足自己的淫欲，以后您说的话还有谁听呢？"庄王是一位志欲称霸列国的君主，在巫臣的劝说

下打消了纳妃的想法，便将这个女人赐给了将军连尹襄。可是不久晋国与楚国开战，连尹襄就战死于沙场，艳福没享多久。夏姬假托迎丧之名回到郑国。

关于夏姬的故事还没有结束，到公元前589年的时候，雄才大略的楚庄王已经死去，晋国去攻打齐国，齐国被困而向楚国寻求支援。新登基的楚共王派巫臣到齐国援助。让所有的人都想不到的是，巫臣一去再也没有回来，他撇下大队军马不管，竟然趁出使之际携带全部家产，领着寡妇夏

姬辗转逃奔到晋国去了。对巫臣的反叛，楚共王和公子们根本不关心，大家都想得到的女人被他人拐走却让他们狂怒。没有什么比女人更能令男人发狂。他们遂将巫臣滞留楚国的亲族屠杀干净。

巫臣这个智慧高超的人为了一个女人，明目张胆地欺骗国君和同僚，抛弃了自己在楚国已经获得的地位、名声，不惜亡命天涯，还连累害死了全部族人。但是战争复仇远远没有结束，巫臣向晋王提出了著名的驱虎吞狼式战略计划：扶植楚国东部的吴国，由东面牵制楚国。计划一经提出，立刻"走马上任"。巫臣的儿子巫狐庸率领一队人前往吴国，着手训练军队，推广先进军事科技。不久之后，吴国的伍子胥率领吴国军队攻入楚都，而伍子胥身后强大的军队正是巫狐庸当年一手训练的。

这都是夏姬的美丽惹的祸。围绕着她，亡国、灭族、身死……一系列的事情周而复始地发生，而男人们始终无怨无悔、连绵不断上阵。而夏姬和巫臣，终老在晋国是他们最后的结局。

夏姬，这个郑国的美丽公主，一直是男人垂涎的对象。在群雄争霸的春秋乱世，身处于战争夹缝中的弱小女子，夏姬的一生注定饱经沧桑。也许正是她倾城倾国的美貌，与颠沛流离的命运，谱写了她亦邪亦正的传奇。

生命不长，但愿活得更深

蜉蝣之羽，衣裳楚楚。心之忧矣，於我归处？

蜉蝣之翼，采采衣服。心之忧矣，於我归息？

蜉蝣掘阅，麻衣如雪。心之忧矣，於我归说？

——《曹风·蜉蝣》

中国的哲学思想诞生得很早，孔子老早就站在水边感叹"逝者如斯夫，不舍昼夜"；庄子以"白驹过隙"来比喻人生的短暂，《诗经》中《曹风·蜉蝣》在更早一些就唱出了生命的荒凉：

蜉蝣之羽，衣裳楚楚。心之忧矣，於我归处？

蜉蝣之翼，采采衣服。心之忧矣，於我归息？

蜉蝣掘阅，麻衣如雪。心之忧矣，於我归说？

三千年前，敏感的诗人就借助一只蜉蝣写出了脆弱的生命在死亡前的短暂美丽和对于面临死亡的困惑。蜉蝣是一种生命期很短的昆虫，它从幼虫在水中孵化以后，要在水中待到大概三年才能达到成熟期，然后爬到水面的草枝上，把壳脱掉成为蜉蝣，之后还要经过两次蜕皮才能展翅飞舞，之后的时间它更加忙碌，在几个小时内交配、产卵，不知疲倦，而后就要死去。

《淮南子》中记载说："蚕食而不饮，二十二日而化；蝉饮而不食，三十二日而蜕；蜉蝣不食不饭，三日而死。"

明朝李时珍就在自己的药学巨著《本草纲目》中更是一语抓住蜉蝣的生态特征："蜉，水虫也，……朝生暮死。"

欧洲人也早就发现了蜉蝣的生命短促，他们在给它起的学名"ephemeron"就是短促的意思。

超越一般人的人注定要比常人多几分清醒与痛苦。《蜉蝣》的作者知道蜉蝣不久就会死去，可是他看到的蜉蝣穿着鲜艳好看的衣服，美丽无比，俏丽动人，似乎不知自己就要死去。蜉蝣翅膀完全透明，身姿轻盈，宛如古代的宫妓，尾部的两三根细长的尾丝，也如古代美女长裙下摇曳的飘带。作者不禁发出了长叹：蜉蝣在有限的生命里还是在尽情展现自己，而作为我们人类有着漫长的生命，却不知道要走向何方。

他忧伤地唱着这支寂寞的歌曲，在千年之前，这是一首诉说自己内心迷茫、对生命敬畏并且充满了忧伤的歌曲，作者想要淡然地面对生命这个严肃的话题，却又战战兢兢，无法克制内心对于时光飞逝的惊恐。

> 蜉蝣的羽啊，楚楚如穿着鲜明的衣衫。
>
> 我的心充满了忧伤，不知哪里是我的归处？
>
> 蜉蝣的翼啊，就像穿着华丽的衣衫。
>
> 我的心充满忧伤，不知哪里是我的归息？
>
> 蜉蝣多光彩啊，仿佛穿着如雪的麻衣。
>
> 我的心里充满了忧伤，不知哪里是我的归结？

说起来人生不过百年，事实一般都是几十年。人类在哀怜蜉蝣"朝生暮死"的同时，自己何尝不是造物主的一只"蜉蝣"呢？人作为自觉的动物，在其生存过程中意识到死亡的阴影，于是人生短暂的感觉日渐强烈。在中国的传统神话中，天上一日，人间一年，人生的百年时间，也不过天上的百日那么短。

晋朝时候有个樵夫，上山砍柴时候不小心进了一个洞穴，抽时间观看两位老人的一局棋，谁知道，回家后却发现自己的孙子都比自己老上几十岁，时间已经在他观棋的一小会儿中流逝百年。人生漫长的光阴，不过是别人的弹指一挥。人的一生也不过一只蜉蝣而已。也许这是一种悲观的思想，但是这种悲观也算是对人生的一种清醒认识。

宋代大家苏东坡认识到这一点，就在《前赤壁赋》中发出感叹："寄蜉蝣于天地，渺沧海之一粟，哀吾生之须臾，羡长江之无穷。"当年赤壁的战场在，滚滚东流的长江也在，而那些曾经叱咤风云的英雄消失无踪。时间是如此无情，不会对任何一个人一件事情客气，英雄人物对时间来说，不过是一颗细小的灰尘罢了。

时间本是身外之物，独自沉静，缓慢地流淌于世间，只是因为人们妄自慌乱，才令时间变得仓促而残酷。其实，生命本就是一场自顾自的表演，又何必去过分地在意这场表演的长短呢，只要深刻精彩，任何表演都是永恒存在的。

换句话说，《蜉蝣》中的蜉蝣虽然最脆弱，生命最短暂，但是也在坚定地走自己的路，等待、蜕皮、交配、产卵，完成着自己的任务，这是死亡也无法摧毁这强大意志。这也是《蜉蝣》传递出来的人生哲学。

蜉蝣有自己的逍遥自己的生活，那么作为人，也应该有自己的精彩。尽管从出生的那一刻，就有一个叫"死亡"的可怕结局在另一端守候，终人的一生，也不过这个结局，但是在走向这个结局的路上，却有很多的精彩的东西值得我们去关注去努力。

这就是哲人说的："生与死之间的距离是固定的，我们却可把两点之间的距离用曲线走得更加精彩，如果活着只是为了赶路，从生的这边直接赶到死的那边，那么活着何异行尸走肉？"

《蜉蝣》的作者不知道自己要走向哪里，感叹了一番光阴流逝。"流光容易把人抛，红了樱桃，绿了芭蕉。"宋词中的意境很美，但是佛家有句话说得更好："尽日寻春不见春，芒鞋踏破领头云。归来偶把梅花嗅，春在枝头已十分。"

其实没有必要去嗟叹人生如蜉蝣，不管生命长短，要是人们像蜉蝣一样尽心尽去完成生命中的每一件事，细体身边事，快乐感怀油然生。观花望死，在一瞬间离世而去，大不了下个轮回再来。

不如他乡去

鸱鸮鸱鸮，既取我子，无毁我室。恩斯勤斯，鬻子之闵斯！

迨天之未阴雨，彻彼桑土，绸缪牖户。今女下民，或敢侮予！

予手拮据，予所捋荼，予所蓄租，予口卒瘏，曰予未有室家！

予羽谯谯，予尾翛翛，予室翘翘，风雨所漂摇，予维音哓哓！

——《豳风·鸱鸮》

以寓言作诗，在先秦时候还不多见，只是到了汉代，才在乐府诗中成批出现，一时蔚为壮观。而源头还是在《诗经》中的《豳风·鸱鸮》中。

猫头鹰啊猫头鹰，你已抓走我的娃娃，不要再毁坏我的巢。我辛辛苦苦养育儿女，为养孩子累又乏！

趁着天晴没下雨，取来桑枝泥土忙筑巢，修补窗子和门户。看你们这些树下的人，谁敢打落我的鸟巢？

我太过疲劳手发麻，我去采芦、茅白花来垫窝，我还积攒了许多干草，我的嘴累痛了。唉！我还是没有个好窝巢！

我的羽毛已焦枯，我的尾巴像干草。我的巢儿险而高，在风雨中飘摇，吓得我惊恐地哀号！

寓言作为一种文学的表现方式引入大自然中的虫鱼花草等，这种方式在战国时期的诸子百家的学说中被广为运用，使得古代的说理散文增添众多的艺术魅力。在《鸱鸮》中，我们就可以看出来。这首诗歌的意思是：可恶的猫头鹰，你已经抓走了我的幼子，别再来毁坏我的家园了。可怜我含辛茹苦费尽心思，早已经为抚养幼子病倒了！趁着天晴没有雨水，找些树枝桑根，修补门窗。如今你们树下的人，说不定什么时候又要来欺负我。我的爪子疼痛无比，还得继续采集茅草来垫巢底，我的嘴巴泥土都叼不动了，可是我的窝巢还未曾修好啊！我的羽毛稀落凋残，我的窝巢也摇摇欲坠，正在风雨飘摇啊，我只能惊恐地哀号！

可以看出这是一曲小鸟的哀歌，借鸟儿之口说出弱者在强者压制的话语，在深受压迫的社会中发出一声呻吟。

它应该是一只母鸟，孩子被猫头鹰吃掉了，巢穴也被破坏掉了，但是它还趁着天晴修补自己的家园。诗中的鸟很坚强，面对灾祸有着生存的勇气和毅力。刚刚还沉浸在丧子的痛苦之中，一会就在哀伤之中抬起头来，重建家园。这只母鸟有很大的悲哀之处，它以为自己的幼子献给猫头鹰之后，通过哀求之后，猫头鹰就不会再来侵袭它了，它哪里知道，别人都是贪婪的，尝到甜头的猫头鹰肯定还会再来，家园还会遭到它们的袭击。

但是尽管如此，它依然努力。那么鸟儿为什么不飞走呢？它明知道猫头鹰已经知道

世间的一切，不过繁华梦一场，只要懂懂行走其中，便不会自知，

这只是一场不明的镜花水月。

自己好欺负了，时刻都会再来侵扰，却依然固守家园。况且家园已经被破坏，它依然不嫌弃，希望通过自己的修缮重建，可是这艰难的生活，它付出了多大的代价。它的爪子受伤了，嘴也不能再用了，羽毛也失去了以前的光泽，变得凋零了。

这鸟的遭遇也不正是生活在下层的劳动人民的写照么？深受压迫，但是还是一样照旧生存，鸟儿的观念就和中国人的家园观念一样强烈，要是不到万不得已，不会放弃自己的家。即使客死异乡，都会想方设法把尸体运回故乡安葬。《诗经》中有一首《邶风·北风》也是反映离开故土的留恋情怀。

> 北风其凉，雨雪其雱。惠而好我，携手同行。其虚其邪？既亟只且！
> 北风其喈，雨雪其霏。惠而好我，携手同归。其虚其邪？既亟只且！
> 莫赤匪狐，莫黑匪乌。惠而好我，携手同车。其虚其邪？既亟只且！

雪花飘飘，北风萧萧，政局恶劣。诗人和朋友的关系非常友爱，于是诗人建议结伴他乡去，还呼喊着不要迟疑犹豫了，事情已经急如火烧了，不要指望着事情能够好转。诗中急促的言语中，可以看到诗人的朋友的迟疑之心，事情已经紧急万分，他还是不想离开家国，似乎想等待政局的稳定，诗人说："莫赤匪狐。莫黑匪乌。"狐狸红毛，乌鸦黑羽，这些本色就是这样，怎么都不会有所改变的。所以他劝友赶紧一起走！我们不知道这首诗最后的结果，但是从字里行间，可以得知朋友深深的留恋之心，若非被迫，谁都不想离开自己的家园。

家园应该是可以迁徙的，历代就有很多的迁徙运动。明代洪武年间就有一次大规模的移民。经历元明交替的一系列战争，河南、河北、两淮、山东等地的百姓十家有九家亡掉了，而山西地区在战乱时期正好处于蒙古贵族罕帖木儿父子的统治之下，生活相对稳定，人口也比较兴旺，明朝统治者为了发展新建立的王朝经济，陆续从山西强迫移民到全国各地。尽管对于乡土观念强烈的中国农民来说，是一件非常痛苦的事，但是迁移之后的人们在新的地方开拓出一方天地，生活并不比原先生活区域的差。

由此，可怜的母鸟呀，你的周围已经强敌在伏，不如他乡去，须知尚有天外天！

少年天子与周公的博弈

> 烈文辟公，锡兹祉福。惠我无疆，子孙保之。无封
> 靡于尔邦，维王其崇之。念兹戎功，继序其皇之。无竞
> 维人，四方其训之。不显维德，百辟其刑之。於乎，前
> 王不忘！

——《周颂·烈文》

由于年代的久远，西周初年关于周公和成王的那一段历史已经几乎找不到真相，我们只能在诗歌中寻找些蛛丝马迹，所以，我们在《周颂·烈文》与《尚书》中发觉一些真实吧。

周武王讨伐商纣，得到了广泛的支持，《尚书》中记载"是时诸侯不期而会盟津者八百"，就是说其中除了自己的部下之外，便是赶来助战的八百诸侯。由于家喻户晓的《封神演义》宣传，大多数人都认定武王是周朝的开国君主，但是，并不知晓他在开国一年就病逝了，当时时局根本不稳固，而真正奠定周朝大业的是周公和成王。

周公曾辅佐武王伐商，多有建功，现在他摄理政事辅佐刚十三岁的成王。当时，周文王海有别的儿子在——管叔鲜、蔡叔度和霍叔三人都在朝歌监视商纣的残余势力。他们对周公的辅佐摄政十分不满。乱是必然的，结果是周公亲率大军东征三年，平定了他们三个的动乱，稳定局势，又在全国实行封邦建国方针、改革经济制度，等等。在成王年满二十岁时，周公将手中的政权还给了周成王，自己则去制定了一系列的礼乐制度及其典章。这首《烈文》就是在周公归政成王之后，成王首次以一个独立的天子身份进行祭祀所作的诗。

这应该不是一首简单的祭祀诗歌，这位少年天子是怀着怎么样的心情祭祀呢？他是否怀疑过周公？周公的摄政对他来说是靠山还是炸弹？他到底对周公有着怎样的感情？两个人有着怎么样的斗争博弈？在政治权力的中心，这些问题都不能避免。从这首《烈

文》就能看出来一些事情来。

少年天子对周公当然有过怀疑。《尚书·周书·金縢》中就有着详细的记录。武王死后，周公摄政代管朝堂，什么事情都要听周公安排。三位叔叔作乱，而周公东征平定，回朝的时候，作了一首诗歌送给成王表明心迹，可是成王收到这首诗之后并没有接受周公的表白，没有采取安抚的行动，只是接受了既成事实的辅政，看来在内心中惧怕周公。自己没有享受到作为天子的自信，也害怕周公迫害自己。

在《周颂》中另外一首诗《闵予小子》，后人研究说这是成王幼年即位时所作的诗，"闵予小子，遭家不造，嬛嬛在疚……"意思就是说："上天啊，可怜可怜我这个小孩子吧，我幼年的时候就遭到失去父亲的不幸，凄凄惨惨孤苦伶仃……"痛苦哀凄之感跃然纸上。是不是周公也曾要挟过这位天子呢？

即使是担惊受怕地长大，但是结局却是皆大欢喜，等到确定自己年满二十周公还政之事后，这位少年天子吃下了定心丸，于是做了一次高明的政治表演——亲自到郊外以国家之礼迎接周公。这时候国家稳定，各项政策上也推行得差不多了。周公还政，去全身心制定章程去了。

于是，就有了这首《烈文》。不过，成年后的天子并不简单，来看看他在首次以独立身份面对诸侯时怎么说。

你们这些诸侯公，你们来助我祭祀，上天会保佑你们。想想就有言外之意了：我是天子，天命在身，我再也不是那个悲叹着"闵予小子"的小孩子了。

你们要效忠我们周王室，直到永远，不只你们，你们的子子孙孙也都要这样——也就是说我是周代所有诸侯的宗主，拥有对他们的绝对管辖权。不相信么？就连周公这个曾经权倾天下的人，不也匍匐在我面前么？

你们不要在封地作乱，要尊重先王所制定的规矩。你们要顾念祖先的戎马功劳，要像他们一样为我效劳——难道你们没看到作乱者的下场吗？要是作乱了，你们不是给你们那些拼了老命才赚得荣誉的祖先脸上抹黑么？

你们要礼贤下士，好好治理封地，四方的人民都在看着你们，向你们学习；先王的恩德泽被到你们，你们要学习先王——我在四方布置了很多耳目，要规规矩矩的啊。

啊！我们不能忘了先王——这句话，怕是说给周公听的，意思是我们可是一家，没有我爷爷文王，就没有你和我，没有我的父亲武王，也不会把我托孤给你。不能别忘了他们，记得他们对你的信任，可一定要效忠于我啊。

这就是周成文对着祖庙的誓词。誓词背后隐藏着这么多话，估计是在成长的过程中曾一句句演习，而今终于派上了用场，不知道周公在听到这些时候有没有像三国时期的诸葛亮一样汗流浃背。即使没有汗流浃背，周公也明白所有的用意，所以在他还政之后，就再也没有插手过治理国家事宜——一个属于周成王的时代到来。

那么这位少年天子在掌握实权之后做得怎么样呢？史书上记载着"成康之治"，他继续周公的各项政策，奠定了周王朝的强大始基，这个治世值得歌颂，所以，《周颂》中的三十一篇中，直接或间接与成王相关的就有十一篇，不少都可以读出这位少年天子的风采。

战争悲音

人生长路漫漫，每个人都有既定的目的地，虽然我们早已经选择好，但在前行途中，却还是无法在每一个岔路口判断正确。执着还是虚妄，皆是人心作怪，生活从来就不在别处，只是在脚下而已。从这一刻便看清脚下沟壑，找到属于自己的那道轨迹。纵然九死仍然不悔，这才是人当有的气魄。

忘掉岁月，不说再见

击鼓其镗，踊跃用兵。土国城漕，我独南行。

从孙子仲，平陈与宋。不我以归，忧心有忡。

爰居爰处，爰丧其马。于以求之，于林之下。

死生契阔，与子成说。执子之手，与子偕老。

于嗟阔兮，不我活兮。于嗟洵兮，不我信兮。

——《邶风·击鼓》

　　徐克早年所拍摄的《梁祝》，早已经在时间的流逝中，变得日渐模糊，但徐克的《梁祝》适时地曾经撩拨起当下人们，日渐冷酷冰凉的心。

　　简单的故事情节，古老的早已熟知的结局，但看过之后，依然还是能够感动得一塌糊涂，那深入人心的爱和被爱，岂是电影本身所能表述详尽的？

　　当梁山伯最终无法与祝英台见面，咯血而死之后，祝英台身着嫁衣，要去嫁一个她从未想过要爱的人，悲剧在此时，无以言复。

　　一阵大风刮过，祝英台奔向梁山伯的坟冢，她的大红嫁衣随风飘走，露出里面的素衣，看来，她是早已想清楚，今生非梁山伯不嫁的，今日出嫁，不过是为了父母颜面做出的样子，其实，她早已是形同枯槁，只等着去和她的山伯相会的。

跪在梁山伯的坟前，祝英台反倒安静了下来，她说道："无言到面前，与君分杯水，清中有浓意，流出心底醉。不论冤或缘，莫说蝴蝶梦，还你此生此世今世前世，双双飞过万世千生去。"

坟冢裂开大口，她决绝跳入，随后，大风后的晴朗日，两只蝴蝶翩翩飞入天空。这就是"死生契阔，与子成说"的绝好范本。

当自以为满手在握的幸福，再次陨灭飘远，看着它们淡化成遥远处的一抹青烟，携残存的往日的一点温度，渐渐消散，是多么残忍的事情。

在书院里的快乐时光，转瞬即逝，本想着会一生一世在一起，可是却最终成了奢望。梁祝的死别，所带来的悲伤，与《诗经》中这首《击鼓》里，主人公的生离，是一样的。我们几乎可以认定，"执子之手，与子偕老"是《诗经》里可以和梁祝中，"还你此生此世今世前世，双双飞过万世千生去"相媲美的诗句。

一个是庶民的誓言，一个是才子佳人的约定，同样地美丽，同样地忧伤。《击鼓》甚至比梁祝更为悲哀，梁祝化蝶，最后不管怎样，好歹也算是在一起了，可是《击鼓》中的这名男子，却只能眼睁睁地看着家乡所在的方向，无可奈何。

"我独南行"，在前行的路上，罕见的疼痛占据了男子的心房。随着大部队开拔，忍不住回头去望越来越远的家乡。可越是回望，便越绝望。

男子的伙伴就在身旁，但他们却不能给彼此慰藉。

因为"击鼓其镗，踊跃用兵""从孙子仲，平陈与宋"。关于这首诗歌的背景，有几种不同的说法，《毛诗序》认为：鲁隐公四年（公元前719年）夏，卫联合陈、宋、蔡共同伐郑。许政伯认为：是指同年秋，卫国再度伐郑，抢了郑国的庄稼.这两次战争间有兵士在陈、宋戍守（《诗探》）。姚际恒则认为：是说鲁宣公十二年，宋伐陈，卫穆公为救陈而被晋所伐一事（《诗经通论》）。

不管是哪种背景，这个久戍不归的征夫此时所表露出来的怨恨和思念却是真实、无可置疑的。

战争不可避免，君主之间的穷兵黩武，争权夺利，却是需要广大黎民百姓提头上阵，去亲赴一场死亡的盛宴。

诗经中的诗歌，大多简单直白，再深的情感，也是用最简明的方式叙述出来，声声的怨恨，珠玉落银盘似的清脆响亮，敲击在人的心里，生疼生疼。

在《诗经》中，不乏一些远在戍边的战士思归之歌，但这首《击鼓》却让人格外留意。诗中的战士本是名普普通通的男人，耕地养家，虽然清贫，但也算幸福美满。但此时，在他国的土地上，这个男子绝望地回想起过去的幸福，却好像是恍然隔日。

"土国城漕，我独南行。"不知道有多羡慕那些留在城内挖土筑城的人，就算再辛苦，他们也总能够回到家中，和家人一同在夜幕来临的时候，相互依偎在一起，谈论着一天的苦与涩。

而我，却只能告别亲人，将自己放逐到千里之外的死亡荒地上，在那片陌生的战场上，送别人，或者让别人送自己，去死。

最主要的让男子悲哀的一件事，还有与爱妻的别离：告别你——我的妻子，远比死亡还要让我悲伤。

可是，君王们征服的欲望就好像一股无法抗拒的强大力量，将所有人都席卷其内，男子不得不带着对妻子的不舍和思念，无可奈何地继续往前走。

他不敢回头，生怕失去再向前迈一步的勇气。

"爰居爰处，爰丧其马。于以求之，于林之下。"奔走一天，终于可以暂时地驻扎停下来。可是男子的战马却不见了，如果没有它，他该如何面对明天的跋涉呢。在男子四处慌乱张望的时候，看见了战马，才松了一口气。

还好，还好，原来它就在远处的树林下。是不是我太过思念你，才让我的精神这样涣散，我不敢停下思念，因为我不知道，每一轮日出之时，我还有没有命，来思念远方的你。

马嘶如风，寂寞地掠过每一个出征兵士的耳朵。男子的悲哀随着诗歌的递进，逐层加深加厚。

"生死契阔，与子成说，执子之手，与子偕老。"曾经以为，这是多么简单的约定，不过就是两个人携手共度一生。

可而今看来，却是奢侈而又奢望的约定。闭起眼睛，想到的全是往昔甜美的眷恋，田埂路上，你裙角飞扬，青丝拂面。睁开眼睛，一切都猝然结束，美好如同流星陨落那样快，消失得不留痕迹。

我突然如此眷顾这人世，虽然百般疮痍，但却能够始终提醒我，让我记得曾拉着你的手，对你许诺，要白头偕老。

"于嗟阔兮，不我活兮。于嗟洵兮，不我信兮。"

男子在战场上，凄凉的在心里默念对妻子的辜负是多么的抱歉：原谅我的失约，无法对你兑现承诺。此生，我以出征兵士的身份活着，活在生存与死亡、杀戮与血腥、挣扎与痛苦的巨大生命落差之中。这一生路尽，我不会与你说再见。

因为来世我会期盼，在我们爱的墓碑上，留下空白。那样，我们可以重新开始，携手共度，再不分离。

卫国的风，无休无止地吹，吹红了那些离别之人的眼睛，吹散了归期。

天长日久，我们才会渐渐明白，爱情也是一种修行。在追逐爱情的岁月里，相爱的人会忘掉岁月，对爱情坚守，矢志不渝，不论贫瘠还是华丽。

谁说女子不如男

载驰载驱，归唁卫侯。驱马悠悠，言至于漕。大夫跋
涉，我心则忧。

既不我嘉，不能旋反。视尔不臧，我思不远。既不我
嘉，不能旋济。视尔不臧，我思不闷。

陟彼阿丘，言采其蝱。女子善怀，亦各有行。许人尤
之，众稚且狂。

我行其野，芃芃其麦。控于大邦，谁因谁极？大夫君
子，无我有尤。百尔所思，不如我所之。

——《鄘风·载驰》

蘀蘀竹竿，以钓于淇。岂不尔思？远莫致之。

泉源在左，淇水在右。女子有行，远兄弟父母。

淇水在右，泉源在左。巧笑之瑳，佩玉之傩。

淇水滺滺，桧楫松舟。驾言出游，以写我忧。

这是中国第一位爱国女诗人许穆夫人的诗歌《卫风·竹竿》。她曾有个美好的少女
时代，淇水边垂钓荡舟，城郊外骑马射箭，在她嫁到许国后不止一次地怀念，就写下了
这些曾经时光。

大概在许穆夫人的心目中，这些往昔故事都是甜蜜的回忆，她的少女时期，在淇水
河边用长长的钓竿垂钓，那汩汩的泉水和欢快流淌的淇水都是她的伙伴，只是女大当婚，
在许穆夫人成为一名明眸皓齿的姑娘时，也必须身佩环佩，坐着小舟顺流而下，飘向那
遥远的地方嫁为人妇，纵使再思念家人，遥远的路程也是无法令其归家。只能独在异乡

为异客，黯然品尝孤独的滋味。用那些点点滴滴美好的往事，来抚慰内心的忧伤。不愧为第一女诗人，不过她让后人记住不是因为这些诗歌，而是她的爱国事迹。

许穆夫人是卫公子顽（昭伯）和宣姜的小女儿，就是卫国君主卫懿公的妹妹。那时候，诸侯林立的趋势已经呈现，而卫国只是一个中等的国家，必然有着亡国的危机，许穆夫人在少女时代耳濡目染就意识到这些问题，同时为国家的安危而担忧。

渐渐长大，许穆夫人继承母亲宣姜的基因，长得貌美多姿，也就有许多诸侯国前来说媒求婚。当时的情况下诸侯国之间的通婚联姻只是一种政治行为——亲善和结盟。在许国重礼的打动下，父亲决定把她嫁给许国的国君。

可是许穆夫人有自己的想法，她认为齐国是一个大国强国，而且离卫国又近，联姻以后，卫国有了事情，支援很方便。

许穆夫人根本就没有考虑自己的个人生活，她要嫁到齐国去，只是考虑到卫国的安危。但是卫懿公可能是对齐国有成见吧，坚持将她嫁到许国，成为许国许穆公的夫人，后世也就称她为许穆夫人。

当时卫国的国君卫懿公当国王实在不及格，他整日沉醉于声色犬马之中，完全不顾国家的军政大事。

卫国在卫懿公的治理下，国力日下。弱肉强食的社会中，北方的少数民族一看有机可乘，就在公元前 660 年，发动了对卫国的入侵。卫懿公这才慌了，调迁军队，征调民众，可是军民早已经和他离心离德了，狄兵攻入，卫国灭亡。卫懿公也死于乱军之中，难民渡过黄河，逃到南岸的漕邑。

许穆夫人闻听噩耗，请求丈夫许穆公去帮帮忙，但是许穆公胆小如鼠，怕引火烧身，不敢出一兵一卒，许穆夫人没有办法，只得携带自己随嫁过来的几位姬姓姑娘，亲自赶赴漕邑，想为国家做一些力所能及的事情，到那之后就与逃到那里的卫国官员和刚被拥立的自己的另一位哥哥戴公相见，紧接着就商议复国的计策。他们招来百姓整军习武，还建议向强大的齐国求救，帮助卫国。

但是随后赶来的众多许国大臣对许穆夫人颇有微词，不是抱怨她考虑不慎，就是嘲笑她徒劳无益。许穆夫人面对许国的大臣的无礼行为，当下怒不可遏，她胸中燃烧着火一样的焦灼，夹杂着火一样的愤怒。她写了一首后来闻名于世的《鄘风·载驰》来表示自己的决心，同时训斥这些无为的大臣。

> 载驰载驱，归唁卫侯。驱马悠悠，言至于漕。大夫跋涉，我心则忧。
> 既不我嘉，不能旋反。视尔不臧，我思不远。既不我嘉，不能旋济。
> 视尔不臧，我思不閟。
> 陟彼阿丘，言采其蝱。女子善怀，亦各有行。许人尤之，众稚且狂。
> 我行其野，芃芃其麦。控于大邦，谁因谁极？大夫君子，无我有尤。
> 百尔所思，不如我所之。

许穆夫人对他们说，即使你们都说我不好，说我回到卫国是不对的，也不能让我改变初衷；我的思国之心是禁锢不住的，比起你们那些不高明的主张，我的眼光要远大得多！你们考虑上千百回的计策，也不如我回一次家乡有用。她的这种临危不惧令那一帮男人汗颜。

紧接着她用自己的慧智仁心去换齐桓公的浩浩肝胆。许穆夫人请来了齐国的帮助，齐桓公派兵戍漕邑，又派出自己的儿子无亏率兵三千、战车三百辆前往助战，一举打退了北方少数民族的势力，收复了失地。两年后，卫国在楚丘重建都城，恢复了它在诸侯国中的地位，以后又延续了四百多年的历史。

自然，这一切和许穆夫人的奔走号召有关。许穆夫人的爱国主义情感也得以流传。

《诗经》中除了《竹竿》《载驰》外，还有一首收入《邶风》的《泉水》，据说也是许穆夫人所做。《泉水》是写她的思乡，她对家园的依恋。

> 毖彼泉水，亦流于淇。有怀于卫，靡日不思。娈彼诸姬，聊与之谋。
> 出宿于泲，饮饯于祢。女子有行，远父母兄弟。问我诸姑，遂及伯姊。
> 出宿于干，饮饯于言。载脂载舝，还车言迈。遄臻于卫，不瑕有害。
> 我思肥泉，兹之永叹。思须与漕，我心悠悠。驾言出游，以写我忧。

　　家园感可以说是人类心灵中最为持久和强烈的冲动的来源。许穆夫人这位游子的字里行间中，是对卫国的怀念，对故国充满着炙热的感情，令人不忍。就好像那泊泊流淌进淇水的泉水，对于家乡的思念，许穆夫人一天也没有搁浅。

　　远嫁他乡的女子，只能借着出游的机会来派遣忧伤，就好像竭力救国的许穆夫人，但求速速到达家乡，才能一解她内心的惆怅。有关许穆夫人，历史留下不多，除了这三首诗歌外，后人无从得知她更多的事迹，也无法领略她更多的风采。但她的聪明、坚强、美貌、坚毅都表现得淋漓尽致，不愧为青史留名的第一位才女。

记忆是相会的一种形式

扬之水，不流束薪。彼其之子，不与我戍申。怀哉怀哉，曷月予还归哉？

扬之水，不流束楚。彼其之子，不与我戍甫。怀哉怀哉，曷月予还归哉？

扬之水，不流束蒲。彼其之子，不与我戍许。怀哉怀哉，曷月予还归哉？

——《王风·扬之水》

在国家局势不稳定的时候，大丈夫马革裹尸是一种至高无上的荣耀。但是，想想他背后还有一个日思暮想盼他回家的妻子，不免让人心疼。

每个人都有幸福的权利，可是，在追求幸福的路上，又会出现狭路相逢的碰撞，以至于不得不求和折中。但是，对于一个普通的士兵，那时的春秋大业不在他的掌握内，长期和妻子两地分居也是无奈之举。

《扬之水》抒写在外戍卫的士兵思念家中的亲人、盼望回家的感情。

诗中，男子高亢地歌唱着自己的理想抱负，述说自己对妻子的思念，还有一种隐约的埋怨，埋怨妻子不随自己到战地以慰相思的苦楚。这是男子志在四方的理想和女子安土重迁的矛盾，为战争而生，却也无法割舍儿女之情。所以只有一遍一遍地唱着"怀哉怀哉，曷月予还归哉？"。男子是勇猛的士子，也是深情款款的郎君。

可是，翻过这些表面的语词，难道不存在另一种解读的意义。姑且不说女子愿不愿意随军和自己的丈夫在一起，征战沙场的男子难道真的是一心向战？

这首诗歌的背景在公元前 745 年，晋昭侯封他的叔父成师于曲沃，号为桓叔。桓叔好施德，民心所向，势力日渐强盛。有了权力便会滋生更加无止境的欲念。在公元前 738 年，晋大臣潘父杀死了晋昭侯，而欲迎立桓叔。

对此举动，桓叔也并无退让，可是他打算入城之际，晋人发兵进攻桓叔。桓叔抵挡不住，只得败回曲沃，潘父也被杀。

本是一场贵族间的权力交接，但却需要毫无野心的征夫们为其卖命。

男子自然也是不想举起长矛，可是他又如何能够拒绝得了自己身上的义务呢？

所谓家庭和儿女情长真的羁绊不住他的脚步，这一切都是无奈的选择，他不得不离开故园寻找战场上的视死如归，纵有千般不愿万般不舍，也得丢下自己的女人，像杜甫《兵车行》里那样一步一步走向"咸阳桥"。

不过，男子习惯了以乐观的心态看待这一切。他把对她的思念灌注到了战场上，才唱出如此跌宕起伏的旋律而又不至于悲悲戚戚。

他也许想起了离家时妻子满脸的担忧和偷拭泪珠的小动作，他只想唱支歌儿给她听，张口却气势豪迈，将幽情叠起，让她听到了以为他过得很好，以为他时刻为了归来在作战。他给她的保护，是如此悄无声息，那个善解人意的女人，一定是个幸福的小娇妻。

她知道他远走自有他的理由，他要给她现实的安稳就必须通过战斗打出一片天下，她知道他的想念如深海般开阔，他走得潇洒而不拖沓。但是，她也看出就连他策马奔腾的样子都如三月流风缱绻。所以，她放他去走四方，以完成男子的壮志；她只是在家里，把一切都打理得井井有条让他无后顾之忧。

他是在为她出走，她是在为他停留。他们为了彼此而分开，又一起扛起这天涯两地的相思。这伴有哀伤的幸福，世世代代都存在过。

但是，作为一个平民，这样的付出不会是全部发自内心，更多时候是不得已而为之。这个世界，往往掌握在几个人手中，特别是在大权于天子一人之手时，只要他一声令下，无数个家庭就会面对分离，有的甚至是十八离家八十归。漫长的一生都交给了战场，那幕后的女人便是随风的柳絮，从告别枝头就再无法安歇。

有些人的命金贵得拿一个王朝都抵不上，而有些人的命却如草芥，注定没有深深抓紧大地的时候。命运如掌，翻来覆去，足以将一个人的心火掐灭。

而一般的人都是草芥之辈。当战争来临时，他也只能说自己不愿像那薪柴、牡荆、菖蒲一样枯守在家中，那平平常常的幸福都成了奢侈，他们自会以国家的使命和自己的前途为赌注，希望给她赌出一个明天来。

　　无论何时，有鸿鹄之志的男子都不会将自己困守在琐碎的家务上，而战场是搏击天下的最佳选择，也是他们义无反顾的使命。当然，这并不妨碍一个男子的深情表达，他远走并不是不爱，他只是换一种方式去爱，只是选择了在身体力壮时多吃些苦头，为了能在未来某个时候悠闲地牵着她的手，交给她无限荣光和富足。

　　战场上是匹狼，而归来时又温柔如羊，对于这样的男子，苛责他都会觉得不忍。"一夜征人尽望乡"，他忍受的其实要比在家操劳者忍受的更多，语言在这里都会苍白无力。这种深情的男子，沉静时如海，激越时还是如海。

　　虽然，现在处于一片和平时期，夫妻离别不过以另一种形式存在。每天街头巷尾，行色匆匆的奔走者，他们的妻儿很多也是在家里守候的。这种分离，也是为了能让日子过得舒坦些。

　　许多男人认为，自己这样拼死拼活地奋斗，可以为自己心爱的女人构筑完整、全部的幸福。其实不然，两个人相守在一起，再寡味的粗茶淡饭也吃得香甜可口。而日复一日地隔山隔水，就算嘴里含着山珍海味，也是味同嚼蜡，毫无滋味。

"我想和你在一起生活，在某个小镇，共享无尽的黄昏，和绵绵不绝的钟声。在这个小镇的旅店里——古老时钟敲出的，微弱响声，像时间轻轻滴落。有时候，在黄昏，自顶楼某个房间传来笛声，吹笛者倚着窗牖，而窗口大朵郁金香。此刻你若不爱我，我也不会在意。"

茨维塔耶娃的这段话，现而今看来似乎可以轻而易举地做到，可是放置当时，却是难以到手的奢望。

自古以来，对于金钱可以使鬼推磨这个屡试不鲜的道理，很多人选择了默认；但是，面对幸福和真心时，金钱却显出了它的局限。

回家的路多远

我徂东山，慆慆不归。我来自东，零雨其濛。我东曰归，我心西悲。制彼裳衣，勿士行枚。蜎蜎者蠋，烝在桑野。敦彼独宿，亦在车下。

我徂东山，慆慆不归。我来自东，零雨其濛。果臝之实，亦施于宇。伊威在室，蠨蛸在户。町畽鹿场，熠耀宵行。不可畏也，伊可怀也。

我徂东山，慆慆不归。我来自东，零雨其濛。鹳鸣于垤，妇叹于室。洒扫穹窒，我征聿至。有敦瓜苦，烝在栗薪。自我不见，于今三年。

我徂东山，慆慆不归。我来自东，零雨其濛。仓庚于飞，熠耀其羽。之子于归，皇驳其马。亲结其缡，九十其仪。其新孔嘉，其旧如之何？

——《豳风·东山》

　　距离，曾使很多人离乡半生漂泊见不到故园、故人，也曾使很多人在无数个凄风苦雨的夜里辗转反侧无法入眠，也曾使很多人在异乡陌生的街头看人海茫茫而不知身去何方，更曾使很多人在每一个佳节之时更想念家乡，而踏上回家的路。

　　"上善若水，水善利万物而不争。"老子认为水是因时而起，无为而为。缘起缘灭都是一念之间，凡事不可强求，或许这位遥远的哲学家是淡然处世的，在这个世间上却不是所有人都会随波逐流，任凭世事颠覆的。在《豳风·东山》中有一位征战多年的士兵，终于在战争结束后选择了归家，对于他来说，世界的变化之大，已经远非水能形容了。

　　　我徂东山，慆慆不归。我来自东，零雨其濛。我东曰归，我心西悲。
　　　制彼裳衣，勿士行枚。蜎蜎者蠋，烝在桑野。敦彼独宿，亦在车下。
　　　我徂东山，慆慆不归。我来自东，零雨其濛。果臝之实，亦施于宇。
　　　伊威在室，蟏蛸在户。町畽鹿场，熠耀宵行。不可畏也，伊可怀也。

　　男子出征多年都没能回家，现在总算要启程回乡了，头顶飘落的细雨就好像眼泪一样纷繁，每次想到回家都会伤感，这次终于可以如愿以偿了，这些年征战的日子，应该是男子一生难忘的日子，就好像桑叶上蠕动的蚕一样，他们这些士兵在战车下蜷缩着度过了生命力最为重要的年华。

　　走在回乡的路上，细雨不断，沿途尽是一些荒凉的景色，一切都令男子分外地思念家乡。自从离开家乡后，一直没有机会回去，这次回去也不知道会遇到什么情景，不知道妻子是不是还在房中长叹，不知道她是不是依然在打扫房间，将苦瓜挂在柴木上做下饭的菜，这次的重聚，男子足足等了三年，这三年，或许一切已经是沧海桑田。

　　　我徂东山，慆慆不归。我来自东，零雨其濛。鹳鸣于垤，妇叹于室。

> 洒扫穹窒，我征聿至。有敦瓜苦，烝在栗薪。自我不见，于今三年。

这是一个悲哀的故事，男子新婚不久之后就告别妻小父母，服役上沙场杀敌，过着命悬一线的日子，足足三年。而当他终于可以回家与妻子团聚时，内心又是充满了忐忑，毕竟时间太过残酷，谁也不能保证这期间一切不会改变。所以，男子心事重重地冒雨急行，既想早日到家，又害怕面对未知的一切。

故事在这里并没有发展到结局，男子依然在回想着先前美好的日子来驱散他内心的阴霾，他希望一切如他所愿，还是离家之前的景象。

> 我徂东山，慆慆不归。我来自东，零雨其濛。仓庚于飞，熠耀其羽。
> 之子于归，皇驳其马。亲结其缡，九十其仪。其新孔嘉，其旧如之何？

黄莺在天空自由地飞舞，十分好看，想起当年娶亲的时候，美丽的新娘是多么漂亮，那些迎亲的马匹多么色彩斑斓，妻子的母亲为她戴好纱巾，告诉她遵守何种礼仪，那时的男子沉浸在幸福之中，真是不知道重逢之后，这幸福是会延续还是中断。男子在一个下着雨的夜晚归家，这场雨给自己思归的思绪带来了些湿漉漉的沉重。

在疑问中故事戛然而止，留给了后人无数的遐想，这不禁使人们想起《乐府诗集》中的《十五从军征》：

> 十五从军征，八十始得归。
> 道逢乡里人："家中有阿谁？"
> "遥看是君家，松柏冢累累。"
> 兔从狗窦入，雉从梁上飞。
> 中庭生旅谷，井上生旅葵。
> 舂谷持作饭，采葵持作羹。
> 羹饭一时熟，不知贻阿谁。
> 出门东向看，泪落沾我衣。

同样是对亲人家园的现状由茫然无际的想象到急切的、盼知又怕知的询问："我家里还有什么人？"得到的回答却是："远远看过去是你家，松树柏树中一片坟墓。"距离让人想家，自己三年来一直在思念的家此刻就要回去了，却有了复杂的心情。战事的摧残导致物是人非，家中那亲爱的妻儿，是否都好？一时间忧心忡忡！

回家的路程，喜悦中就带了些许害怕。他就做了一番最坏的打算，家里没有了他这个顶天立地的男人，一切都好？瓜果蔓叶无人管理怕是已经缠绕到了屋顶，屋漏地下湿漉漉的没有人管，估计已经潮湿得生满了虫子，门庭也结满了蜘蛛网，狼藉无比。

破落无人修葺的屋中坐着思念自己的老婆，她一定是时常发出沉重的叹息，想到自己当初用盛大的仪式将她迎娶过门，到今天已经三年没有见面了，她是否改变了模样？想到这里，士兵几乎不敢想下去了，幸福中有着担心，加重着思念的重量，想马上回到家中去。

三年时间的思念被距离拉伸，他走得越远，这份对家的思念怕就被拉得越长。明知离别家乡这么久，家必定已经破落，但是破落的家还是让他无比向往。这是因为时空远隔散发出来的芳香！

又如唐代诗人宋之问所写的："近乡情更怯，不敢问来人。"相信那位远离家园的诗人心中对家园充满了憧憬，以致不敢询问迎面而来的乡人。距离，在这里就是一味调剂品。中国古代还有登高望远怀亲的习俗，在九九重阳节里，头插茱萸，登高望远。

诗人王维在《九月九日忆山东兄弟》中也写出了人们普遍存在的心情："独在异乡为异客，每逢佳节倍思亲。遥知兄弟登高处，遍插茱萸少一人。"写这首诗时王维大概正在长安谋取功名。繁华的帝都对当时热衷仕途的年轻士子虽有很大吸引力，但对一个少年游子来说，毕竟是举目无亲的"异乡"；而且长安热闹非凡，可是越是繁华热闹，在茫茫人海中的他就越显得孤苦伶仃。他在遥远的地方知道兄弟们正在登高了，兄弟们都插了茱萸，才醒悟到原来自己没有在。

在古代，交通不方便，游子离家万里，都以为登上高峰望到千里之外的家园的可能性会大些。其实，看到的只不过是白茫茫的天地之接，看的时候，心中更加多了几丝想念，心里算是有些安慰，而距离家乡的路还是如此遥远。《诗经》中还有一首从军的诗歌《魏风·陟岵》，不过他还没有《东山》中的士兵那么幸运。

> 陟彼岵兮，瞻望父兮。
> 父曰：嗟！予子行役，夙夜无已。
> 上慎旃哉！犹来无止！
> 陟彼屺兮，瞻望母兮。
> 母曰：嗟！予季行役，夙夜无寐。
> 上慎旃哉！犹来无弃！
> 陟彼冈兮，瞻望兄兮。
> 兄曰：嗟！予弟行役，夙夜必偕。
> 上慎旃哉！犹来无死！

登上那高处，远望家园，仿佛听到家乡父母兄长在对我说："我的儿啊，你从军服役真辛劳，千万要当心身体，一定要平安回来，千万不要埋骨他乡！"诗中的士兵依稀看到了家人看到了家园，只是没有回家的机会，这也许会让他更加想念家乡。《东山》中的士兵想念归想念，但已经踏上了回家的路，算是幸运。

到了通信技术发达的现代，现代人依靠先进的科技，可以通过电话与家人通话，虽然见不了面，但是声音犹在，有时候可以通视频聊天见着容颜，千里万里不再是距离，回家的路有时候尽管很远，也不会有《东山》中士兵的那些担心，故乡的距离在缩短，思念之情也被逐渐冲淡，少了《诗经》中那份牵心扯肺的疼痛，也算是好事。

古来征战几人回

既破我斧，又缺我斨。周公东征，四国是皇。哀我人斯，亦孔之将。

既破我斧，又缺我锜。周公东征，四国是吪。哀我人斯，亦孔之嘉。

既破我斧，又缺我銶。周公东征，四国是道。哀我人斯，亦孔之休。

——《豳风·破斧》

周武王伐纣灭了商朝之后，建立起西周政权。为了巩固自己的新政权，他推行了"分封制"。功劳最大的姜太公，被封在齐国，就是先秦出姜姓大美女的那家；周公旦的长子封在鲁国，等等。

功臣论功赏赐后，也给纣王的儿子武庚封了一块地，就是殷都。武王不放心，就把自己的三个兄弟管叔鲜、蔡叔度和霍叔处派去监视他。

武王不长寿，在位两年后就病死，当时大臣周公旦辅佐成王继位。成王那时候才13岁，不能理政，周公旦就掌握了全部的权利，在外的管叔、蔡叔和霍叔就不服气了，到处散布谣言说周公旦要篡夺皇位。谣言多了成王对周公就不信任了，内讧问题出现。

可是当时周朝刚刚建立，统治基础还很薄弱，原来的殷商势力仍很强大。纣王的儿子武庚就利用这个机会，串通管叔三人，又联络一大批殷商的权贵，并且煽动东夷几个部落，联合造反，声势很大。

可见武庚还是有些手段的，周王朝一时面临着殷商复辟的危险。周公旦面对来自内外两方面的沉重压力，多方权衡，断然决定亲自兴师东征。历经三年，叛乱平定，武庚被杀，管叔等三人得到应有的报应：一个上吊自杀，一个被革职，一个被远远充军。

周公同时挥兵又把周边的几个动乱的国家一一收拾了，这次战事是继武王伐纣之后，周公为商朝社稷做出的最大功绩，周朝的统治由此奠定下来。

出于对周公的赞颂，民间有了《豳风·破斧》这首诗歌：

> 既砍坏了我的斧头，又砍坏了我的铜斨。
> 周公东征去打仗，四国听了都心慌。
> 可怜我们当兵的，活着回来算幸运。

周公平定叛乱，方圆都顺服统治，维护国家的稳定和统一，这是符合民意的。由此，周公也得到史学家们的一致肯定，一代英名由此奠定。但是战争残酷，铁做的兵器刺在当时士兵的血肉之躯上，能够活下来的实在是件幸运的事情啊，这首诗中发出这样的感慨。

"既破我斧，又缺我斨。"——斧头都折断了，武器都成了残缺，可见战斗之惨烈，作为小人物的士兵生命时刻处于危亡之中，"哀我人斯，亦孔之将。"——周公可怜我们这些平民士兵，是多么的善良，死亡是无可避免的事，死里逃生真是大幸呀！

战争，对大人物与小人物完全不一样。无论是结果还是过程。大人物在战争中安全系数肯定很高，他追求的还是战争的胜利，而小人物亲自拼杀，随时都有死亡的危险，他要的也只是自己的生命能够保存。

周公率军东征，使得四国的百姓深受教化感染，周公对百姓的哀怜，令人感到他善良的心胸，其实周公也是为了四国家人的生活平安才发动的战争，对于平民来说，也算是一种莫大的恩典。有时候，战争并不是一味地涂炭生灵，而是要开创新的一片天地，只是这过程的过于惨烈，使人不敢正视罢了。

有一位将军曾在自己的战地笔记中写道："残缺的兵器与血肉之躯相比较，兵器的锋利更显得血肉之躯的柔弱。兵器用来杀敌都砍缺了，那该经历了多少场战争，砍杀了多少敌人？也许沙场杀敌的时候没有留意，但是当战后检阅这些残缺的兵器的时候，士兵们不由都生出了寒意，同时对于自己能够幸存下来感到庆幸。"

而唐代边塞诗人王翰的《凉州词》也表达了同样的意思："葡萄美酒夜光杯，欲饮琵琶马上催。醉卧沙场君莫笑，古来征战几人回！"他说不要去嘲笑战士，踏上战场就已经等于一只脚踏进了棺材里，另外一只脚什么时候踏进去可以说是随时的。

残酷的战争又造成了多少的怨妇痴女，《诗经》中有不少作品都是反映战争带来的怨妇，等待丈夫归来却不能。《王风·君子于役》就是代表。

> 君子于役，不知其期，曷至哉？
> 鸡栖于埘，日之夕矣，羊牛下来。
> 君子于役，如之何勿思？
> 君子于役，不日不月，曷其有佸？
> 鸡栖于桀，日之夕矣，羊牛下括。
> 君子于役，苟无饥渴！

征夫应该回乡却不见回来，女人心里悲伤啊，当看到一驾又破又旧的驿车回来，妻喜出望外，慌忙奔向村外大路，以为是丈夫回来了。可是旷野秋风瑟瑟，除了几只寒禽的鸣叫，她什么也没听到，什么也没看到。期限已过人不回，怎不叫人伤心怀！

战争残酷，可是战争又不断，历代战争都是无数小人物向前厮杀，多少人能够活下来归家？武王伐纣成就了一部《封神演义》，其中有多少英雄的原型，他们辈出成就功名，又是多少士卒的死亡换来的。三国时代也是英雄无数，一部《三国演义》诞生多少豪杰枭雄，留下了多少传奇，可是士卒的生死又何计其数，没有留下一个名字。

执着还是虚妄，皆是人心作怪，生活从来就不在别处，只是在脚下而已。

乡情渐近，脚步渐重

采薇采薇，薇亦作止。曰归曰归，岁亦莫止。靡室靡家，猃狁之故。不遑启居，猃狁之故。

采薇采薇，薇亦柔止。曰归曰归，心亦忧止。忧心烈烈，载饥载渴。我戍未定，靡使归聘。

采薇采薇，薇亦刚止。曰归曰归，岁亦阳止。王事靡盬，不遑启处。忧心孔疚，我行不来。

彼尔维何？维常之华。彼路斯何？君子之车。戎车既驾，四牡业业。岂敢定居？一月三捷。

驾彼四牡，四牡骙骙。君子所依，小人所腓。四牡翼翼，象弭鱼服。岂不日戒？猃狁孔棘。

昔我往矣，杨柳依依。今我来思，雨雪霏霏。行道迟迟，载渴载饥。我心伤悲，莫知我哀。

——《小雅·采薇》

腊月寒冬，雪花飞扬，一位从战场上光荣归来的战士在返乡途中踽踽独行。道路并不好走，腹中又是饥渴难忍；但边关已远，家乡渐近。驻足路边，抚今追昔，不禁感叹良多，往事就会不经意出现眼前。

采薇菜呀采薇菜，薇菜新芽已长大。回家乡呀回家乡，已盼到年终岁尾。抛弃亲人离家园，只因匈奴来侵犯；跪不宁来坐不安，只因匈奴来侵犯。

采薇菜呀采薇菜，薇菜柔嫩刚发芽。回家乡呀回家乡，心里忧愁多牵挂。忧心如同被火焚，又饥又渴真苦煞。防地调动难定下，无法给家人捎音信!

采薇菜呀采薇菜，薇茎渐渐长硬。回家乡啊回家乡，又到十月"小阳春"。王室差事无休无止，想要休息没闲暇。心中充满忧愁伤痛，远征在外难归还！

那绚丽耀眼的是什么？那是棠棣的花朵。高大的马车属于谁？那是将军的战车。驾起兵车要出战，四匹雄马矫健齐奔腾。边地怎敢图安居？一月要争几回胜！

驾着那四匹雄马，什么车儿高又大？将军乘坐在车中，小兵掩护也靠它。四匹马步调一致，象牙弓配着鱼皮箭袋。哪有一天不戒备？匈奴实在太猖狂！

回想我当初出征时，杨柳依依随风吹。如今回来路途中，雪花纷纷飘落下。我行路艰难慢慢走，又饥又渴真劳累。满心伤感满腔悲，却没有谁人知道我的哀痛！

激烈的战斗场面，艰苦的军旅生活，已经结束，因为战士参与的是一场正义之战，周宣王麾下的将士们取得了战争的胜利，把入侵的北方的猃狁击退，夺取了民族战争的胜利，载入了青史。

战士载誉而归，不知是所载之誉略显沉重，还是战争中死去的乡人太多而悲哀，或者是霏霏雨雪的天气太过凝重，使得回家的道路着实变得艰难起来，"行道迟迟，载饥载渴"。英雄的心情并不像世人所想的那么美妙，又或者是"昔我往矣，杨柳依依"，战士们都太过惦念昔时与他折柳相送的妻子，以至于战士原本平静的心徒生波澜，变得焦躁与不安。

是啊，战争时间太长，战争本身也过于残酷，在《小雅·采薇》中，让人看到与北方蛮族的战争永无休止，将士们打仗之时谁都不知道什么时候才能回归，家园荒废，妻儿倚闾而望，却没人可以带回去一封平安家信。

内心的痛苦愈益深巨。值得庆祝的是，与猃狁三次恶战之后，诗中的士兵还活着，能够活命回家也算是一个奇迹了。到了真要回到自己的故园了，踏过千山万水和雄关漫道，却又近乡情更怯！抚今思昔，战争的阴影仍然挥之不去。痛定思痛，没有人知道在战场离家万里的凄切。

当时参加战争和徭役，是每个人必须履行的义务。自西周建国，战事就不断，北方的猃狁，东南的徐戎、淮夷，南方的荆楚等会不时侵扰，他们这些部族尚处于游牧阶段，对中原财富垂涎三尺，那么战争就会不可避免地爆发。《诗经》中就有了一系列的战争诗，这些诗歌有对其他少数民族侵掠表达愤恨的，或歌颂天子诸侯勇敢的，或由于战争带来的巨大灾难，作品中流露出憎恨的感情。

《采薇》就是这一类，写战争的生活、思念家乡与保家卫国的错综心理，反映着对自由和平的劳动生活的渴望。《诗经》中的《秦风·无衣》则是展现了士兵间的友爱与为和平生活心甘情愿承担重大牺牲。

> 岂曰无衣？与子同袍。王于兴师，修我戈矛。与子同仇。
> 岂曰无衣？与子同泽。王于兴师，修我矛戟。与子偕作。
> 岂曰无衣？与子同裳。王于兴师，修我甲兵。与子偕行。

在激战前夕，将士们坐在一起修整武器。这时，有人考虑到自己没有衣裳，就有战友劝慰说："谁说没有衣裳，我和你同披一件战袍！"又用大义来激励同伴："君王要打仗，我们把铠甲和兵器都修理好，我和你共同上前线！"

不过这些大义凛然只是一些小插曲，战争诗的主旋律则是对战争、徭役的厌倦，含有较为浓郁的感伤思乡恋亲的意识。周人重农尊亲，战争之后大多人都是不愿意离开故园去参与战争，也没有去歌颂战争的，表现在对内镇压叛乱的战事中尤为突出。武王伐纣成功，待他死后，周公当政，境内就出现了好几次叛乱事件，周公率兵东征。尽管平定了叛乱，但是诗歌中没有多少去歌颂他的功劳，反而都是表示士卒的思乡厌战情绪，如《豳风·东山》。

> 我徂东山，慆慆不归。我来自东，零雨其濛。鹳鸣于垤，妇叹于室。
> 洒扫穹窒，我征聿至。有敦瓜苦，烝在栗薪。自我不见，于今三年。
> 我徂东山，慆慆不归。我来自东，零雨其濛。仓庚于飞，熠耀其羽。
> 之子于归，皇驳其马。亲结其缡，九十其仪。其新孔嘉，其旧如之何？

诗人用婉曲的形式，将一名新婚不久就出门打仗，多年未归的士兵内心世界栩栩如生地表现出来，这位离家多年的士兵千里迢迢地往家里赶，浮现在他脑海中的全部是荒芜的景象，他害怕家园已经被毁，他害怕妻子已经离去，他害怕那么多人死去，他的家人又会魂归何处？

他甚至连家门也不敢跨进，怕物是人非，怕家中的曾经的美好已经不再。想到当日新婚时的美好，今日种种，仿佛恍若梦中，真想一切就是一场噩梦，待醒来的时候，发现身边一切如故，依然是一幅妻贤子孝的景象。

在后来的战争诗中，怕也只有于范仲淹的《渔家傲》才能传递出来这种感情了：

> 塞下秋来风景异，衡阳雁去无留意。四面边声连角起。千嶂里，长烟
> 落日孤城闭。
> 浊酒一杯家万里，燕然未勒归无计。羌管悠悠霜满地。人不寐，将军
> 白发征夫泪！

远征之人不能入睡，将军和士兵们的头发花白，战士纷纷洒下眼泪，直把戍边将士的苦痛说尽。

"浊酒一杯家万里，燕然未勒归无计。"无论进行的战争是什么性质，正义也好，非正义也罢，都是剥夺人最基本的生活权利，这本身就是残酷的事。战士最终能回到家中，纵然算是不幸中的万幸，但更多的人却成了异乡的鬼魂，给家人造成更大的一连串的悲伤，无疑是更大的悲哀！

王土下的悲声

陟彼北山，言采其杞。偕偕士子，朝夕从事。王事靡
盬，忧我父母。

溥天之下，莫非王土。率土之滨，莫非王臣。大夫不
均，我从事独贤。

四牡彭彭，王事傍傍。嘉我未老，鲜我方将。旅力方
刚，经营四方。

或燕燕居息，或尽瘁事国；或息偃在床，或不已于行。

或不知叫号，或惨惨劬劳；或栖迟偃仰，或王事鞅掌。

或湛乐饮酒，或惨惨畏咎；或出入风议，或靡事不为。

——《小雅·北山》

储粮备荒是中国社会的优良传统，这在《诗经》中都有屡次体现。《小雅·甫田》中说"乃求千斯仓，乃求万斯箱"，意思是"快快筑起谷囤千座，快快造好车马万辆"，《小雅·楚茨》中说"我仓既盈，我庚维亿"，意思是"粮食堆满我们的谷仓，囤里也装得严实紧密"，《周颂·丰年》中说"丰年多黍多稌，亦有高廪，万亿及秭"，意思是"丰收年谷物车载斗量，谷场边有高耸的粮仓"，等等。可以看出先秦之时的人们不光有粮仓，而且还有大型粮仓。

当然这些大型的粮仓是国家的。不光粮仓是国家的，天下的一切都是国王的，和普通的百姓没有关系。

爬上高高的北山，去采那枸杞子。体格健壮的士子，从早到晚要办做事。王的差事没有尽头，担心父母没有人服侍。

全天下的土地，没有不是王的所有。四海之内每个人，没有不是王的臣子。大夫分派总不公，我的差事多又重。

四马驾车快快跑，王事总是急又忙。夸我年龄正相当，赞我身强力又壮。体质强健气血刚，派我操劳走四方。

有人安逸家中坐，有人尽心为国忙。有人床榻仰面躺，有人赶路急匆匆。

有人征发不应召，有人苦累心烦恼。有人游乐睡大觉，有人王事长操劳。

有人享乐贪杯盏，有人惶惶怕受责。有人溜达扯闲话，有人事事都得干。

这一首《小雅·北山》中，作者倾诉了自己的苦闷，他登上北山头采摘枸杞，这一切都是为皇室所劳作，然而王家的事情繁杂，哪一天才是尽头呢，不但自己要受苦，还要连累父母跟着担忧。

但是，普天之下，哪一处不是王土。四海之内，谁不是王的臣仆。周天子就占有全国的土地，当时除去以京师为中心的"邦畿千里"留给自己直接掌握外，其余的土地却分封给自己的直系诸侯，诸侯再把土地分封给比自己等级低的卿大夫和士。

由此可以看出周代当时的社会和政权是按宗法制度组织的，完全按照血缘关系的远近亲疏规定地位的尊卑。士属于最低的阶层，而在他们之下就是广大的劳动人们，处于最受役使和压抑的地位，必然承受着辛劳和痛楚。

如此的不平等，当然就有反抗，就好像歌中的这位士人，他成日为王家事奔波不止，只要他还有一天的力气，就得去卖一天的命。然而有人为国事操劳，也有人享受安逸，这些安逸的人不懂得民间的疾苦，只知道四处闲逛，而那些身心俱疲的人却是成日手忙脚乱。

所以，民歌中自然有不少是抒发他们的苦闷和不满，《北山》就是着重对劳役不均的不满而讽刺。对那些不劳而获、挥霍劳动人民用汗水换来的粮食的那些人，表示了严重的抗议，自己辛辛苦苦劳作的财富，都源源不断地交到统治者手里，到处都是储粮的仓廪，囤积千万亿斤粮食。

其中在《诗经》中的《周颂·良耜》中说得更具体："积之栗栗，其崇如墉（城墙），其比如栉，以开百室，百室盈止。"

统治阶级剥削得到的粮食已经没有地方放置了，但是他们仍不满足，还希望得到更多更多。这种贪婪之心，劳动人民的歌声中对其揭露得淋漓尽致，在《小雅》的另一篇《大东》中记载说："维有南箕，载翕其舌；维有北斗，西柄之揭。"

"他们就像南方天上那座箕星，永远伸缩着舌头，张着大血口，总想吞掉人们生产的粮食；他们就像北方那座北斗，高举长柄正指向西，要舀尽人民的一切财富。"有些人贪杯盏终日昏昏，有些人怕得罪小心谨慎。有些人耍嘴皮只会扯淡，有些人为公家什么都干。

这真是令人悲哀的事情，如果是生死有命，富贵在天，那么这些成日挥霍人民心血的贵族们是否真的就能担得起天命，如果他们真的是天命所归，那为何天下还会四处饿殍，荒郊四野呢？

《诗经》中对于权贵们的享乐和无耻行径还有别的描述，大多是通过描述人民的反抗，来针对贵族们坐享其成现象的讽刺。

大家耳熟能详的两首反抗诗歌是《伐檀》与《硕鼠》，讽刺奴隶主贵族们不从事生产劳动，但却有几百亿、几百囤的粮食，家中还悬挂着各种各样的猎物吃都吃不完，这是哪里来的？最后一针见血地指出是压榨劳动人们所得。除此之外，《诗经》中还有一首《小雅·黄鸟》更是集中体现被剥削人们的愤懑和反抗精神的壮丽诗篇。

> 黄鸟黄鸟，无集于穀，无啄我粟。此邦之人，不我肯穀。言旋言归，复我邦族。
>
> 黄鸟黄鸟，无集于桑，无啄我梁。此邦之人，不可与明。言旋言归，复我诸兄。
>
> 黄鸟黄鸟，无集于栩，无啄我黍。此邦之人，不可于处。言旋言归，复我诸父。

意思是说：黄鸟呀黄鸟，你别停在我家的穀树上，别把我的粮食吃光了。住在这个乡的人，如今拒绝把我养活，常常思念回家去，回到我亲爱的故乡。黄鸟呀黄鸟，你别停在我家的桑树上，别把我的粮食吃光了。住在这个乡的人，不可与他讲诚意。常常思念回家去，与我兄弟在一起。黄鸟呀黄鸟，你别停在我家的栩树上，别把我的粮食吃光了。住在这个乡的人，不可与他长相处，常常思念回家去，回到父母身边去。

这些背井离乡的人原怀着殷切的希望，从备受"硕鼠"盘剥和压榨、侮辱与欺凌的故土上出发，背井离乡寻找一片新的天国乐土生存，辛苦养活自己，原本以为已经没有了压迫，却不料到哪里全是一场虚幻而美丽的梦。天下乌鸦一般黑，"硕鼠"为患家园，而"黄鸟"作恶他乡，同样遭受剥削压迫和欺凌，他们发出了还不如回到故乡的呼声。

　　看到王土之下人民的生活现状，听着这些来自远古的愤怒悲恸呼声，应该是清平淡然的上古岁月，却为何会有这样痛彻心扉的哭喊，原谅这世间的一切罪恶吧，就让古人那些悱恻的哀怨随着万古流水，丝丝缕缕地流逝，再也不会苏醒。

附录

《诗》之风，或泼辣，或讽刺，或含蓄，或蕴藉，淳朴真挚，生趣盎然；《诗》之雅，或幽怨，或铿锵，或清雅，或柔润，言尽意远，激荡心灵；《诗》之颂，或肃穆，或雄健，或虔诚，或谦恭，回旋跌宕，意蕴无穷。

风

周南

◎关雎◎

关关雎鸠^①，在河之洲。窈窕淑女，君子好逑^②。
参差荇菜^③，左右流之^④。窈窕淑女，寤寐求之^⑤。
求之不得，寤寐思服^⑥。悠哉悠哉，辗转反侧。
参差荇菜，左右采之。窈窕淑女，琴瑟友之。
参差荇菜，左右芼之^⑦。窈窕淑女，钟鼓乐之。

【注释】

①关关：鸟鸣之声。雎（jū）鸠：一种水鸟的名字，据说这种鸟用情专一，不离不弃，生死相伴。
②逑（qiú）：同"仇"，配偶。③荇（xìng）菜：一种可以食用的水生植物。④流：捋取。⑤寤（wù）：
醒来。寐（mèi）：入睡。⑥思服：思念。⑦芼（mào）：择取。

◎葛覃◎

葛之覃兮^①，施于中谷^②，维叶萋萋^③。黄鸟于飞^④，集于灌木^⑤，其鸣
喈喈^⑥。

葛之覃兮，施于中谷，维叶莫莫^⑦。是刈是濩^⑧，为絺为绤^⑨，服之
无斁^⑩。

言告师氏^⑪，言告言归^⑫。薄污我私^⑬，薄澣我衣^⑭。害澣害否^⑮，归宁
父母^⑯。

【注释】

①葛：一种蔓草，可以抽取它的纤维用来织布，俗称夏布，这种草的藤蔓还可以用来做鞋，供夏天穿用。覃（tán）：延长，此处指蔓生之藤。②施（yì）：蔓延。中谷：在山谷中。③维：发语词。萋（qī）萋：茂盛的样子。④黄鸟：黄莺，一说黄雀。于：语气助词。⑤集：栖息。⑥喈（jiē）喈：鸟儿婉转鸣叫的声音。⑦莫莫：茂盛的样子。⑧刈（yì）：割取。濩（huò）：用热水煮东西，这里是指将葛放在水里煮。⑨绤（chī）：细葛布。绤（xì）：粗葛布。⑩斁（yì）：厌倦。⑪师氏：女师，教女子妇德、妇言、妇容、妇功。⑫言：语气助词。归：回娘家。⑬薄：助词。⑭澣（huàn）：同"浣"，洗涤。衣：外衣。⑮害：通"何"，什么。否：表示否定，此处指不用洗的衣服。⑯归宁：回家以慰父母之心。

◎卷耳◎

采采卷耳①，不盈顷筐②。嗟我怀人③，寘彼周行④。
陟彼崔嵬⑤，我马虺隤⑥。我姑酌彼金罍⑦，维以不永怀⑧。
陟彼高冈，我马玄黄⑨。我姑酌彼兕觥⑩，维以不永伤。
陟彼砠矣⑪，我马瘏矣⑫，我仆痡矣⑬，云何吁矣⑭。

【注释】

①采采：采摘。卷耳：一种野菜，今名苍耳。②顷筐：斜口筐，后高前倾。③嗟：语气助词，另一说，叹息声。④寘（zhì）：同"置"，放下之意。周行：大路。⑤陟（zhì）：登高。崔嵬（wéi）：高而不平的土石山。⑥虺隤（huī tuí）：因疲劳而生病。⑦金罍（léi）：青铜盛酒器。⑧维：发语词。永：长久。⑨玄黄：马生病而变色。⑩兕觥（sì gōng）：犀牛角做成的酒杯。⑪砠（jū）：有土的石山。⑫瘏（tú）：马因生病而无法前行。⑬痡（fū）：人过度疲惫、无法走路的样子。⑭吁（xū）：忧愁。

◎樛木◎

南有樛木①，葛藟累之②。乐只君子③，福履绥之④。
南有樛木，葛藟荒之⑤。乐只君子，福履将之⑥。
南有樛木，葛藟萦之⑦。乐只君子，福履成之⑧。

【注释】

①樛（jiū）木：树向下弯曲。②葛藟（lěi）：葛和藟都是蔓生植物，茎可以缠树。累（léi）：缠。③只：助词。④福履：福禄，幸福。绥（suí）：安乐。⑤荒：覆盖，遮掩。⑥将：扶助。⑦萦（yíng）：缠绕。⑧成：成就。

◎螽斯◎

螽斯羽①，诜诜兮②。宜尔子孙，振振兮③。
螽斯羽，薨薨兮④。宜尔子孙。绳绳兮⑤。
螽斯羽，揖揖兮⑥。宜尔子孙，蛰蛰兮⑦。

【注释】

①螽（zhōng）：蝗虫,俗称蚂蚱。②诜（shēn）诜：形容众多。③振振：盛多的样子。④薨（hōng）薨：很多虫飞的声音。⑤绳绳：绵延不绝的样子。⑥揖（jí）揖：会聚。⑦蛰（zhé）蛰：群聚欢乐的样子。

◎桃夭◎

桃之夭夭①，灼灼其华②。之子于归③，宜其室家④。
桃之夭夭，有蕡其实⑤。之子于归，宜其家室。
桃之夭夭，其叶蓁蓁⑥。之子于归，宜其家人。

【注释】

①夭夭：美丽而茂盛的样子。②灼灼：桃花盛开，色彩鲜艳如火的样子。③之子：这位姑娘。于归："于"是语助词，"归"是指出嫁。④室家：家庭。⑤有：语气助词，没有实际意义。蕡（fén）：果实累累的样子。⑥蓁（zhēn）蓁：叶子茂盛的样子。

◎芣苢◎

采采芣苢①，薄言采之②。采采芣苢，薄言有之③。
采采芣苢，薄言掇之④。采采芣苢，薄言捋之⑤。
采采芣苢，薄言袺之⑥。采采芣苢，薄言襭之⑦。

【注释】

①采采：采了又采。芣苢（fú yǐ）：草名，即车前子，可食。②薄言：发语词，没有实义。③有：藏有。④掇（duō）：拾取。⑤捋（luō）：以手掌握物，向一端滑动。⑥袺（jié）：手提着衣襟兜东西。⑦襭（xié）：翻转衣襟掖于腰带以兜东西。

◎汉广◎

南有乔木①，不可休思②。汉有游女③，不可求思。汉之广矣，不可泳思。江之永矣④，不可方思⑤。

翘翘错薪⑥，言刈其楚⑦。之子于归⑧，言秣其马⑨。汉之广矣，不可泳思。江之永矣，不可方思。

翘翘错薪，言刈其蒌⑩。之子于归，言秣其驹。汉之广矣，不可泳思。江之永矣，不可方思。

【注释】

①乔木：形容树木高大笔直。②思：语气助词。③汉：汉水，为长江最长的支流。游女：外出游览的女子。④江：指长江。永：长。⑤方：筏子，此处用作动词，意思是乘木筏渡江。⑥翘翘：高出的样子。错薪：丛丛杂生的柴草。⑦刈（yì）：割。楚：荆树。⑧于归：女子出嫁。⑨秣（mò）：用谷草喂马。⑩蒌（lóu）：草名，即蒌蒿。

◎汝坟◎

遵彼汝坟①，伐其条枚②。未见君子③，惄如调饥④。
遵彼汝坟，伐其条肄⑤。既见君子，不我遐弃⑥。
鲂鱼赪尾⑦，王室如燬⑧。虽则如燬，父母孔迩⑨！

【注释】

①遵：循，沿着。汝：水名，即汝河，源出河南省。坟：堤岸。②条：枝条，细而长的树枝。③君子：此处指在外服役或为官的丈夫。④惄（nì）：忧思。调（zhōu）饥：朝饥，即早上饥饿思食。比喻一种渴望的心情。⑤肄（yì）：树被砍伐后再生的小枝。⑥遐：远。⑦鲂（fáng）鱼：鱼名，今名武昌鱼。赪（chēng）：赤红色。⑧燬（huǐ）：烈火。⑨孔：甚。迩（ěr）：近。

召南

◎鹊巢◎

维鹊有巢^①，维鸠居之^②。之子于归，百两御之^③。
维鹊有巢，维鸠方之^④。之子于归，百两将之^⑤。
维鹊有巢，维鸠盈之^⑥。之子于归，百两成之^⑦。

【注释】

①鹊：喜鹊。有巢：比兴男子已造家室。②鸠：斑鸠，今名布谷鸟，这种鸟自己不筑巢，而是住在喜鹊的巢里。③百：虚数，指数量多。两：同"辆"。御（yù）：同"迓"，迎接。④方：占据。⑤将（jiāng）：护送。⑥盈：满。⑦成：结婚礼成。

◎采蘩◎

于以采蘩^①？于沼于沚^②。于以用之？公侯之事^③。
于以采蘩？于涧之中^④。于以用之？公侯之宫^⑤。
被之僮僮^⑥，夙夜在公^⑦。被之祁祁^⑧，薄言还归。

【注释】

①于以：问词，往哪儿去。蘩（fán）：白蒿。叶片形状很像艾叶，根茎可食，古代常用来祭祀。②沼：水池。沚（zhǐ）：水中小洲。③事：此指祭祀。④涧：山夹水曰涧。⑤宫：宗庙，代指祭典。⑥被（bì）：通"髲"，取他人之发编结披戴的发饰，相当于今天的假发。僮（tóng）僮：很多的样子。⑦夙：早。⑧祁（qí）祁：首饰繁多的样子。

邶 风

◎柏舟◎

汎彼柏舟①，亦汎其流。耿耿不寐②，如有隐忧③。微我无酒④，以敖以游。

我心匪鉴，不可以茹⑤。亦有兄弟，不可以据⑥。薄言往愬⑦，逢彼之怒。

我心匪石，不可转也。我心匪席，不可卷也。威仪棣棣⑧，不可选也⑨。

忧心悄悄⑩，愠于群小⑪。觏闵既多⑫，受侮不少。静言思之，寤辟有摽⑬。

日居月诸⑭，胡迭而微⑮。心之忧矣，如匪澣衣。静言思之，不能奋飞。

【注释】

①汎：浮行，漂流。②耿耿：不安的样子。③隐：深。④微：非，不是。⑤茹（rú）：容纳。⑥据：依靠。⑦愬（sù）：同"诉"，告诉。⑧棣棣：雍容娴雅的样子。⑨选：退让。⑩悄悄：忧愁的样子。⑪愠（yùn）：恼怒，怨恨。⑫觏（gòu）：遭逢。闵（mǐn）：忧伤。⑬寤：交互。辟（pì）：捶打。摽（biào）：垂胸。⑭居、诸：语气助词。⑮迭：更替。微：无光。

◎绿衣◎

绿兮衣兮，绿衣黄里。心之忧矣，曷维其已①。

绿兮衣兮，绿衣黄裳②。心之忧矣，曷维其亡。

绿兮丝兮，女所治兮③。我思古人④，俾无訧兮⑤。

絺兮绤兮⑥，凄其以风⑦。我思古人，实获我心⑧。

【注释】

①曷：何。已：止。②裳：下衣，形状如今天的裙子。③女（rǔ）：同"汝"。治：缝制。④古人：故人，指已亡故之人。⑤俾（bǐ）：使。訧（yóu）：过失。⑥絺（chī）：细葛布。绤（xì）：粗葛布。⑦凄：凉而有寒意。⑧获：得。

◎燕燕◎

燕燕于飞[1]，差池其羽[2]。之子于归[3]，远送于野。瞻望弗及，泣涕如雨[4]。

燕燕于飞，颉之颃之[5]。之子于归，远于将之[6]。瞻望弗及，伫立以泣。

燕燕于飞，下上其音。之子于归，远送于南[7]。瞻望弗及，实劳我心[8]。

仲氏任只[9]，其心塞渊[10]。终温且惠[11]，淑慎其身[12]。先君之思[13]，以勖寡人[14]。

【注释】

①燕燕：即燕子。②差（cī）池：不整齐。③于归：出嫁。④涕：眼泪。⑤颉（jié）：上飞。颃（háng）：下飞。⑥将：送。⑦南：南方。⑧劳：使操劳。⑨仲：排行第二。氏：姓氏。任：信任。⑩塞：诚实。渊：深厚。⑪终：既，已经。⑫淑：善良。慎：谨慎。⑬先君：已故的国君。⑭勖（xù）：勉励。寡人：寡德之人，庄姜自称。

◎日月◎

日居月诸[1]，照临下土。乃如之人兮[2]，逝不古处[3]。胡能有定[4]，宁不我顾[5]。

日居月诸，下土是冒[6]。乃如之人兮，逝不相好[7]。胡能有定，宁不我报。

日居月诸，出自东方。乃如之人兮，德音无良[8]。胡能有定，俾也可忘[9]。

日居月诸，东方自出。父兮母兮，畜我不卒⑩。胡能有定，报我不述⑪。

【注释】

①居、诸：语气助词。②之人：这样的人。③逝：语气助词。④胡：怎么。定：止。⑤宁：难道。顾：顾念。⑥冒：覆盖，照耀。⑦相好：和我交好。⑧德音：好话。⑨俾：使。⑩畜：养育。⑪不述：不遵循义理。

◎终风◎

终风且暴①，顾我则笑②。谑浪笑敖③，中心是悼④。

终风且霾⑤，惠然肯来⑥。莫往莫来⑦，悠悠我思。

终风且曀⑧，不日有曀⑨。寤言不寐⑩，愿言则嚏⑪。

曀曀其阴，虺虺其雷⑫。寤言不寐，愿言则怀⑬。

【注释】

①暴：疾风。②则：而。③谑：戏谑。浪：放荡。④中心：心中。悼：烦忧，害怕。⑤霾（mái）：沙尘飞扬的景象。⑥惠然：友好的样子。⑦莫往莫来：不相往来。⑧曀（yì）：阴云密布。⑨不日：不见太阳。有：同"又"。⑩寤：醒着。寐：睡着。⑪嚏（tì）：打喷嚏。⑫虺（huī）虺：雷声。⑬怀：思念。

◎击鼓◎

击鼓其镗①，踊跃用兵②。土国城漕③，我独南行。

从孙子仲④，平陈与宋⑤。不我以归⑥，忧心有忡⑦。

爰居爰处⑧，爰丧其马⑨。于以求之⑩，于林之下。

死生契阔⑪，与子成说⑫。执子之手，与子偕老。

于嗟阔兮⑬，不我活兮⑭。于嗟洵兮⑮，不我信兮⑯。

【注释】

①镗（tāng）：鼓声。②踊跃：双声联绵词，跳跃，表示高兴。③土国城漕：卫国大兴土木，筑造漕城。④孙子仲：人名，统兵的主帅。⑤平：和，调停。陈与宋：陈国与宋国。⑥不我以归：即不以我归，意思是长期不许我回家。⑦忡（chōng）：忧愁。⑧爰（yuán）：何处，哪里。⑨丧：丧失，此处有跑失之意。⑩于以：于何。⑪契阔：聚散。⑫成说：誓约。⑬于嗟：感叹词。⑭不：不许。⑮洵：信用。⑯信：古伸字，此处指伸说。

◎式微◎

式微，式微①，胡不归？微君之故②，胡为乎中露③！
式微，式微，胡不归？微君之躬④，胡为乎泥中！

【注释】

①式：语气助词。微：（日光）衰微，黄昏或曰天黑。②微：非。③中露：即露中，露水之中。倒文以协韵。④躬：身体。

◎静女◎

静女其姝①，俟我于城隅②。爱而不见③，搔首踟蹰④。
静女其娈⑤，贻我彤管⑥。彤管有炜⑦，说怿女美⑧。
自牧归荑⑨，洵美且异⑩。匪女之为美，美人之贻。

【注释】

①静女：贞静娴雅之女。朱熹《诗集传》："静者，闲雅之意。"姝（shū）：美好。②俟（sì）：等待。城隅（yú）：城角隐蔽处。③爱而：隐蔽的样子。④踟蹰（chí chú）：徘徊不定。⑤娈：面目姣好。⑥贻（yí）：赠。彤管：指红管草。⑦炜（wěi）：盛明的样子，有光彩。⑧说怿（yuè yì）：即"悦怿"，喜悦。⑨牧：野外。荑（tí）：初生的白茅，象征婚媾。⑩洵（xún）：实在，诚然。异：特殊。

◎新台①◎

新台有泚②，河水浼浼③。燕婉之求④，蘧篨不鲜⑤。
新台有洒⑥，河水浼浼⑦。燕婉之求，蘧篨不殄⑧。
鱼网之设，鸿则离之⑨。燕婉之求，得此戚施⑩。

【注释】

①新台：卫宣公替世子伋娶齐女，听说齐女漂亮，就在河边筑一座新台，把齐女给自己娶来，称为宣姜。②有泚（cǐ）：很鲜明的样子。③河水：此处指黄河。浼（mí）浼：大水茫茫。④燕婉：安乐、美好。⑤蘧篨（qú chú）：蛤蟆。鲜：善。⑥有洒（cuǐ）：高峻。⑦浼（měi）浼：水满的样子。⑧殄（tiǎn）：和善。⑨鸿：指蛤蟆。离：通"罹"，罹难，遭受。⑩戚施：驼背的人。这里指蛤蟆。

◎二子乘舟◎

二子乘舟，泛泛其景①。愿言思子②，中心养养③。
二子乘舟，泛泛其逝。愿言思子，不瑕有害④。

【注释】

①泛泛：飘荡的样子。景：通"憬"，远行。②愿：思念。③养（yáng）养：心神不定，烦躁不安。
④不瑕：不无，是疑惑、揣测之词。

鄘 风

◎柏舟◎

泛彼柏舟，在彼中河。髧彼两髦①，实维我仪②。之死矢靡它③！母也天
只④，不谅人只⑤！
泛彼柏舟，在彼河侧。髧彼两髦，实维我特⑥。之死矢靡慝⑦！母也天
只，不谅人只！

【注释】

①髧（dàn）：头发下垂的样子。两髦（máo）：古代男子未行冠礼前，头发齐眉，分向两边的样式。
②仪：配偶。③之：到。矢：誓。靡：无。④只：语气助词。⑤谅：相信。⑥特：与上文的"仪"
同义。⑦慝（tè）：改变。

◎墙有茨◎

墙有茨①，不可埽也②。中冓之言③，不可道也④。所可道也⑤，言之丑也。
墙有茨，不可襄也⑥。中冓之言，不可详也⑦。所可详也，言之长也。
墙有茨，不可束也。中冓之言，不可读也⑧。所可读也，言之辱也。

【注释】

①茨（cí）：蒺藜。②埽：除掉。③中冓（gòu）：宫中。④道：说。⑤所：若。⑥襄：除去。⑦详：
详细讲述。⑧读：说出，宣露。

◎君子偕老◎

　　君子偕老①，副笄六珈②。委委佗佗③，如山如河。象服是宜④，子之不淑⑤，云如之何⑥。

　　玼兮玼兮⑦，其之翟也⑧。鬒发如云⑨，不屑髢也⑩。玉之瑱也⑪，象之揥也⑫，扬且之皙也⑬。胡然而天也⑭，胡然而帝也。

　　瑳兮瑳兮⑮，其之展也⑯。蒙彼绉绤⑰，是绁袢也⑱。子之清扬⑲，扬且之颜也⑳。展如之人兮㉑，邦之媛也㉒。

【注释】

①君子：指卫宣公。偕老：夫妻相亲相爱、白头到老。②副：妇人的一种首饰。笄（jī）：簪。珈（jiā）：饰玉。③委委佗佗：举止雍容华贵、落落大方。④象服：镶有珠宝、绘有花纹的礼服。⑤淑：善。⑥云：句首发语词。如之何：奈之何。⑦玼（cǐ）：花纹绚烂。⑧翟：绣着山鸡彩羽的衣服。⑨鬒（zhěn）：黑发。如云：形容头发浓密。⑩髢（dí）：假发。⑪瑱（tiàn）：冠冕上垂在两耳旁的玉。⑫揥（tì）：发钗一类的首饰。⑬扬：前额宽广方正。且：助词。皙（xī）：白。⑭胡：怎么。然：这样。⑮瑳（cuō）：玉色鲜丽洁白。⑯展：古代夏天穿的一种纱衣。⑰蒙：覆盖，罩上。绤（chī）：细葛布。⑱绁袢（xiè fán）：夏天穿的白色内衣。⑲清扬：眉清目秀。⑳颜：额头。㉑展：的确。㉒媛：美女。

◎桑中◎

爰采唐矣①？沫之乡矣②。云谁之思？美孟姜矣③。期我乎桑中④，要我乎上官⑤，送我乎淇之上矣⑥。

爰采麦矣？沫之北矣。云谁之思？美孟弋矣。期我乎桑中，要我乎上官，送我乎淇之上矣。

爰采葑矣⑦？沫之东矣。云谁之思？美孟庸矣。期我乎桑中，要我乎上官，送我乎淇之上矣。

【注释】

①爰：于何，在哪里。唐：菟丝子，寄生蔓草，秋初开小花，籽实入药。②沫（mèi）：卫邑名，在今河南淇县。乡：郊外。③孟姜：姜家的长女。④桑中：地名。⑤要（yāo）：邀约。⑥淇：淇水。⑦葑（fēng）：一种菜名，即芜菁。

◎鹑之奔奔◎

鹑之奔奔①，鹊之彊彊②。人之无良③，我以为兄。

鹊之彊彊，鹑之奔奔。人之无良，我以为君。

【注释】

①鹑：鸟名，即鹌鹑。奔奔：雌雄一起飞的样子。②鹊：喜鹊。彊彊：同"奔奔"。③无良：不善。

◎相鼠◎

相鼠有皮①，人而无仪②。人而无仪，不死何为？

相鼠有齿，人而无止③。人而无止，不死何俟④？

相鼠有体，人而无礼。人而无礼，胡不遄死⑤？

【注释】

①相：视。②仪：威仪。③止：指遵守礼法。④俟（sì）：等待。⑤胡：何。遄（chuán）：速。

◎载驰◎

载驰载驱①，归唁卫侯②。驱马悠悠，言至于漕③。大夫跋涉，我心则忧。

既不我嘉④，不能旋反。视尔不臧⑤，我思不远⑥。既不我嘉，不能旋济。视尔不臧，我思不闷⑦。

陟彼阿丘，言采其蝱⑧。女子善怀⑨，亦各有行⑩。许人尤之⑪，众稚且狂⑫。

我行其野，芃芃其麦⑬。控于大邦⑭，谁因谁极⑮？大夫君子，无我有尤。百尔所思，不如我所之⑯。

【注释】

①载：语气助词。驰、驱：车马奔跑。②唁（yàn）：向死者家属表示慰问，此处不仅是哀悼卫侯，还有凭吊宗国危亡之意。③漕：地名。④嘉：赞许。⑤臧：好，善。⑥思：想法。⑦闷（bì）：同"毖"，谨慎。⑧言：语助词。蝱：贝母草。⑨怀：怀恋。⑩行：指主张。⑪尤：责怪。⑫众：通"终"，既是。⑬芃（péng）芃：草长得很茂盛的样子。⑭控：往告，赴告。⑮因：依靠。极：至，此处指援助者的到来。⑯之：往，行动。

卫风

◎淇奥◎

瞻彼淇奥①，绿竹猗猗②。有匪君子③，如切如磋④，如琢如磨⑤。瑟兮僴兮⑥，赫兮咺兮⑦。有匪君子，终不可谖兮⑧。

瞻彼淇奥，绿竹青青。有匪君子，充耳琇莹⑨，会弁如星⑩。瑟兮僴兮，赫兮咺兮。有匪君子，终不可谖兮。

瞻彼淇奥，绿竹如箦⑪。有匪君子，如金如锡⑫，如圭如璧⑬。宽兮绰兮，猗重较兮⑭。善戏谑兮，不为虐兮。

【注释】

①淇：淇水，源出河南林州市，东经淇县流入卫河。奥：水边深曲的地方。②猗猗：繁盛而美丽。

③匪：通"斐"，有文采貌。④切磋：本义是加工玉石骨器，此处引申为讨论研究学问。⑤琢磨：本义是玉石骨器的精细加工，此处亦引申为学问道德的钻研深究。⑥瑟：仪容庄重。僩（xiàn）：宽广，博大。⑦咺（xuān）：有威仪的样子。⑧谖（xuān）：忘记。⑨充耳：挂在冠冕两旁的饰物，下垂至耳，一般用玉石制成。琇（xiù）：似玉的美石。⑩会弁（biàn）：鹿皮帽接合处。⑪簀（zé）：堆积。⑫金、锡：黄金和锡，一说铜和锡。⑬圭：玉制的礼器，在举行隆重仪式时使用。璧：玉制礼器，正圆形，中有小孔，也是贵族朝会或祭祀时使用。⑭猗：通"倚"，依靠。较：古时车厢两旁作扶手的曲木或铜钩。

◎考槃◎

考槃在涧①，硕人之宽②。独寐寤言③，永矢弗谖④。
考槃在阿⑤，硕人之薖⑥。独寐寤歌，永矢弗过⑦。
考槃在陆⑧，硕人之轴⑨。独寐寤宿，永矢弗告⑩。

【注释】

①槃（pán）：快乐。②硕人：形象高大丰满的人，不仅指形体高大，更指道德的高尚。③寤：睡醒。寐：睡着。④矢：同"誓"。谖：忘却。⑤阿：山阿，山凹进去的地方。⑥薖（kē）：舒适，欢畅。⑦过：忘记，错过。⑧陆：高而平的地方。⑨轴：徘徊往复。⑩告：哀告，诉苦。

◎硕人①◎

硕人其颀②，衣锦褧衣③。齐侯之子④，卫侯之妻⑤，东宫之妹⑥，邢侯之姨⑦，谭公维私⑧。
手如柔荑⑨，肤如凝脂⑩，领如蝤蛴⑪，齿如瓠犀⑫，螓首蛾眉⑬，巧笑倩兮⑭，美目盼兮⑮。
硕人敖敖⑯，说于农郊⑰。四牡有骄⑱，朱幩镳镳⑲，翟茀以朝⑳。大夫夙退㉑，无使君劳。
河水洋洋㉒，北流活活㉓，施罛濊濊㉔，鱣鲔发发㉕，葭菼揭揭㉖，庶姜孽孽㉗，庶士有朅㉘。

【注释】

①硕人：高大白胖的美人。②颀（qí）：修长。③衣锦：穿着锦制的衣服。"衣"作动词用。褧（jiǒng）：布罩衣。④齐侯：指齐庄公。子：此处指女儿。⑤卫侯：指卫庄公。⑥东宫：太子居处。⑦姨：此处指妻子的姐妹。⑧私：女子称其姊妹之夫为"私"。⑨柔荑（tí）：白茅柔嫩之芽。

⑩凝脂：凝结的油脂。⑪领：颈部。蝤蛴（qiú qí）：天牛的幼虫，色白身长。⑫瓠犀：葫芦籽。因色白，排列整齐，所以常用来比喻美人的牙齿。⑬蝾（qín）首：形容前额丰满开阔。蛾眉：蚕蛾触角，细长而曲。这里形容眉毛细长弯曲。⑭倩：嘴角间好看的样子。⑮盼：眼珠转动。⑯敖敖：修长高大貌。⑰说：通"税"，停车。⑱牡：雄马。有骄：强壮的样子。⑲朱幩（fén）：用红绸布缠饰的马嚼子。镳（biāo）镳：盛美的样子。⑳翟茀（fú）以朝：野鸡毛羽作为车后的装饰。㉑夙退：早早退朝。㉒河水：此处特指黄河。洋洋：水流浩荡的样子。㉓北流：指黄河在齐、卫间北流入海。活活：水流声。㉔罛（gū）：大的鱼网。濊（huò）濊：撒网入水声。㉕鳣（zhān）：鳇黄鱼。鲔（wěi）：鲟鱼。发（bō）发：鱼尾击水之声。㉖葭（jiā）：初生的芦苇。菼（tǎn）：初生的荻草。揭揭：很长的样子。㉗庶姜：指随嫁的姜姓众女。孽孽：高大的样子。㉘庶士：文姜的陪从。朅（qiè）：勇武。

◎氓◎

氓之蚩蚩①，抱布贸丝②。匪来贸丝，来即我谋。送子涉淇③，至于顿丘④。匪我愆期⑤，子无良媒。将子无怒⑥，秋以为期。

乘彼垝垣⑦，以望复关⑧。不见复关，泣涕涟涟。既见复关，载笑载言⑨。尔卜尔筮⑩，体无咎言⑪。以尔车来，以我贿迁⑫。

桑之未落，其叶沃若⑬。于嗟鸠兮⑭，无食桑葚⑮。于嗟女兮，无与士耽⑯。士之耽兮，犹可说也⑰。女之耽兮，不可说也。

桑之落矣，其黄而陨⑱。自我徂尔⑲，三岁食贫。淇水汤汤⑳，渐车帷裳㉑。女也不爽㉒，士贰其行㉓。士也罔极㉔，二三其德㉕。

三岁为妇，靡室劳矣㉖。夙兴夜寐㉗，靡有朝矣。言既遂矣，至于暴矣㉘。兄弟不知，咥其笑矣㉙。静言思之，躬自悼矣㉚。

及尔偕老，老使我怨。淇则有岸，隰则有泮㉛。总角之宴㉜，言笑晏晏㉝。信誓旦旦㉞，不思其反。反是不思，亦已焉哉。

【注释】

①氓：民。蚩（chī）蚩：笑嘻嘻的样子。②布：古代货币，即布币。③淇：淇水。④顿丘：卫地名。⑤愆（qiān）：延误。⑥将：愿，请。⑦垝（guǐ）垣：破颓的墙。⑧复关：诗中男子的住地。⑨载：语气助词。⑩卜：卜卦，用龟甲卜吉凶。筮（shì）：用蓍草占吉凶。⑪体：卜筮所得卦象。咎言：不吉之言。⑫贿：财物。⑬沃若：润泽的样子。⑭于嗟：吁嗟，叹词。鸠：斑鸠。⑮桑葚（shèn）：桑树的果实。⑯耽：迷恋。⑰说：通"脱"，摆脱。⑱陨：坠落。⑲徂（cú）：往。⑳汤（shāng）汤：水势盛大。㉑渐（jiān）：沾湿。㉒爽：差错。㉓贰：有二心。㉔罔极：没有准则，行为多变。㉕二三其德：三心二意。㉖室劳：家务劳动。㉗夙兴夜寐：早起晚睡。㉘暴：凶暴。㉙咥（xì）：讥笑。㉚悼：伤心。㉛隰（xí）：低湿之地。泮（pàn）：岸，水边。㉜总角：古时儿童两边梳辫，状如双角。此处指童年。㉝晏晏：和悦的样子。㉞旦旦：明朗的样子。

◎有狐◎

有狐绥绥①，在彼淇梁②。心之忧矣，之子无裳③。

有狐绥绥，在彼淇厉④。心之忧矣，之子无带。

有狐绥绥，在彼淇侧⑤。心之忧矣，之子无服。

【注释】

①绥绥：独行求匹貌。②淇：水名。梁：桥。③之子：这个人。④厉：水深及腰，可以涉过之处。
⑤侧：岸边。

◎木瓜◎

投我以木瓜①，报之以琼琚②。匪报也③，永以为好也。

投我以木桃④，报之以琼瑶。匪报也，永以为好也。

投我以木李⑤，报之以琼玖。匪报也，永以为好也。

【注释】

①木瓜：一种落叶灌木（或小乔木），果实长椭圆形，色黄而香，蒸煮或蜜渍后供食用。②琼琚（jū）：
美玉。③匪：非。④木桃：果名，即楂子，比木瓜小。⑤木李：果名，即榠楂。

王风

◎黍离◎

彼黍离离①，彼稷之苗②。行迈靡靡③，中心摇摇④。知我者谓我心忧，
不知我者谓我何求。悠悠苍天，此何人哉！

彼黍离离，彼稷之穗。行迈靡靡，中心如醉。知我者谓我心忧，不知
我者谓我何求。悠悠苍天，此何人哉！

彼黍离离，彼稷之实。行迈靡靡，中心如噎⑤。知我者谓我心忧，不知
我者谓我何求。悠悠苍天，此何人哉！

【注释】

①黍（shǔ）：黍子，去皮后叫黏黄米。离离：行列之貌。②稷（jì）：高粱。③靡靡：行步迟缓貌。
④摇摇：形容心神不安。⑤噎（yē）：气逆不能呼吸。

◎君子于役◎

君子于役，不知其期，曷至哉？鸡栖于埘①，日之夕矣，羊牛下来。君
子于役，如之何勿思？

君子于役，不日不月，曷其有佸②？鸡栖于桀，日之夕矣，羊牛下括③。
君子于役，苟无饥渴④！

【注释】

①埘（shí）：在墙壁上挖洞做成的鸡舍。②佸（huó）：会合。③括：至。④苟：表推测的语气词，
大概，也许。

◎葛藟◎

绵绵葛藟①，在河之浒②。终远兄弟③，谓他人父。谓他人父，亦莫我顾。

绵绵葛藟，在河之涘。终远兄弟，谓他人母。谓他人母，亦莫我有④。

绵绵葛藟，在河之漘。终远兄弟，谓他人昆⑤。谓他人昆，亦莫我闻⑥。

【注释】

①绵绵：连绵不绝。葛藟（lěi）：藤蔓。②浒（hǔ）：水边。与下文"涘（sì）""漘（chún）"同义。
③终：既，已。④有（yòu）：通"友"，帮助。⑤昆：兄。⑥闻：与"问"通。

◎采葛◎

彼采葛兮①，一日不见，如三月兮。

彼采萧兮②，一日不见，如三秋兮③。

彼采艾兮④，一日不见，如三岁兮。

①葛：一种蔓生植物，块根可食，茎可制纤维。②萧：植物名。蒿的一种，即青蒿。有香气，古时用于祭祀。③三秋：通常一秋为一年，后又有专指秋三月的用法。这里三秋长于三月，短于三年，义同三季，九个月。④艾：植物名，菊科植物。

◎大车◎

大车槛槛①，毳衣如菼②。岂不尔思，畏子不敢。

大车啍啍③，毳衣如璊④。岂不尔思，畏子不奔。

穀则异室⑤，死则同穴。谓予不信，有如皦日⑥。

【注释】

①槛（kǎn）槛：车轮的响声。②毳（cuì）衣：车毡，用于蔽风雨。菼（tǎn）：芦苇的一种。③啍（tūn）啍：重滞徐缓的样子。④璊（mén）：红色美玉，此处喻红色车篷。⑤穀：活着。⑥皦：同"皎"，光明。

◎丘中有麻◎

丘中有麻①，彼留子嗟②。彼留子嗟，将其来施施③。

丘中有麦，彼留子国④。彼留子国，将其来食。

丘中有李，彼留之子。彼留之子，贻我佩玖⑤。

【注释】

①麻：大麻，古时种植以其皮织布做衣。②子嗟：人名。③将（qiāng）：请，愿，希望。施施：慢行貌，一说高兴貌。④子国：人名。⑤贻：赠。玖：玉一类的美石。

郑 风

◎缁衣◎

缁衣之宜兮①，敝予又改为兮②。适子之馆兮③。还予授子之粲兮④。

缁衣之好兮，敝予又改造兮。适子之馆兮，还予授子之粲兮。

缁衣之蓆兮⑤，敝予又改作兮。适子之馆兮，还予授子之粲兮。

【注释】

①缁（zī）衣：黑色的衣服，当时卿大夫到官署所穿的衣服。宜：合适。②敝：破坏。③适：往。馆：官舍。④粲："餐"之假借字。⑤蓆：宽大舒适。

◎将仲子◎

将仲子兮①，无踰我里②，无折我树杞③。岂敢爱之④，畏我父母。仲可怀也，父母之言，亦可畏也。

将仲子兮，无踰我墙，无折我树桑。岂敢爱之，畏我诸兄。仲可怀也，诸兄之言，亦可畏也。

将仲子兮，无踰我园，无折我树檀。岂敢爱之，畏人之多言。仲可怀也，人之多言，亦可畏也。

【注释】

①将：愿，请。②踰：翻越。里：邻里。古代二十五家为里。③树：种植。④爱：爱惜。

◎女曰鸡鸣◎

女曰鸡鸣，士曰昧旦①。子兴视夜②，明星有烂③。将翱将翔④，弋凫与雁⑤。

弋言加之⑥，与子宜之⑦。宜言饮酒，与子偕老。琴瑟在御⑧，莫不静好⑨。

知子之来之⑩，杂佩以赠之⑪。知子之顺之⑫，杂佩以问之。知子之好之，杂佩以报之。

【注释】

①昧旦：天色将明未明之际。②兴：起。视夜：察看夜色。③明星：启明星。有烂：灿烂，明亮。④将翱将翔：已到破晓时分,宿鸟将出巢飞翔。⑤弋（yì）：用生丝做绳,系在箭上射鸟。凫：野鸭。⑥加：射中。⑦与：为。宜：即"肴"，烹调菜肴。⑧御：弹奏。⑨静好：和睦安好。⑩来：殷勤体贴之意。⑪杂佩：古人佩饰，上系珠、玉等，质料和形状不一，故称杂佩。⑫顺：柔顺。

◎有女同车◎

有女同车，颜如舜华①。将翱将翔，佩玉琼琚②。彼美孟姜③，洵美且都④。

有女同行，颜如舜英。将翱将翔，佩玉将将⑤。彼美孟姜，德音不忘⑥。

【注释】

①舜华：植物名，即木槿花。华：同"花"。②琼琚：美玉。③孟姜：毛传："齐之长女。"排行最大的称孟,姜则是齐国的国姓。后世孟姜也用作美女的通称。④洵：确实。都：娴雅。⑤将将：即"锵锵"，玉石相互碰击摩擦发出的声音。⑥德音：美好的品德声誉。

◎山有扶苏◎

山有扶苏①，隰有荷华②。不见子都③，乃见狂且④。

山有桥松⑤，隰有游龙⑥，不见子充⑦，乃见狡童⑧。

【注释】

①扶苏：树木名。②隰：洼地。③子都：古代美男子。④狂且（jū）：丑陋的狂童。⑤桥：通"乔"，高大。⑥游龙：水草名，又名水红。⑦子充：古代良人名。⑧狡童：狡狯的少年。

齐风

◎鸡鸣◎

鸡既鸣矣，朝既盈矣①。匪鸡则鸣②，苍蝇之声。

东方明矣，朝既昌矣③。匪东方则明，月出之光。

虫飞薨薨④，甘与子同梦。会且归矣⑤，无庶予子憎⑥。

【注释】

①朝盈：上朝堂的官员已满。②匪：不是。③昌：盛，意味人多。④薨（hōng）薨：飞虫的振翅声。⑤会：会朝，上朝。⑥无庶予子憎：庶几予子憎，庶几没有因我恨你。

◎还◎

子之还兮①，遭我乎猺之间兮②。并驱从两肩兮③，揖我谓我儇兮④。

子之茂兮⑤，遭我乎猺之道兮。并驱从两牡兮⑥，揖我谓我好兮。

子之昌兮⑦，遭我乎猺之阳兮。并驱从两狼兮，揖我谓我臧兮⑧。

【注释】

①还：轻捷貌。②猺（náo）：齐国山名，在今山东淄博。③肩：三岁的兽。④儇（xuān）：轻快便捷。⑤茂：美，此处指善猎。⑥牡：公兽。⑦昌：指强有力。⑧臧：善，好。

◎著◎

俟我于著乎而①，充耳以素乎而②，尚之以琼华乎而③。

俟我于庭乎而，充耳以青乎而，尚之以琼莹乎而。

俟我于堂乎而，充耳以黄乎而，尚之以琼英乎而。

【注释】

①著：古代富贵人家正门内有屏风，正门与屏风之间叫著。乎而：语尾助词。②充耳：饰物，悬

在冠之两侧。③尚：加上。琼：赤玉。华：与后文的"莹""英"一样，均形容玉的光彩，因协韵而换字。

◎东方之日◎

东方之日兮，彼姝者子①，在我室兮。在我室兮，履我即兮②。
东方之月兮，彼姝者子，在我闼兮③。在我闼兮，履我发兮④。

【注释】

①姝：貌美。②履：蹑，放轻脚步。即：相就，接近。③闼：内门。④发：走去，指蹑步相随。

◎东方未明◎

东方未明，颠倒衣裳①。颠之倒之，自公召之。
东方未晞②，颠倒裳衣。倒之颠之，自公令之。
折柳樊圃③，狂夫瞿瞿④。不能辰夜⑤，不夙则莫⑥。

【注释】

①衣裳：古时上衣叫"衣"，下衣叫"裳"。②晞（xī）：破晓，天刚亮。③樊：篱笆。圃：菜园。④狂夫：狂妄无知的人。瞿（jù）瞿：瞪视貌。⑤辰：指白天。⑥夙（sù）：早。莫：晚。

◎猗嗟◎

猗嗟昌兮①，颀而长兮②。抑若扬兮③，美目扬兮。巧趋跄兮④，射则臧兮⑤。
猗嗟名兮⑥，美目清兮⑦。仪既成兮⑧，终日射侯⑨。不出正兮⑩，展我甥兮⑪。

猗嗟娈兮⑫，清扬婉兮。舞则选兮⑬，射则贯兮⑭。四矢反兮⑮，以御乱兮⑯。

【注释】

①猗嗟：叹美之词。昌：壮盛的样子。②颀：身长貌。③抑：通"懿"，美好。④趋跄：快步走，从容而又合节拍的姿态。⑤臧：善。⑥名：眉睫之间。⑦清：眼睛黑白分明。⑧成：成就，完成。⑨侯：古代赛射或习射时用的箭靶。用兽皮做的叫"皮侯"，用布做的叫"布侯"。⑩正：箭靶的中心。⑪展：诚然，真是。⑫娈：美好。与下句"婉"字义同。⑬选：指齐乐善舞。⑭贯：射中。⑮反：重复之意，指箭箭射中一处。⑯御：抵抗，御敌。

魏 风

◎伐檀◎

坎坎伐檀兮①，寘之河之干兮②。河水清且涟猗③。不稼不穑④，胡取禾三百廛兮⑤？不狩不猎⑥，胡瞻尔庭有县貆兮⑦？彼君子兮⑧，不素餐兮⑨！

坎坎伐辐兮⑩，寘之河之侧兮。河水清且直兮⑪。不稼不穑，胡取禾三百亿兮？不狩不猎，胡瞻尔庭有县特兮⑫？彼君子兮，不素食兮！

坎坎伐轮兮，寘之河之漘兮⑬。河水清且沦猗⑭。不稼不穑，胡取禾三百囷兮？不狩不猎，胡瞻尔庭有县鹑兮？彼君子兮，不素飧兮⑮！

【注释】

①坎坎：象声词，伐木声。②寘（zhì）：同"置"，放。干：河岸。③涟（lián）：水波纹。猗（yī）：义同"兮"，语气助词。④稼（jià）：播种。穑（sè）：收获。⑤禾：谷物。三百：极言其多，非实数。廛（chán）：捆。⑥狩：冬猎。猎：夜猎。此诗中皆泛指打猎。⑦瞻：向前或向上看。县：古"悬"字。貆（huán）：幼貉。⑧君子：此系反话，指有地位有权势者。⑨素餐：白吃饭，不劳而获。⑩辐：车轮上的辐条。⑪直：水流的直波。⑫特：三岁的兽。⑬漘（chún）：河岸。⑭沦：小波纹。⑮飧（sūn）：晚餐，此处泛指吃饭。

◎硕鼠◎

硕鼠硕鼠①，无食我黍②！三岁贯女③，莫我肯顾。逝将去女④，适彼乐土。乐土乐土，爰得我所⑤！

　　硕鼠硕鼠，无食我麦！三岁贯女，莫我肯德⑥。逝将去女，适彼乐国⑦。乐国乐国，爰得我直⑧！

　　硕鼠硕鼠，无食我苗！三岁贯女，莫我肯劳。逝将去女，适彼乐郊。乐郊乐郊，谁之永号⑨！

【注释】

①硕鼠：田鼠。②无：毋，不要。黍：黍子，去皮后叫黏米，是重要的粮食作物之一。③三岁：多年。贯：侍奉。④逝：通"誓"。去：离开。女：同"汝"。⑤爰：于是，在此。所：处所。⑥德：恩惠。⑦国：域，即地方。⑧直：同"值"，价值。⑨之：其，表示诘问语气。号：呼喊。

唐风

◎绸缪◎

　　绸缪束薪①，三星在天②。今夕何夕，见此良人③？子兮子兮，如此良人何？

　　绸缪束刍④，三星在隅⑤。今夕何夕，见此邂逅⑥？子兮子兮，如此邂逅何？

　　绸缪束楚⑦，三星在户。今夕何夕，见此粲者⑧？子兮子兮，如此粲者何？

【注释】

①绸缪（móu）：缠绕，捆束。②三星：即参星。③良人：丈夫，指新郎。④刍（chú）：喂牲口的青草。⑤隅：指东南角。⑥邂逅（xiè hòu）：不约而来的爱悦者。⑦楚：荆条。⑧粲者：漂亮的人，此处指新娘。

◎无衣◎

　　岂曰无衣？七兮①。不如子之衣②，安且吉兮③。

　　岂曰无衣？六兮。不如子之衣，安且燠兮④。

【注释】

①七：虚数，表现衣服之多。②子：第二人称的尊称。③安：舒适。吉：美,善。④燠（yù）:温暖。

秦风

◎车邻◎

有车邻邻^①，有马白颠^②。未见君子^③，寺人之令^④。
阪有漆^⑤，隰有栗^⑥。既见君子，并坐鼓瑟。今者不乐，逝者其耋^⑦。
阪有桑，隰有杨。既见君子，并坐鼓簧^⑧。今者不乐，逝者其亡。

【注释】

①邻邻：同"辚辚"，车行声。②颠：头额。③君子：对友人的尊称。④寺人：近侍，常指宦官。
⑤阪：山坡。⑥隰：低湿的地方。⑦耋（dié）:八十岁，此处泛指老人。⑧簧：原指笙吹管中的
簧片，此处代指笙。

◎驷驖◎

驷驖孔阜^①，六辔在手^②。公之媚子^③，从公于狩^④。
奉时辰牡^⑤，辰牡孔硕^⑥。公曰左之^⑦，舍拔则获^⑧。
游于北园^⑨，四马既闲。辀车鸾镳^⑩，载猃歇骄^⑪。

【注释】

①驷：四马。驖（tiě）:毛色似铁的好马。②辔：马缰。原本四匹马应有八条缰绳，但由于中间
两匹马的内侧两条辔绳系在御者前面的车杠上，所以只有六辔在手。③媚子：亲信、宠爱的人。
④狩：冬猎。古代帝王打猎，四季各有专称。《左传 隐公五年》:"故春蒐、夏苗、秋狝、冬狩。"
⑤奉时：指为公爷赶兽。辰牡：牝鹿和牡鹿代祭祀皆用公兽。⑥硕：肥大。⑦左之：向左面射箭。
⑧舍：放、发。拔：箭的尾部。⑨北园：秦君狩猎时休憩用的园子。⑩辀（yóu）:用于驱赶堵截
野兽的轻便车。鸾：鸾铃。镳（biāo）:勒马用具，与衔（马嚼子）合用，衔在马口中，镳是两头
露在外面的部分。⑪猃（xiǎn）:长嘴的猎狗。歇骄：短嘴的猎狗。

◎小戎◎

小戎伐收①，五桊梁辀②。游环胁驱③，阴靷鋈续④。文茵畅毂⑤，驾我骐𬴂⑥。言念君子⑦，温其如玉⑧。在其板屋⑨，乱我心曲⑩。

四牡孔阜⑪，六辔在手⑫。骐骝是中⑬，騧骊是骖⑭。龙盾之合⑮，鋈以觼𫐄⑯。言念君子，温其在邑⑰。方何为期⑱，胡然我念之⑲？

伐驷孔群⑳，厹矛鋈錞㉑。蒙伐有苑㉒，虎韔镂膺㉓。交韔二弓㉔，竹闭绲縢㉕。言念君子，载寝载兴㉖。厌厌良人㉗，秩秩德音㉘。

【注释】

①小戎：兵车。因车厢较小，故称小戎。伐（jiàn）：浅。收：轸，车后横木。②桊（mù）：用皮革分五处缠在车辕上，起加固和修饰作用。梁辀（zhōu）：弯曲的车辕如船状，即用五束皮带系在车辕上。③游环：活动的环。协驱：驾具。马的胁部加上皮扣，连在拉车的皮带上。④靷（yǐn）：引车前行的皮革。鋈（wù）续：以白铜镀的环紧紧扣住皮带。⑤文茵：有纹饰的虎皮坐垫。畅毂（gǔ）：长毂。⑥骐：青黑色如棋盘格子纹的马。𬴂（zhù）：左后蹄为白色，或四蹄皆白的马。⑦君子：此处指从军的丈夫。⑧温其如玉：女子形容丈夫性情温润如玉。⑨板屋：用木板建造的房屋。⑩心曲：心灵深处。⑪牡：公马。孔：甚。阜：肥大。⑫辔：缰绳。⑬骝（liú）：赤身黑鬣的马。⑭騧（guā）：黄色、黑嘴的马。⑮龙盾：画龙的盾牌。⑯觼（jué）：有舌的环。𫐄（nà）：内侧二马的辔绳。⑰邑：秦国的属邑。⑱方：将。期：指归期。⑲胡然：为什么。⑳伐驷：披薄轻甲的四马。孔群：很协调。㉑厹（qiú）矛：头有三棱锋刃的长矛。錞（duì）：矛柄下端的金属套。㉒蒙：画杂乱的羽纹。伐：中型盾。苑：花纹。㉓虎韔（chàng）：虎皮弓囊。镂膺：在弓囊前刻花纹。㉔交韔二弓：两张弓，一弓向左，一弓向右，交错放在袋中。㉕闭：弓架，用以正弓。绲（gǔn）：绳。縢（téng）：缠束。㉖载寝载兴：又睡又起，起卧不宁。㉗厌厌：安静柔和的样子。㉘秩秩：聪明多智。

◎蒹葭◎

蒹葭苍苍①，白露为霜。所谓伊人②，在水一方。溯洄从之③，道阻且长。溯游从之，宛在水中央。

蒹葭萋萋，白露未晞④。所谓伊人，在水之湄⑤。溯洄从之，道阻且跻⑥。溯游从之，宛在水中坻⑦。

蒹葭采采，白露未已。所谓伊人，在水之涘⑧。溯洄从之，道阻且右⑨。溯游从之，宛在水中沚⑩。

【注释】

①蒹葭（jiān jiā）：芦苇。苍苍：鲜明、茂盛貌。下文"萋萋""采采"义同。②伊人：那个人，指所思慕的对象。③溯洄：逆流而上。下文"溯游"指顺流而下。④晞（xī）：干。⑤湄：水和草交接的地方。⑥跻（jī）：登。⑦坻（chí）：水中高地。⑧涘（sì）：水边。⑨右：不直，绕弯。⑩沚（zhǐ）：水中的小沙洲。

◎终南◎

终南何有①？有条有梅②。君子至止，锦衣狐裘③。颜如渥丹④，其君也哉！

终南何有？有纪有堂⑤。君子至止，黻衣绣裳⑥。佩玉将将⑦，寿考不忘⑧。

【注释】

①终南：终南山。②条：树名，即山楸。③锦衣狐裘：当时诸侯的礼服。④丹：赤石所制的红色颜料，今名朱砂。⑤纪：通"杞"，杞树。堂：通"棠"，指赤棠树。⑥黻（fú）衣：黑色青色花纹相间的上衣。绣裳：五彩绣成的下衣。⑦将将：同"锵锵"，象声词。⑧考：高寿。

◎黄鸟◎

交交黄鸟①，止于棘②。谁从穆公③？子车奄息④。维此奄息，百夫之特⑤。临其穴，惴惴其慄⑥。彼苍者天⑦，歼我良人⑧！如可赎兮，人百其身⑨。

交交黄鸟，止于桑⑩。谁从穆公？子车仲行。维此仲行，百夫之防⑪。临其穴，惴惴其慄。彼苍者天，歼我良人！如可赎兮，人百其身。

交交黄鸟，止于楚⑫。谁从穆公？子车鍼虎。维此鍼虎，百夫之御。临其穴，惴惴其慄。彼苍者天，歼我良人！如可赎兮，人百其身。

【注释】

①交交：飞来飞去。②棘：酸枣树。棘之言"急"，双关语。③从：殉葬。④子车：复姓。奄息：人名。下文"子车仲行""子车鍼（zhēn）虎"与此同。⑤特：杰出的。⑥"临其穴"二句：郑笺："谓秦人哀伤其死，临视其圹，皆为之悼慄。"⑦彼苍者天：悲哀至极的呼号，犹今语"老天爷"。⑧良人：好人。⑨人百其身：用一百人赎一条命。⑩桑：桑树。桑之言"丧"，双关语。⑪防：抵挡。⑫楚：荆树。楚之言"痛楚"，亦为双关。

◎晨风◎

䴏彼晨风①，郁彼北林②。未见君子，忧心钦钦③。如何如何，忘我实多！

山有苞栎④，隰有六驳⑤。未见君子，忧心靡乐。如何如何，忘我实多！

山有苞棣⑥，隰有树檖⑦。未见君子，忧心如醉。如何如何，忘我实多！

【注释】

①䴏（yù）：鸟疾飞的样子。晨风：鸟名，即鹯（zhān）鸟，属于鹞鹰一类的猛禽。②郁：郁郁葱葱，形容茂密。③钦钦：忧而不忘之貌。④苞：丛生的样子。栎（lì）：树名，柞树。⑤隰（xí）：低洼湿地。六驳（bó）：木名，梓榆之属。⑥棣：唐棣，也叫郁李，果实是红色的，形状如梨。⑦檖（suì）：山梨。

◎无衣◎

岂曰无衣？与子同袍①。王于兴师②，修我戈矛。与子同仇③。

岂曰无衣？与子同泽④。王于兴师，修我矛戟。与子偕作⑤。

岂曰无衣？与子同裳⑥。王于兴师，修我甲兵⑦。与子偕行。

【注释】

①袍：长袍。②王：此处指周王。③同仇：共同对抗敌人。④泽：内衣。⑤偕：一起。⑥裳：下衣，此指战裙。⑦甲兵：铠甲与兵器。

陈 风

◎宛丘◎

子之汤兮①，宛丘之上兮②。洵有情兮③，而无望兮。
坎其击鼓④，宛丘之下。无冬无夏，值其鹭羽⑤。
坎其击缶⑥，宛丘之道。无冬无夏，值其鹭翿⑦。

【注释】

①汤：通"荡"。②宛丘：四方高、中央低的土山。③洵：确实，实在是。④坎：击鼓声。⑤值：持。
⑥缶（fǒu）：瓦盆，一种打击乐器。⑦翿（dào）：一种用鸟羽毛制作的伞形舞蹈道具。

◎月出◎

月出皎兮①，佼人僚兮②。舒窈纠兮③，劳心悄兮④。
月出皓兮⑤，佼人懰兮⑥。舒忧受兮，劳心慅兮⑦。
月出照兮⑧，佼人燎兮⑨。舒夭绍兮，劳心惨兮⑩。

【注释】

①皎：月光洁白明亮。②佼：同"姣"，美好。僚：娇美。③舒：舒徐，舒缓，指从容娴雅。窈纠：与第二、
三章的"忧受""夭绍"，皆形容女子行走时体态的曲线美。④劳心：忧心。悄：忧愁状。⑤皓：洁白明亮状。
⑥懰：娇美。⑦慅（cǎo）：心神不宁。⑧照：明亮貌。⑨燎：明。⑩惨：当为"懆（cǎo）"，焦躁貌。

◎株林◎

胡为乎株林①？从夏南②？匪适株林？从夏南！
驾我乘马③，说于株野④。乘我乘驹⑤，朝食于株⑥。

【注释】

①胡为：为什么。株：陈国邑名。林：郊野。②从：跟，此处意思是找人。夏南：即夏姬之子夏

徵舒。③乘马：四匹马。古以一车四马为一乘。④说：通"税"，此处指停车解马。株野：株邑之郊野。⑤驹：马高五尺以上、六尺以下称"驹"，大夫所乘；马高六尺以上称"马"，诸侯国君所乘。⑥朝食：吃早饭。

◎泽陂◎

彼泽之陂①，有蒲与荷②。有美一人，伤如之何③？寤寐无为，涕泗滂沱④。

彼泽之陂，有蒲与蕳⑤。有美一人，硕大且卷⑥。寤寐无为，中心悁悁⑦。

彼泽之陂，有蒲菡萏⑧。有美一人，硕大且俨。寤寐无为，辗转伏枕。

【注释】

①陂（bēi）：堤岸。②蒲：香蒲，一种生在河滩上的植物。③伤：因思念而忧伤。④涕泗：眼泪和鼻涕。⑤蕳（jiān）：兰草。⑥卷（quàn）：通"鬈"，头发卷，形容鬓发很美。⑦悁悁：忧伤愁闷的样子。⑧菡萏（hàn dàn）：荷花。

曹 风

◎蜉蝣◎

蜉蝣之羽，衣裳楚楚。心之忧矣，於我归处①？
蜉蝣之翼，采采衣服。心之忧矣，於我归息？
蜉蝣掘阅②，麻衣如雪③。心之忧矣，於我归说④？

【注释】

①於我归处：何处是我的归宿。②掘阅：通"掘穴"，即掘地而出。③麻衣：指古朝服。④说（shuì）：通"税"，歇息。

◎候人◎

彼候人兮①，何戈与祋②。彼其之子③，三百赤芾④。

维鹈在梁⑤，不濡其翼⑥。彼其之子，不称其服⑦。

维鹈在梁，不濡其咮⑧。彼其之子，不遂其媾⑨。

荟兮蔚兮⑩，南山朝隮⑪。婉兮娈兮⑫，季女斯饥⑬。

【注释】

①候人：官名，是看守边境、迎送宾客和治理道路、掌管禁令的小官。②何：通"荷"，扛着。祋(duì)：武器，殳的一种，竹制，长一丈二尺，有棱而无刃。③彼：他。其：语气词。之子：那人，那些人。④赤芾(fú)：赤色的芾。芾是祭祀时穿的衣服，是一种用皮革制作的蔽膝，上窄下宽，上端固定在腰部衣上，按官品不同而有不同的颜色。⑤鹈(tí)：即鹈鹕，喙下有囊，食鱼为生。梁：伸向水中用于捕鱼的堤坝。⑥濡(rú)：沾湿。⑦称：相称，相配。服：官服。⑧咮(zhòu)：禽鸟的喙。⑨遂：终，久。媾：厚待，厚受。此处指厚禄。⑩荟(huì)、蔚：云层蔽日，天空阴暗昏沉的样子。⑪朝：早上。隮(jī)：升，登。⑫娈：貌美。⑬季女：少女。

◎鸤鸠◎

鸤鸠在桑①，其子七兮。淑人君子②，其仪一兮③。其仪一兮，心如结兮④。

鸤鸠在桑，其子在梅。淑人君子，其带伊丝⑤。其带伊丝，其弁伊骐⑥。

鸤鸠在桑，其子在棘⑦。淑人君子，其仪不忒⑧。其仪不忒，正是四国⑨。

鸤鸠在桑，其子在榛⑩。淑人君子，正是国人。正是国人，胡不万年⑪？

【注释】

①鸤(shī)鸠：布谷鸟。②淑人：善人。③仪：仪表，仪态。④心如结：比喻用心专一。⑤其：他的。⑥弁(biàn)：皮帽。骐：青黑色的马。⑦棘：酸枣树。⑧忒(tè)：变。⑨正：法则。⑩榛：丛生的树，树丛。⑪胡：何。

豳 风

◎七月◎

七月流火①，九月授衣②。一之日觱发③，二之日栗烈④。无衣无褐，何以卒岁？三之日于耜，四之日举趾。同我妇子，馌彼南亩⑤，田畯至喜⑥。

七月流火，九月授衣。春日载阳，有鸣仓庚⑦。女执懿筐⑧，遵彼微行⑨，爰求柔桑。春日迟迟，采蘩祁祁⑩。女心伤悲，殆及公子同归。

七月流火，八月萑苇⑪。蚕月条桑⑫，取彼斧斨⑬，以伐远扬⑭，猗彼女桑⑮。七月鸣鵙⑯，八月载绩。载玄载黄，我朱孔阳⑰，为公子裳。

四月秀葽⑱，五月鸣蜩⑲。八月其获，十月陨萚⑳。一之日于貉㉑，取彼狐狸，为公子裘。二之日其同，载缵武功㉒。言私其豵㉓，献豣于公㉔。

五月斯螽动股㉕，六月莎鸡振羽㉖。七月在野，八月在宇，九月在户，十月蟋蟀入我床下。穹窒熏鼠㉗，塞向墐户㉘。嗟我妇子，曰为改岁，入此室处。

六月食郁及薁，七月亨葵及菽。八月剥枣，十月获稻。为此春酒，以介眉寿。七月食瓜，八月断壶㉙。九月叔苴㉚，采荼薪樗㉛，食我农夫。

九月筑场圃，十月纳禾稼。黍稷重穋㉜，禾麻菽麦。嗟我农夫，我稼既同㉝，上入执宫功㉞。昼尔于茅，宵尔索绹㉟。亟其乘屋㊱，其始播百谷。

二之日凿冰冲冲㊲，三之日纳于凌阴㊳。四之日其蚤，献羔祭韭。九月肃霜㊴，十月涤场。朋酒斯飨�441，曰杀羔羊。跻彼公堂，称彼兕觥㊵，万寿无疆！

【注释】

①流火：大火星自南方高处向偏西方向下行。②授衣：裁制冬衣。③觱（bì）发：风吹过物体发出的声响。④栗烈：凛冽、寒冷。⑤馌（yè）：送饭。⑥田畯（jùn）：为领主监工的农官。⑦仓庚：黄莺。⑧懿筐：很深的筐。⑨微行：小路。⑩蘩：白蒿。祁祁：形容采蘩妇女众多。⑪萑（huán）苇：芦苇。⑫条桑：修整桑枝。⑬斨（qiāng）：方孔的斧。⑭远扬：长得特别高或特别长的桑枝。⑮猗彼女桑：用绳子拉住柔桑。⑯鸣鵙（jú）：伯劳鸟。⑰孔阳：色彩十分鲜明的样子。⑱秀：长穗。葽（yāo）：即远志，一种药用植物。⑲蜩（tiáo）：蝉。⑳陨萚（tuò）：落叶。㉑于貉：猎貉。㉒缵：继续。㉓豵（zōng）：小野猪。㉔豣（jiān）：大野猪。㉕斯

螽（zhōng）：即螽斯，昆虫名。㉖莎鸡：纺织娘，昆虫名。㉗穹窒：堵住洞穴。㉘塞向：堵塞北窗。墐户：将泥涂在竹木所制的门上，堵住缝隙，抵御御寒风。㉙壶：葫芦。㉚叔苴（jū）：拾麻籽。㉛荼：苦菜。樗（chū）：苦椿树。㉜重穆（lù）：后熟曰重，先熟曰穆。㉝既同：已收齐。㉞上：同"尚"。功：事。㉟索绹（táo）：搓草绳。㊱乘屋：覆盖屋顶。㊲冲冲：凿冰的声音。㊳凌阴：冰窖。㊴蚤：同"早"，此指早朝，古代一种祭祀仪式。㊵肃霜：凝露成霜。㊶朋酒：两壶酒。㊷兕觥（sì gōng）：铜制的犀牛状酒杯。

◎鸱鸮◎

鸱鸮鸱鸮①，既取我子②，无毁我室③。恩斯勤斯④，鬻子之闵斯⑤！
迨天之未阴雨⑥，彻彼桑土⑦，绸缪牖户⑧。今女下民⑨，或敢侮予⑩！
予手拮据⑪，予所捋荼⑫，予所蓄租⑬，予口卒瘏⑭，曰予未有室家⑮！
予羽谯谯⑯，予尾翛翛⑰，予室翘翘⑱，风雨所漂摇，予维音哓哓⑲！

【注释】

①鸱鸮（chī xiāo）：猫头鹰一类的鸟。②子：幼鸟。③室：鸟窝。④恩：通"殷"，言殷勤于幼子。斯：语气助词。⑤鬻（yù）：育，养育。闵：病。⑥迨（dài）：及。⑦彻：通"撤"，撤去。桑土：桑根。⑧牖（yǒu）户：窗门。⑨下民：下面的人。⑩侮：欺侮。⑪拮据：辛苦。⑫捋：一把一把地摘取。荼（tú）：茅草花。⑬蓄租：积蓄。⑭卒瘏（tú）：尽瘁。⑮室家：鸟窝。⑯谯（qiáo）谯：羽毛稀疏的样子。⑰翛（xiāo）翛：羽毛干枯无光泽的样子。⑱翘翘：危险不稳的状况。⑲哓（xiāo）哓：惊恐的叫声。

◎东山◎

我徂东山，慆慆不归①。我来自东，零雨其濛。我东曰归，我心西悲。制彼裳衣，勿士行枚②。蜎蜎者蠋③，烝在桑野④。敦彼独宿⑤，亦在车下。

我徂东山，慆慆不归。我来自东，零雨其濛。果臝之实⑥，亦施于宇⑦。伊威在室⑧，蟏蛸在户⑨。町畽鹿场⑩，熠耀宵行⑪。不可畏也，伊可怀也。

我徂东山，慆慆不归。我来自东，零雨其濛。鹳鸣于垤⑫，妇叹于室。洒扫穹窒，我征聿至⑬。有敦瓜苦⑭，烝在栗薪⑮。自我不见，于今三年。

我徂东山，慆慆不归。我来自东，零雨其濛。仓庚于飞，熠耀其羽。之子于归，皇驳其马⑯。亲结其缡⑰，九十其仪⑱。其新孔嘉，其旧如之何？

【注释】

①慆（tāo）慆：久。②士：通"事"。行枚：行军时衔在口中以防止出声的竹棍。③蜎（yuān）蜎：幼虫蜷曲的样子。蠋（zhú）：毛虫。④烝：乃。⑤敦：团状。⑥果蠃（luǒ）：葫芦科植物。⑦宇：屋檐边。⑧伊威：一种小虫，俗称土虱。⑨蟏蛸（xiāo shāo）：一种蜘蛛。⑩町畽（tuǎn）：屋旁的空地，禽兽践踏的地方。⑪熠耀：光明貌。宵行：萤火虫。⑫垤（dié）：小土丘。⑬聿：将要。⑭瓜苦：瓜瓠，瓠瓜。一种葫芦。古时有一种习俗，在婚礼上剖瓠瓜成两张瓢，夫妇各执一瓢，装满酒用来漱口。⑮栗薪：束薪，即柴堆。⑯皇：指马的毛色黄白相杂。驳：指马的毛色不纯。⑰亲：此处是指女方的母亲。结缡（lí）：将佩巾结在带子上，这是古代婚仪。⑱九十：形容很多。

◎破　斧◎

　　既破我斧，又缺我斨①。周公东征，四国是皇②。哀我人斯③，亦孔之将④。
　　既破我斧，又缺我锜⑤。周公东征，四国是吪⑥。哀我人斯，亦孔之嘉⑦。
　　既破我斧，又缺我銶⑧。周公东征，四国是遒⑨。哀我人斯，亦孔之休⑩。

【注释】

①斨（qiāng）：斧的一种。②皇：匡正。③斯：语气词，相当于"啊"。④孔：程度副词，可解释为很、甚、极。⑤锜（qí）：凿子。⑥吪（é）：教化。⑦嘉：善，美。⑧銶（qiú）：独头斧。⑨遒（qiú）：安定。⑩休：休整。

◎伐柯◎

伐柯如何^①？匪斧不克^②。取妻如何^③？匪媒不得。

伐柯伐柯，其则不远^④。我觏之子^⑤，笾豆有践^⑥。

【注释】

①伐柯：采伐做斧头柄的木料。②匪：同"非"。③取：通"娶"。④则：原则、方法。此处是强调砍伐时应遵照一定的方法。⑤觏：遇见。⑥笾（biān）：竹编的礼器，用来盛果脯。豆：木制、金属制或陶制的器皿，用来盛放腌制的食物和酱。

雅

小 雅

◎鹿鸣◎

呦呦鹿鸣^①，食野之苹^②。我有嘉宾，鼓瑟吹笙。吹笙鼓簧^③，承筐是将^④。人之好我，示我周行^⑤。

呦呦鹿鸣，食野之蒿^⑥。我有嘉宾，德音孔昭^⑦。视民不恌^⑧，君子是则是傚^⑨。我有旨酒^⑩，嘉宾式燕以敖^⑪。

呦呦鹿鸣，食野之芩^⑫。我有嘉宾，鼓瑟鼓琴。鼓瑟鼓琴，和乐且湛^⑬。我有旨酒，以宴乐嘉宾之心。

【注释】

①呦（yōu）呦：鹿的叫声。②苹：艾蒿。③簧：笙上的簧片。笙是用几根有簧片的竹管、一根吹气管装在斗子上做成的。④承：奉上。将：送，献。⑤周行：大道，引申为大道理。⑥蒿：又名青蒿、

香蒿,是一种菊科植物。⑦德音:美好的品德声誉。孔:很。⑧视:同"示"。挑:同"佻"。⑨则:法则,楷模,此处作动词用。⑩旨:甘美。⑪式:语气助词。燕:同"宴"。敖:游乐。⑫芩(qín):草名,蒿类植物。⑬湛(dān):乐之久。

◎何草不黄◎

何草不黄?何日不行①?何人不将②?经营四方。

何草不玄③?何人不矜④?哀我征夫,独为匪民。

匪兕匪虎⑤,率彼旷野⑥。哀我征夫,朝夕不暇。

有芃者狐⑦,率彼幽草。有栈之车⑧,行彼周道⑨。

【注释】

①行:出行。此指行军,出征。②将:出征。③玄:发黑腐烂。④矜(guān):通"鳏",老而无妻者。征夫离家,等于无妻。⑤兕(sì):野牛。⑥率:沿着。⑦芃(péng):兽毛蓬松。⑧栈车:役车。⑨周道:大道。

大 雅

◎文王◎

文王在上①,於昭于天②。周虽旧邦③,其命维新④。有周不显⑤,帝命不时⑥。文王陟降⑦,在帝左右⑧。

亹亹文王⑨,令闻不已⑩。陈锡哉周⑪,侯文王孙子⑫。文王孙子,本支百世⑬。凡周之士⑭,不显亦世⑮。

世之不显,厥犹翼翼⑯。思皇多士⑰,生此王国。王国克生⑱,维周之桢⑲。济济多士⑳,文王以宁。

穆穆文王㉑,於缉熙敬止㉒。假哉天命㉓,有商孙子㉔。商之孙子,其丽不亿㉕。上帝既命,侯于周服㉖。

侯服于周,天命靡常㉗。殷士肤敏㉘,祼将于京㉙。厥作祼将,常服黼冔㉚。王之荩臣㉛,无念尔祖㉜。

无念尔祖,聿修厥德㉝。永言配命㉞,自求多福。殷之未丧师㉟,克配上帝㊱。宜鉴于殷，骏命不易㊲。

命之不易，无遏尔躬㊳。宣昭义问㊴，有虞殷自天㊵。上天之载㊶，无声无臭㊷。仪刑文王㊸，万邦作孚㊹。

【注释】

①文王：周文王。②於（wū）：赞叹。昭：光明显耀。③旧邦：周在氏族社会本是姬姓部落，后与姜姓联合为部落联盟，在西北发展。周立国从尧舜时代的后稷算起。④命：天命，即天帝的意旨。⑤有周：周王朝。不（pī）：同"丕"，大。⑥时：是。⑦陟降：上行曰陟，下行曰降。⑧左右：犹言身旁。⑨亹（wěi）亹：勤勉不倦貌。⑩令闻：美好的名声。不已：无尽。⑪陈锡：重赐，原赐。⑫侯：乃。孙子：子孙。⑬本支：以树木的本枝比喻子孙繁衍。⑭士：这里指统治周朝享受世禄的公侯卿士百官。⑮亦世：累世。⑯厥：其。犹：谋划。翼翼：恭谨勤勉貌。⑰思：语首助词。皇：美、盛。⑱克：能。⑲桢：支柱、骨干。⑳济济：盛多。㉑穆穆：美好。㉒缉熙：光明。敬止：敬之，严肃试敬。㉓假：大。㉔有：得有。㉕其丽不亿：其数极多。㉖周服：服周。㉗靡常：无常。㉘殷士肤敏：殷臣美好敏疾。㉙祼（guàn）：古代一种祭礼，把酒洒在地上以祭神。㉚常服：祭事规定的服装。黼（fǔ）：绣有白黑相间的斧形花纹衣服。冔（xǔ）：礼帽。㉛荩（jìn）臣：忠臣。㉜无念：念。㉝聿（yù）：发语助词。㉞永言：久长。配命：与天命相合。㉟丧师：指丧失民心。㊱克配上帝：可以与上帝之意相称。㊲骏命：大命，也即天命。㊳遏：止、绝。尔躬：你身。㊴宣昭：宣明传布。义问：美好的名声。㊵有虞殷自天：殷的喜悲从天命。㊶载：事。㊷臭（xiù）：味。㊸仪刑：效法。㊹孚：信服。

◎大明◎

明明在下①，赫赫在上②。天难忱斯③，不易维王④。天位殷适⑤，使不挟四方⑥。

挚仲氏任⑦，自彼殷商⑧，来嫁于周，曰嫔于京⑨。乃及王季⑩，维德之行⑪。大任有身⑫，生此文王⑬。

维此文王，小心翼翼⑭。昭事上帝⑮，聿怀多福⑯。厥德不回⑰，以受方国⑱。

天监在下⑲，有命既集。文王初载⑳，天作之合㉑。在洽之阳㉒，在渭之涘㉓。

文王嘉止㉔，大邦有子㉕。大邦有子，伣天之妹㉖。文定厥祥㉗，亲迎于渭。造舟为梁㉘，不显其光㉙。

有命自天，命此文王，于周于京，缵女维莘㉚，长子维行㉛，笃生武王㉜。保右命尔㉝，燮伐大商㉞。

殷商之旅，其会如林㉟。矢于牧野㊱，维于侯兴㊲。上帝临女㊳，无贰尔心㊴！

牧野洋洋，檀车煌煌㊵。驷骙彭彭㊶。维师尚父㊷，时维鹰扬㊸。凉彼武王㊹，肆伐大商㊺，会朝清明㊻。

【注释】

①明明：光彩夺目的样子，此处指明显的恩德。在下：指人间。②赫赫：明亮显著的样子，此处指煊赫的神灵。在上：指天上。③忱：信任。斯：句末助词。④不易维王：不易做的是治天下王。⑤适：通"嫡"，嫡子。⑥挟：控制、占有。四方：天下。⑦挚仲氏任：挚国的次女姓任，叫太任。⑧自：来自。⑨嫔：妇，指做媳妇。京：周朝都城。⑩乃：就。⑪维德之行：犹曰"维德是行"，只做有德行的事情。⑫大：同"太"。有身：有孕。⑬文王：姬昌，殷纣时为西伯（西方诸侯），又称西伯昌，为周武王姬发之父，父子共举灭纣大业。⑭翼翼：恭敬谨慎的样子。⑮昭：勤勉。事：侍奉。⑯怀：徕，招来。⑰厥：犹"其"，他、他的。回：违背。⑱受：承受、享有。方：大。⑲监：明察。在下：指文王的德业。⑳初载：初始。㉑作：成。合：婚配。㉒洽（hé）：水名，源出陕西合阳县北。阳：河北面。㉓渭：渭水，经陕西。涘（sì）：水边。㉔嘉：嘉礼，指婚礼。㉕子：未嫁的女子。㉖倪（qiàn）：如，好比。天之妹：天上的美女。㉗文：占卜的文辞。㉘梁：桥。此指连船为浮桥，以便渡渭水迎亲。㉙不：通"丕"，大。光：荣光，荣耀。㉚缵：续。莘：国名。㉛长子：指伯邑考。行：离去，指死亡。㉜笃：发语词。㉝保右：即"保佑"。命：命令。㉞燮：协同，协和。㉟会：通"旝"，军旗。㊱矢：陈列。㊲侯：乃、才。兴：兴盛、胜利。㊳临：监临。女：同"汝"，指周武王率领的将士。㊴无：同"勿"。贰：同"二"。㊵檀车：用檀木造的兵车。㊶驷骙（yuán）：四匹赤毛白腹的驾辕骏马。彭彭：强壮有力的样子。㊷师尚父：太师吕望，即姜太公。㊸鹰扬：如雄鹰飞扬，言其奋发勇猛。㊹凉：辅佐。㊺肆：疾。㊻会朝：会合朝天。

◎ 绵 ◎

绵绵瓜瓞①，民之初生，自土沮漆②。古公亶父，陶复陶穴③，未有家室。

古公亶父，来朝走马，率西水浒④，至于岐下。爰及姜女，聿来胥宇⑤。

周原膴膴⑥，堇荼如饴⑦。爰始爰谋，爰契我龟⑧。曰止曰时⑨，筑室于兹。

廼慰廼止⑩，廼左廼右，廼疆廼理⑪，廼宣廼亩⑫。自西徂东⑬，周爰执事⑭。

乃召司空⑮，乃召司徒⑯，俾立室家。其绳则直，缩版以载⑰，作庙翼翼⑱。

捄之陾陾^⑲，度之薨薨^⑳，筑之登登，削屡冯冯^㉑。百堵皆兴，鼖鼓弗胜^㉒。

迺立皋门^㉓，皋门有伉^㉔。迺立应门^㉕，应门将将^㉖。迺立冢土^㉗，戎丑攸行^㉘。

肆不殄厥愠^㉙，亦不陨厥问。柞棫拔矣^㉚，行道兑矣^㉛，混夷駾矣^㉜，维其喙矣^㉝。

虞芮质厥成^㉞，文王蹶厥生^㉟。予曰有疏附^㊱，予曰有先后^㊲，予曰有奔奏^㊳，予曰有御侮。

【注释】

①绵绵：长而不断绝。瓞（dié）：小瓜。②土：通"杜"，水名。沮漆：古二水名，均在今陕西省境内。③陶复陶穴：挖土为室，旁穿为复，指在地上挖洞；直穿为穴，地下挖洞。④率：沿着。⑤聿（yù）：发语词。胥：视察。宇：住地。⑥膴（wǔ）膴：肥美。⑦堇（jǐn）：堇葵。荼（tú）：苦菜。饴：麦芽糖。⑧契：指刻龟甲占卜。⑨曰：语助词。时：居住。⑩迺：同"乃"。慰：慰劳。⑪疆：划分疆界。理：治理土地。⑫宣：疏通沟渠。亩：整治田垄。⑬徂：往，去。⑭周：遍。⑮司空：管土地的官。⑯司徒：管徒役的官。⑰缩：捆绑。⑱翼翼：整齐。⑲捄（jiū）：盛土于筐。陾（réng）陾：众多貌。⑳度：填土于筑板内。薨（hōng）薨：人众多。㉑屡：通"偻"，土墙隆起的部分。冯（píng）冯：削平墙面的声音。㉒鼖（gāo）：大鼓。弗胜：指鼓声盖不过人声。㉓皋门：王都的郭门。㉔伉：高大貌。㉕应门：王宫的正门。㉖将将：庄严雄伟的样子。㉗冢土：即大社，祭祀社神的地方。㉘戎：北方的游牧民族。丑：对边远民族的蔑称。行：去。㉙肆：于是。殄（tiǎn）：断绝。㉚柞：树名。棫（yù）：白桵，与柞皆丛生灌木。㉛兑：通畅。㉜混夷：西戎名。駾（tuì）：突逃。㉝喙（huì）：疲劳困倦。㉞虞：古国名。芮：古国名。成：平。㉟蹶（guì）：感动。生：通"性"，善良之本性。㊱疏附：指能使疏者亲之臣。㊲先后：指君王前后辅佐之臣。㊳奔奏：指四方奔走宣扬君德之臣。

◎旱麓◎

瞻彼旱麓^①，榛楛济济^②。岂弟君子^③，干禄岂弟^④。
瑟彼玉瓒^⑤，黄流在中^⑥。岂弟君子，福禄攸降^⑦。
鸢飞戾天^⑧，鱼跃于渊。岂弟君子，遐不作人^⑨？
清酒既载，骍牡既备^⑩，以享以祀，以介景福^⑪。
瑟彼柞棫^⑫，民所燎矣^⑬。岂弟君子，神所劳矣^⑭。
莫莫葛藟^⑮，施于条枚^⑯。岂弟君子，求福不回^⑰。

【注释】

①旱麓：旱山山脚。旱，山名，据考证在今陕西省南郑区附近。②榛楛（hù）：两种灌木名。

济济：众多的样子。③岂弟（kǎi tì）：即"恺悌"，和乐平易。君子：指周文王。④干：求。
⑤瓒：光色鲜明的样子。玉瓒：圭瓒，天子祭祀时用的酒器。⑥黄流：酿秬黍为酒，以郁金草为色，
故称黄流，用于祭祀。⑦福禄攸降：福禄来得丰降。⑧鸢（yuān）：鸟名，即老鹰。戾（lì）：到，
至。⑨遐：通"胡"，何。作：培养。⑩骍牡：红色的公牛。⑪介：求。景：大。⑫瑟：茂密的样子。
⑬燎：焚烧，此指燔柴祭天。⑭劳：慰劳，或释为保佑。⑮莫莫：茂盛的样子。葛藟（lěi）：葛藤。
⑯施（yì）：伸展绵延。条枚：树枝和树干。⑰回：奸回，邪僻。

◎思齐◎

思齐大任①，文王之母。思媚周姜②，京室之妇③。大姒嗣徽音④，则百
斯男⑤。

惠于宗公⑥，神罔时怨⑦，神罔时恫⑧。刑于寡妻⑨，至于兄弟，以御于
家邦⑩。

雝雝在宫⑪，肃肃在庙⑫。不显亦临⑬，无射亦保⑭。

肆戎疾不殄⑮，烈假不瑕⑯。不闻亦式⑰，不谏亦入⑱。

肆成人有德，小子有造⑲。古之人无斁⑳，誉髦斯士㉑。

【注释】
①思：发语词，无义。齐（zhāi）：端庄貌。大任：即太任，王季之妻，文王之母。②媚：爱慕。周姜：
即太姜。古公亶父之妻，王季之母，文王之祖母。③京室：王室。④大姒：即太姒，文王之妻。嗣：
继承。徽音：美誉。⑤百斯男：众多男儿。⑥惠：孝敬，顺从。宗公：宗庙里的先公，即祖先。⑦神：
此处指祖先之神。罔：无。⑧恫（tōng）：哀痛。⑨刑：同"型"，典型，典范。寡妻：嫡妻。⑩御：
治理。⑪雝（yōng）雝：和洽貌。⑫肃肃：恭敬貌。庙：宗庙。⑬不显：不明，幽隐之处。临：临视。
⑭无射亦保：无射才的人也保用。⑮肆：所以。戎疾：大病。殄：残害，灭绝。⑯烈：光。假：大。
瑕：过。⑰式：采纳。⑱入：接受，采纳。⑲小子：年轻人。造：造就，培育。⑳古之人：指文王。
无斁（yì）：无厌，无倦。㉑誉：赞誉。髦：俊，优秀。

◎文王有声◎

文王有声，遹骏有声①，遹求厥宁，遹观厥成。文王烝哉②！

文王受命，有此武功；既伐于崇③，作邑于丰④。文王烝哉！

筑城伊淢⑤，作丰伊匹。匪棘其欲⑥，遹追来孝。王后烝哉⑦！

王公伊濯⑧，维丰之垣。四方攸同，王后维翰⑨。王后烝哉！

丰水东注，维禹之绩。四方攸同，皇王维辟^⑩。皇王烝哉！

镐京辟雍^⑪，自西自东，自南自北，无思不服^⑫。皇王烝哉！

考卜维王，宅是镐京^⑬。维龟正之，武王成之。武王烝哉！

丰水有芑^⑭，武王岂不仕^⑮！诒厥孙谋^⑯，以燕翼子。武王烝哉！

【注释】

①遹（yù）：语气助词。②烝（zhēng）：君道。③崇：古崇国。④丰：故地在今陕西西安沣水西岸。⑤淢（xù）：即护城河。⑥棘：此处为"急"义。⑦王后：第三、四章之"王后"同指周文王。⑧公：同"功"。濯：本义是洗涤，此处指"光大"义。⑨翰：主干。⑩辟：君。⑪镐：周武王建立的西周国都，故地在今陕西西安沣水以东的昆明池北岸。辟雍（bì yōng）：西周王朝所建天子行礼奏乐的离宫。⑫无思不服：无不服。⑬宅：用作动词，定居。⑭芑（qǐ）：芑草。⑮仕：指建功立业。⑯诒厥：传授。

◎ 生民 ◎

厥初生民^①，时维姜嫄^②，生民如何？克禋克祀^③，以弗无子^④。履帝武敏歆^⑤，攸介攸止^⑥，载震载夙^⑦，载生载育，时维后稷。

诞弥厥月^⑧，先生如达^⑨。不坼不副^⑩，无菑无害^⑪。以赫厥灵，上帝不宁^⑫。不康禋祀^⑬，居然生子。

诞寘之隘巷^⑭，牛羊腓字之^⑮。诞寘之平林^⑯，会伐平林^⑰。诞寘之寒冰，鸟覆翼之^⑱。鸟乃去矣，后稷呱矣^⑲。实覃实訏^⑳，厥声载路^㉑。

诞实匍匐^㉒，克岐克嶷^㉓，以就口食^㉔。蓺之荏菽^㉕，荏菽旆旆^㉖，禾役穟穟^㉗，麻麦幪幪^㉘，瓜瓞唪唪^㉙。

诞后稷之穑^㉚，有相之道^㉛。茀厥丰草^㉜，种之黄茂^㉝。实方实苞^㉞，实种实褎^㉟，实发实秀^㊱，实坚实好^㊲，实颖实栗^㊳。即有邰家室^㊴。

诞降嘉种^㊵，维秬维秠^㊶，维穈维芑^㊷。恒之秬秠^㊸，是获是亩^㊹；恒之穈芑，是任是负^㊺。以归肇祀^㊻。

诞我祀如何？或舂或揄^㊼，或簸或蹂^㊽；释之叟叟^㊾，烝之浮浮^㊿；载谋载惟[�]，取萧祭脂[�]，取羝以軷[�]；载燔载烈[�]，以兴嗣岁[�]。

卬盛于豆[�]，于豆于登[�]。其香始升，上帝居歆[�]。胡臭亶时[�]。后稷肇

祀，庶无罪悔，以迄于今。

【注释】

①初：其初。②姜嫄（yuán）：传说中有邰氏之女，周始祖后稷之母。③禋（yīn）：祭天的一种礼仪，先烧柴升烟，再加牲体及玉帛于柴上焚烧。④弗：除灾求福。⑤履：践踏。帝：上帝。武：足迹。敏歆：很欢欣。⑥攸介攸止：肚子大了怀孕了。⑦载震载夙（sù）：或震或夙，指十月怀胎。⑧诞：到了。弥：满。⑨先生：头生，第一胎。达：顺当。⑩坼（chè）：裂开。副：（胎盘）破裂。⑪菑（zāi）：同"灾"。⑫宁：安宁。⑬康：安，宁。⑭寘（zhì）：置。⑮腓（féi）：庇护。字：哺育，爱护。⑯平林：森林。⑰会：恰好遇上。⑱鸟覆翼之：大鸟张翼覆盖他。⑲呱：小儿哭声。⑳覃（tán）：长。訏（xū）：大。㉑载：充满。㉒匍匐：伏地爬行。㉓岐：知意。嶷：识。㉔就：趋往。㉕蓺（yì）：同"艺"，种植。荏菽：大豆。㉖旆（pèi）旆：长大。㉗禾役：禾之行列。穟（suì）穟：禾穗丰硬下垂的样子。㉘幪（měng）幪：茂密的样子。㉙瓞（dié）：小瓜。唪（běng）唪：果实累累的样子。㉚穑：耕种。㉛有相之道：有相地之宜的能力。㉜茀：拔除。㉝种之黄茂：种的植物黄又好。㉞方：萌芽始出地面。苞：含苞。㉟褎（xiù）：禾苗渐渐长高。㊱发：发茎。秀：秀穗。㊲坚：谷粒灌浆饱满。㊳颖：禾穗末梢下垂。栗：结实。㊴邰：姜嫄嫡的国名，在今陕西武功县。㊵降：赐。㊶秬（jù）：黑黍。秠（pī）：黍的一种。㊷穈（méi）：赤苗，红米。芑（qǐ）：白苗，白米。㊸恒：遍种。㊹亩：按亩来计算产量。㊺任：挑起，抱起。负：背起。㊻肇：开始。祀：祭祀。㊼揄（yǎo）：舀，从臼中取出舂好之米。㊽簸：扬米去糠。蹂：以手搓余剩的谷皮。㊾释：淘米。叟叟：淘米的声音。㊿烝：同"蒸"。浮浮：热气上升貌。�51惟：计谋。�52萧：香蒿。脂：牛油。�53羝（dī）：公羊。軷：古代出行前祭祀路神。�54燔：将肉放在火里烧炙。烈：将肉贯穿起来架在火上烤。�55嗣岁：来年。�56卬：通"昂"，我。豆：古代一种高脚容器。�57登：瓦制容器。�58居歆：指前来享受。�59臭：香气。亶：诚然，确实。时：善，好。

◎板◎

上帝板板①，下民卒瘅②。出话不然③，为犹不远④。靡圣管管⑤，不实于亶⑥。犹之未远，是用大谏⑦。

天之方难，无然宪宪⑧。天之方蹶⑨，无然泄泄⑩。辞之辑矣⑪，民之洽矣⑫。辞之怿矣⑬，民之莫矣⑭。

我虽异事，及尔同僚⑮。我即尔谋，听我嚣嚣⑯。我言维服⑰，勿以为笑。先民有言，询于刍荛⑱。

天之方虐，无然谑谑⑲。老夫灌灌⑳，小子蹻蹻㉑。匪我言耄㉒，尔用忧谑。多将熇熇㉓，不可救药。

天之方懠㉔，无为夸毗㉕。威仪卒迷㉖，善人载尸㉗。民之方殿屎㉘，则莫我敢葵㉙。丧乱蔑资㉚，曾莫惠我师㉛。

天之牖民㉜，如埙如篪㉝，如璋如圭㉞，如取如携。携无曰益㉟，牖民孔易。民之多辟㊱，无自立辟㊲。

价人维藩㊳，大师维垣㊳。大邦维屏㊵，大宗维翰㊶，怀德维宁，宗子维城㊷。无俾城坏，无独斯畏。

敬天之怒，无敢戏豫㊸。敬天之渝㊹，无敢驰驱㊺。昊天曰明㊻，及尔出王㊼。昊天曰旦，及尔游衍㊽。

【注释】

①板板：反，指违背常道。②卒瘅（dàn）：劳累多病。③不然：不对，不合理。④犹：谋划。⑤靡圣：不把圣贤放在眼里。管管：任意放纵。⑥亶（dǎn）：诚信。⑦大谏：郑重劝诫。⑧无然：不要这样。宪宪：欢欣喜悦的样子。⑨蹶：动乱。⑩泄泄：妄加议论。⑪辞：指政令。辑：调和。⑫洽：融洽，和睦。⑬怿：通“殬”，败坏。⑭莫：通“瘼”，疾苦。⑮及：与。同僚：同事。⑯嚣（áo）嚣：同“敖敖”，不接受意见的样子。⑰维：是。服：事。⑱询：征求、请教。刍荛（ráo）：割草打柴的人。⑲谑谑：嬉笑的样子。⑳灌灌：诚恳的样子。㉑蹻（jué）蹻：傲慢的样子。㉒匪：非，不要。耄：八十九十曰耄，此指昏聩。㉓熇（hè）熇：火势炽烈的样子，此指一发而不可收。㉔挤（qí）：愤怒。㉕夸毗：卑躬屈膝、谄媚曲从。㉖威仪：指君臣间的礼节。卒：尽。迷：混乱。㉗尸：祭祀时由人扮成的神尸，终祭不言。㉘殿屎（xī）：呻吟也。㉙葵：通“揆”，猜测。㉚蔑：无。资：财产。㉛惠：施恩。师：此指民众。㉜牖：通“诱”，诱导。㉝埙（xūn）：陶制吹奏乐器。篪（chí）：古竹制管乐器。㉞如璋如圭：半圭曰璋，合璋叫圭，指相配合。㉟益：通“隘”，阻碍。㊱辟：通“僻”，邪僻。㊲立辟：制定法律。㊳价人：武人。维：是。藩：篱笆。㊴大师：太师。垣：墙。㊵大邦：指诸侯大国。屏：屏障。㊶大宗：指与周王同姓的宗族。翰：骨干，栋梁。㊷宗子：周王的嫡子。㊸戏豫：游戏娱乐。㊹渝：改变。㊺驰驱：指任意放纵。㊻昊天：上天。明：光明。㊼王：往。㊽游衍：游荡。

◎荡◎

荡荡上帝①，下民之辟②。疾威上帝③，其命多辟④。天生烝民⑤，其命匪谌⑥。靡不有初，鲜克有终⑦。

文王曰咨⑧，咨女殷商⑨！曾是强御⑩，曾是掊克⑪，曾是在位，曾是在服⑫。天降滔德⑬，女兴是力⑭。

文王曰咨，咨女殷商！而秉义类⑮，强御多怼⑯。流言以对，寇攘式内⑰。侯作侯祝⑱，靡届靡究⑲。

文王曰咨，咨女殷商！女炰烋于中国⑳，敛怨以为德。不明尔德，时无背无侧㉑。尔德不明，以无陪无卿㉒。

文王曰咨，咨女殷商！天不湎尔以酒㉓，不义从式㉔。既愆尔止㉕，靡明靡晦。式号式呼㉖，俾昼作夜。

文王曰咨，咨女殷商！如蜩如螗㉗，如沸如羹。小大近丧㉘，人尚乎由行㉙。内奰于中国㉚，覃及鬼方㉛。

文王曰咨，咨女殷商！匪上帝不时㉜，殷不用旧。虽无老成人，尚有典刑㉝。曾是莫听，大命以倾。

文王曰咨，咨女殷商！人亦有言，颠沛之揭㉞，枝叶未有害，本实先拨㉟。殷鉴不远，在夏后之世㊱。

【注释】

①荡荡：放荡不守法制的样子。②辟（bì）：君王。③疾威：暴虐。④辟：邪僻。⑤烝：众。⑥谌（chén）：诚信。⑦鲜（xiǎn）：少。克：能。⑧咨：感叹声。⑨女（rǔ）：汝。⑩曾：乃。强御：强横凶暴。⑪掊（póu）克：聚敛，搜括。⑫在服：在职。⑬滔：放纵不法。⑭兴：助长。力：勤，努力。⑮而：尔，你。秉：执持。义类：善类，此指强族。⑯怼（duì）：怨恨。⑰寇攘：像盗寇一样掠取。式内：在朝廷内。⑱侯：于是。作、祝：诅咒。⑲届究：穷，尽。⑳炰烋（páoxiāo）：同"咆哮"。㉑无背无侧：不知有人背叛、反侧。㉒无陪无卿：无陪臣无卿相。㉓湎（miǎn）：沉湎，沉迷。㉔不义从式：不放纵你们。㉕愆：过错。止：容止。㉖式：语助词。㉗蜩（tiáo）：蝉。螗：一种蝉。㉘丧：败亡。㉙由行：学老样。㉚奰（bì）：愤怒。㉛覃：延及。鬼方：指远方。㉜时：善。㉝典刑：指旧的典章法规。㉞颠沛：跌仆，此指树木倒下。揭：举，此指树根翻出。㉟本：根。拨：败。㊱后：君主。

◎ 桑柔 ◎

菀彼桑柔①，其下侯旬②，捋采其刘③。瘼此下民④，不殄心忧⑤。仓兄填兮⑥，倬彼昊天⑦，宁不我矜⑧？

四牡骙骙⑨，旟旐有翩⑩。乱生不夷⑪，靡国不泯⑫。民靡有黎⑬，具祸以烬⑭。於乎有哀，国步斯频⑮。

国步蔑资⑯，天不我将⑰。靡所止疑⑱，云徂何往⑲？君子实维⑳，秉心无竞㉑。谁生厉阶㉒，至今为梗㉓？

忧心慇慇㉔，念我土宇㉕。我生不辰，逢天僤怒㉖。自西徂东，靡所定处。多我觏痻㉗，孔棘我圉㉘。

为谋为毖㉙，乱况斯削㉚。告尔忧恤㉛，诲尔序爵㉜。谁能执热㉝，逝不以濯㉞？其何能淑㉟，载胥及溺㊱。

如彼遡风^㊲，亦孔之僾^㊳。民有肃心^㊴，荓云不逮^㊵。好是稼穑^㊶，力民代食^㊷。稼穑维宝，代食维好。

天降丧乱，灭我立王^㊸。降此蟊贼^㊹，稼穑卒痒^㊺。哀恫中国^㊻，具赘卒荒^㊼。靡有旅力^㊽，以念穹苍^㊾。

维此惠君^㊿，民人所瞻。秉心宣犹⁵¹，考慎其相⁵²。维彼不顺，自独俾臧⁵³。自有肺肠，俾民卒狂。

瞻彼中林，甡甡其鹿⁵⁴。朋友已谮⁵⁵，不胥以穀⁵⁶。人亦有言，进退维谷⁵⁷。

维此圣人，瞻言百里。维彼愚人，复狂以喜⁵⁸。匪言不能⁵⁹，胡斯畏忌⁶⁰。

维此良人，弗求弗迪⁶¹。维彼忍心，是顾是复。民之贪乱，宁为荼毒⁶²。

大风有隧⁶³，有空大谷。维此良人，作为式穀。维彼不顺，征以中垢⁶⁴。

大风有隧，贪人败类⁶⁵。听言则对⁶⁶，诵言如醉⁶⁷。匪用其良，复俾我悖⁶⁸。

嗟尔朋友，予岂不知而作⁶⁹。如彼飞虫⁷⁰，时亦弋获。既之阴女⁷¹，反予来赫⁷²。

民之罔极⁷³，职凉善背⁷⁴。为民不利，如云不克⁷⁵。民之回遹⁷⁶，职竞用力⁷⁷。

民之未戾⁷⁸，职盗为寇。凉曰不可⁷⁹，复背善詈。虽曰匪予⁸⁰，既作尔歌⁸¹。

【注释】

①菀（wǎn）：茂盛的样子。②旬：树荫遍布。③刘：剥落稀疏，句意谓桑叶被采后，稀疏无叶。④瘏：病、害。⑤殄（tiǎn）：断绝。⑥仓兄（chuàng huǎng）：悲伤失意的样子。填：久。⑦倬：明察。⑧宁：何。不我矜："不矜我"的倒文。⑨骙骙：形容马奔跑不息。⑩旐旟：画有鹰隼、龟蛇的旗。有翩：翩翩，翻飞的样子。⑪夷：平。⑫泯：乱。⑬民靡有黎：没有黎民。⑭具：通"俱"。⑮频：危急。⑯蔑：无。资：财。⑰将：扶助。"不我将"为"不将我"之倒文。⑱靡所止疑：没有居处终疑难。⑲云：发语词。徂：往。⑳实维：是作。㉑秉心：存心。竞：争。㉒厉阶：祸端。㉓梗：灾害。㉔慇（yīn）慇：心痛的样子。㉕土宇：土地、房屋。㉖僤（dàn）怒：重怒。㉗觏：遇。瘨（mín）：灾难。㉘棘：通"急"。圉（yù）：边疆。㉙慎：谨慎。㉚斯：乃。削：减少。㉛尔：指周厉王及当时执政大臣。㉜序：次序。爵：官爵。㉝执热：救热。㉞逝：发语词。濯：洗。㉟淑：善。㊱载：乃。胥：互相。㊲遡：逆。㊳僾：呼吸不畅的样子。㊴肃：进取。㊵荓（pīng）：使。

不逮：不及。㊶稼穑：通"家啬"，指家居吝啬聚敛。㊷力民：使人民出力劳动。代食：指官吏靠劳动者奉养。㊸灭我立王：意谓灭我所立之王。㊹蟊贼：蟊为食苗根的害虫，贼为吃苗节的害虫。泛指农作物的病虫害。㊺卒：完全。痒：病。㊻恫（tōng）：哀痛。㊼具赘卒荒：具备像赘疣的人，则田荒。㊽旅力：指宣扬。㊾念：感动。㊿惠君：惠，顺。顺理的君主，称惠君。�51宣犹：好谋划。52考慎：慎重考察。相：辅佐大臣。53臧：善。54甡（shēn）甡：众多的样子。55谮：中伤。56背：相。穀：善。57进退维谷：谓进退皆穷。58复：反而。59匪言不能：即"匪不能言"。60胡：何。斯：这样。61迪：钻营。62宁：乃。荼毒：荼指苦草，毒指毒虫毒蛇之类，此指毒害。63有隧：隧隧，形容大风疾速吹动。64征以中垢：做事不正又混浊。65贪人：贪财枉法的小人。66听言：顺从心意的话。67诵言：忠告的言语。68悖：违理。69而：你。70飞虫：指飞鸟。古人用"虫"泛指一切动物。71既：已经。阴：通"荫"，庇护。72赫：威赫。73罔极：无法则。74职：主。凉：通"谅"，信。背：背叛。75云：句中助词。克：胜。76回通：邪僻。77用力：指用暴力。78戾：善。79凉曰不可：说你不可这样做。80虽曰匪予：虽然不是来骂我。81既：还是。

◎云汉◎

　　倬彼云汉①，昭回于天②。王曰於乎③，何辜今之人④！天降丧乱，饥馑荐臻⑤。靡神不举⑥，靡爱斯牲⑦。圭璧既卒⑧，宁莫我听⑨？

　　旱既大甚⑩，蕴隆虫虫⑪。不殄禋祀⑫，自郊徂宫⑬。上下奠瘗⑭，靡神不宗⑮。后稷不克，上帝不临。耗斁下土⑯，宁丁我躬⑰？

　　旱既大甚，则不可推。兢兢业业，如霆如雷。周余黎民⑱，靡有孑遗⑲。昊天上帝，则不我遗⑳。胡不相畏，先祖于摧㉑？

　　旱既大甚，则不可沮。赫赫炎炎，云我无所㉒。大命近止㉓，靡瞻靡顾。群公先正㉔，则不我助。父母先祖，胡宁忍予㉕？

　　旱既大甚，涤涤山川㉖。旱魃为虐㉗，如惔如焚㉘。我心惮暑㉙，忧心如熏㉚。群公先正，则不我闻㉛。昊天上帝，宁俾我遯㉜？

　　旱既大甚，黾勉畏去㉝。胡宁瘨我以旱㉞，憯不知其故㉟。祈年孔夙㊱，方社不莫㊲。昊天上帝，则不我虞㊳。敬恭明神，宜无悔怒。

　　旱既大甚，散无友纪㊴。鞫哉庶正㊵，疚哉冢宰㊶，趣马师氏㊷，膳夫左右㊸。靡人不周，无不能止。瞻卬昊天㊹，云如何里㊺？

　　瞻卬昊天，有嘒其星㊻。大夫君子，昭假无赢㊼。大命近止，无弃尔成㊽。何求为我，以戾庶正㊾。瞻卬昊天，曷惠其宁㊿？

【注释】

①倬（zhuō）：大。云汉：银河。②昭：光。回：转。③於（wū）乎：即"呜呼"，叹词。④辜：罪。

⑤荐：重，再。臻：至。⑥靡：无，不。举：祭祀。⑦爱：吝惜，舍不得。牲：祭祀用的牲口。⑧圭、璧：祭神用的玉器。⑨宁：乃。莫我听：即莫听我。⑩大：同"太"。⑪蕴隆：暑气郁盛。虫虫：热气熏蒸的样子。⑫殄（tiǎn）：断绝。禋（yīn）祀：祭天神的典礼。⑬宫：指宗庙。⑭奠：祭天。瘗（yì）：指把祭品埋在地下以祭地神。⑮宗：尊敬。⑯斁（dù）：败坏。⑰丁：当，遭逢。⑱黎民：百姓。⑲孑遗：遗留，剩余。⑳遗（wèi）：赠。㉑于摧：将灭。㉒云：遮蔽。㉓大命：国命。㉔群公：先世诸侯之神。先正：先世卿士之神。㉕忍：忍心。㉖涤涤：光秃的样子。㉗旱魃（bá）：古代传说中指能造成旱灾的鬼怪。㉘惔（tán）：火烧。㉙惮：畏。㉚熏：灼。㉛闻：恤问。㉜遁（dùn）：通"困"，受困。㉝暇（mǐn）勉：勉力为之，尽力事神，急于祷告祈求。㉞瘨（diān）：病。㉟憯（cǎn）：曾。㊱祈年：指"孟春祈谷于上帝，孟冬祈来年于天宗"之祭礼。孔夙（sù）：很早。㊲方：祭四方之神。社：祭土神。莫（mù）：古"暮"字，晚。㊳虞：忖度。㊴友：通"有"。纪：纪纲，法度。㊵鞠（jū）：穷困。庶正：众官之长。㊶疚：忧苦。冢宰：周代官名，相当于后世的宰相。㊷趣马：官名，职责是掌管国王马匹。师氏：官名，主管教导国王和贵族的子弟。㊸膳夫：主管国王、后妃饮食的官。㊹卬（yǎng）：通"仰"。㊺里：通"悝"，忧伤。㊻嘒（huì）：微光。㊼昭假：祭祀。无赢：即无爽，无差错。㊽成：功。㊾庆：定。㊿曷：何，何时。惠：赐。

颂

周颂

◎清庙◎

於穆清庙①，肃雍显相②！济济多士③，秉文之德④，对越在天⑤，骏奔走在庙⑥，不显不承⑦，无射于人斯⑧！

【注释】

①於（wū）：赞叹词，犹如今天的"啊"。穆：庄严、壮美。清庙：祭文王的宗庙。②肃雍（yōng）：庄重而和顺的样子。显：高贵显赫。相：助祭的人，此指助祭的公卿诸侯。③济济：众多。多士：指祭祀时承担各种职事的官吏。④秉：秉承，操持。文之德：周文王的德行。⑤对越：犹"对扬"，对是报答，扬是颂扬。在天：指周文王的在天之灵。⑥骏：敏捷、迅速。⑦不（pī）：通"丕"，大。

承：继承。⑧射（yì）：借为"致"，厌弃。斯：语气词。

◎雍◎

有来雍雍①，至止肃肃②。相维辟公③，天子穆穆④。於荐广牡⑤，相予肆祀⑥。假哉皇考⑦，绥予孝子⑧。宣哲维人⑨，文武维后⑩。燕及皇天⑪，克昌厥后⑫。绥我眉寿⑬，介以繁祉⑭。既右烈考⑮，亦右文母⑯。

【注释】

①雍（yōng）雍：和睦。②肃肃：恭敬。③相：助祭。辟公：诸侯。④穆穆：庄重盛美。⑤於（wū）：赞叹声。荐：进献。广：大。牡：雄性牲口。⑥相：助。予：周天子自称。肆：陈列。⑦假哉：美啊。皇考：对已故父亲的美称。⑧绥：安。⑨宣哲：明智。⑩后：君主。⑪燕：安。⑫克：能。厥：其。⑬绥：安定。眉寿：长寿。⑭介：用。繁祉：多福。⑮右：保佑。烈考：先父。⑯文母：有文德的先亲。

◎载见◎

载见辟王①，曰求厥章②。龙旂阳阳③，和铃央央④。鞗革有鸧⑤，休有烈光⑥。率见昭考⑦，以孝以享⑧。以介眉寿，永言保之⑨，思皇多祜⑩。烈文辟公⑪，绥以多福，俾缉熙于纯嘏⑫。

【注释】

①载：始。辟王：君王。②曰：发语词。章：法度。③旂（qí）：画有交龙的旗，旗杆头系铃。阳阳：鲜明。④和：挂在车轼（扶手横木）前的铃。铃：挂在旂上的铃。央央：铃声和谐。⑤鞗（tiáo）革：马缰绳。有鸧（qiāng）：鸧鸧，金饰貌。⑥休：美。⑦昭考：此处指周武王。⑧孝、享：均献祭义。⑨言：语助词。⑩思：发语词。皇：指周成王。祜（hù）：福。⑪烈文：辉煌而有文德。⑫俾：使。缉熙：光明。纯嘏（gǔ）：大福。

325

商 颂

◎那◎

猗与那与①，置我鞉鼓②。奏鼓简简③，衎我烈祖④。汤孙奏假⑤，绥我思成⑥。鞉鼓渊渊⑦，嘒嘒管声⑧。既和且平，依我磬声⑨。於赫汤孙⑩，穆穆厥声⑪。庸鼓有斁⑫，万舞有奕⑬。我有嘉客，亦不夷怿⑭？自古在昔，先民有作⑮。温恭朝夕，执事有恪⑯，顾予烝尝⑰，汤孙之将⑱。

【注释】

①猗（jī）：盛大貌。与：同"欤"，叹词。那：指武功繁多。②置：竖立。鞉（táo）鼓：一种立鼓。③简简：象声词，鼓声。④衎（kàn）：欢乐。烈祖：有功业的祖先。⑤汤孙：商汤之孙。奏假：奏报。⑥绥：安定。思：语助词。成：平，指汤取得太平。⑦渊渊：象声词，鼓声。⑧嘒（huì）嘒：象声词，吹管的乐声。管：一种竹制吹奏乐器。⑨磬：一种玉制打击乐器。⑩於（yú）：叹词。赫：显赫。⑪穆穆：和美庄肃。⑫庸：同"镛"，大钟。有斁（yì）：乐声盛大貌。⑬万舞：舞名。有奕：即"奕奕"，舞蹈场面盛大之貌。⑭亦不夷怿（yì）：意为不亦夷怿，即不是很快乐吗？⑮作：指行止。⑯执事：行事。有恪（kè）：即"恪恪"，恭敬诚笃貌。⑰顾：顾念。烝尝：冬祭为烝，秋祭为尝。⑱将：佑助。

◎烈祖◎

嗟嗟烈祖①！有秩斯祜②，申锡无疆③，及尔斯所④。既载清酤⑤，赉我思成⑥。亦有和羹，既戒既平⑦。鬷假无言⑧，时靡有争，绥我眉寿⑨，黄耇无疆⑩。约軧错衡⑪，八鸾鸧鸧⑫。以假以享⑬，我受命溥将⑭。自天降康，丰年穰穰。来假来飨，降福无疆。顾予烝尝⑮，汤孙之将⑯。

【注释】

①烈祖：功业显赫的祖先，此指商朝开国的君王成汤。②有秩斯祜：形容福之大貌。③申：再三。锡：同"赐"。④及尔斯所：直到你所在处所。⑤清酤：清酒。⑥赉（lài）：赐予。思：语助词。⑦戒：齐备。⑧鬷（zōng）假：集合大众祈祷。⑨绥：安抚。眉寿：高寿。⑩黄耇（gǒu）：义同"眉寿"。⑪约軧（dī）错衡：用皮革缠绕车毂两端并涂上红色，车辕前端的横木用金涂装饰。⑫鸾：一种饰于马车上的铃。鸧（qiāng）鸧：同"锵锵"，象声词。⑬假（gé）：同"格"，至也。享：享用。⑭溥（pǔ）：大。将：长。⑮烝尝：冬祭叫"烝"。秋祭叫"尝"。⑯汤孙：指商汤王的后代子孙。将：佑助。